战国红

老藤◎著

中国言实出版社

图书在版编目(CIP)数据

战国红 / 老藤著 . -- 北京 : 中国言实出版社，
2021.2

ISBN 978-7-5171-3789-4

Ⅰ.①战… Ⅱ.①老… Ⅲ.①长篇小说 – 中国 – 当代
Ⅳ.①I247.5

中国版本图书馆 CIP 数据核字（2021）第 027752 号

出 版 人 王昕朋
责任编辑 张国旗
责任校对 代青霞

出版发行 中国言实出版社
　　　　　　地　址：北京市朝阳区北苑路 180 号加利大厦 5 号楼 105 室
　　　　　　邮　编：100101
　　　　　　编辑部：北京市海淀区花园路 6 号院 B 座 6 层
　　　　　　邮　编：100088
　　　　　　电　话：64924853（总编室） 64924716（发行部）
　　　　　　网　址：www.zgyscbs.cn
　　　　　　E-mail：zgyscbs@263.net

经　　销 新华书店
印　　刷 北京中科印刷有限公司
版　　次 2021 年 3 月第 1 版　 2021 年 3 月第 1 次印刷
规　　格 710 毫米 ×1000 毫米　1/16　14.5 印张
字　　数 237 千字
定　　价 65.00 元　 ISBN 978-7-5171-3789-4

老藤，本名滕贞甫，山东即墨人，中国作家协会
会员、中国作家协会第九届全委会委员，现任辽宁省
作家协会主席。20世纪80年代中期开始在报刊上发

表文学作品，先后在《人民文学》《十月》《中国作家》等报刊发表长、中、短篇小说百余篇，出版长篇小说《战国红》《刀兵过》《腊头驿》《鼓掌》《樱花之旅》《苍穹之眼》等，小说集《黑画眉》《熬鹰》《没有乌鸦的城市》《会殇》《大水》《无雨辽西》等，文化随笔集《儒学笔记》《探古求今说儒学》《孔子另说》。作品多次被《小说选刊》《中篇小说选刊》《长篇小说选刊》《新华文摘》《小说月报》等转载。曾获东北文学奖、辽宁文学奖、《小说选刊》奖、《北京文学》奖、中国作家出版集团奖·优秀作家贡献奖等，系中宣部文化名家暨"四个一批"人才，长篇小说《战国红》荣获第十五届精神文明建设"五个一工程"奖。

你是我多病的父母，挺过四季，守望天空；
恨你，因为魔咒作祟，爱你，因为血脉相通。

——摘自《杏儿心语·致柳城》

目录

红色岁月

红色历程

红色史诗

红色经典

一

海奇

　　一棵树，一眼古井，五只白鹅，这是杏儿的基本生活。

　　树是楸子树，井叫喇嘛眼，五只白鹅，只有唯一的公鹅有名字，叫小白。

　　谁也想不到，单调如三弦的日子会有诗生长，就像谷地里冷不丁冒出一株鹤立鸡群的高粱，令人感到突兀，但这种不可能的事确实发生了，并被村民日渐接受。柳城村民引以为豪的是，因为一个写诗的女孩，柳城有了知名度。

　　柳城是村，不是城，因为带个"城"字，常常被外界误读。

　　写诗的女孩叫柳春杏，一个春夏秋冬都喜欢穿牛仔装的姑娘。村民称呼人喜欢简洁，男女老少都喜欢叫她杏儿。杏儿蜂腰鹤腿，喜欢用一双明眸说话，马尾辫蓬松自然，脸上总是挂着矢车菊一般的微笑，清丽而不妖媚。

　　杏儿爹是个患有胆石症的木匠，少言寡语，读得懂《鲁班书》。杏儿娘擅长腌渍糖蒜，她制作的糖蒜不仅味道妙不可言，而且颜色赭红像抛光的玛瑙，看上去十分养眼。杏儿娘曾是村民办教师，村小学撤并后回家务农，因为有腿病，走不了远路，大部分时间在家里给丈夫打个下手。杏儿娘当民办教师时迷上了一个汪姓诗人的诗，能大段地背诵诗人的作品，那是二十世纪八十年代，杏儿娘和她所迷恋的诗都处于青春期，她和诗的相恋如同另一场爱情，历久弥深。杏儿后来对杏儿说过，因为背诵了这些诗，自己并没有觉得柳城有多么穷、多么苦，总觉得每一个黎明都是新鲜的，你爹制作的每一件木匠活儿都是精美的艺术品。

有村民就说，杏儿写诗是继承了杏儿娘的基因，杏儿并不否认，她特别相信娘说过的一句话：诗是心头的一盏灯，有诗在，就不怕夜的黑。当然，也有村民说杏儿的文采来自她父亲，杏儿爹的木工手艺远近闻名，做的大衣柜可以拆卸组装，不用一颗铁钉。杏儿的闺密李青则有比较靠谱的说法：杏儿写诗的天赋来自父母，写诗的激情来自她养的白鹅，而写诗的灵感则来自喇嘛眼。

李青说得不无道理。

喇嘛眼这口三百余岁的古井，是杏儿的梳妆镜，每天都会照上一回。

这一天，杏儿坐在井台，面前是长满杂草的小广场，草丛里有她的五只白鹅，正悠闲地觅食。五只鹅是杏儿的伙伴，杏儿每天都会带着它们到喇嘛眼来。动物身上保留了人类最初的特征，雄性威武张扬，雌性温顺低调，鹅群中那只公鹅煞是气派，它通体洁白，鼓圆如橙子的鹅冠咄咄逼人，一副随时准备决斗的架势。母鹅吃草时，这只公鹅总是雄起起高昂着头，警惕地审视四周，当有生人或土狗走过，它先会呱呱叫上几声预警，如果对方不予理睬，它便会伸长脖子，将脖颈贴着地面不顾一切地冲过去，这个时候人或土狗便会落荒而逃。公鹅是不惧对手的，从来没有看到这只公鹅有所畏惧。杏儿给这只公鹅起了个很通俗的名字——小白。有一次小白和一条土狗打架，小白受伤了，但仍然把土狗驱离了喇嘛眼，看到受伤的小白大摇大摆回来时，她既心疼又好笑，被狗咬伤了还一副啥都不服的架势，她便更加喜欢颇有男子汉气度的小白。看到小白高昂的鹅冠，杏儿会想起海奇。

海奇是县农业局干部，三年前到柳城驻村工作。那时杏儿十八岁，在喇嘛眼边楸子树下认识了海奇。

一辆出租车把海奇送到了村口。海奇穿一件立领白色夹克，白色收腿运动裤，一双白色运动鞋看上去很大，足有四十五码，手里提着一个很大的背包和一个墨绿色帆布画夹。杏儿当时就想，柳城男人没有谁有这么大的脚，记得娘说过一句话：脚大站得稳。这个一袭白衣的男人一定很稳。那时，小广场还是一片叫喇嘛台的废墟，废墟甚至高过西面和北面的民房，废墟上长满杂草灌木，喇嘛台南面是一块沙化荒地，五只白鹅就在荒地上吃草。

海奇走近楸子树的时候，小白显然发现了这个不速之客，呱呱叫了几声后便伸长脖颈，贴着地面蛇一样扑过来。海奇很灵敏，用一个三级跳远的动作摆脱了大鹅的袭击，跳到井台上。杏儿喝退了小白，扭头说："一个大男人，被只鹅吓成这样。"

海奇扑扑裤脚的尘土，有些腼腆地说："我长这么大，还没被大鹅啄过呢。"

杏儿扑哧一声笑了，掩着嘴不再说话。

"我叫海奇，是新来的驻村干部，小姑娘，村支书汪六叔家在哪里？"

杏儿有些不悦。谁是小姑娘？十八岁是大姑娘了。她指了指北面一处青瓦房道："院子有只毛驴的那家就是。"

杏儿的指示已经很清楚，村支书汪六叔家就在喇嘛眼正北面，院子里拴着一头五白一黑的毛驴。二十多年前汪六叔被选为村支书，至今还是支书、主任一肩挑。

问清了路，海奇却没有走的意思，在井台边坐下。七月天很热，海奇拉开白夹克拉链，露出贴身的白背心。杏儿发现海奇的白夹克面料很薄，像丝绸，再看看自己，是厚厚的牛仔装，一点清爽感没有。

"天好热！"海奇抬头看了看楸子树，"咦，这树荫怎么格外凉快？"

杏儿有些好笑，心想，那么大一双眼睛，难道看不见这里有眼井吗？她向井口努努嘴，道："那儿出凉气。"

海奇探出身子朝井下看看，井有几丈深，井口镶石处有井绳经年累月勒出的凹槽，井壁上长满青苔，井水深邃，能当镜子用。井口向外冒着丝丝凉气，难怪这个小姑娘会坐在这里，有树荫，有凉气，是个纳凉的好地方。

"这井口怎么那么多凹槽？"海奇问。

"三百岁的井，经年累月井绳勒的。"

海奇感到了稀奇："三百岁？是眼古井了。"

"那当然，它能前看五百年，后看五百年，村民叫它喇嘛眼。"

海奇点点头，原来村民把一口古井当成了生活的镜子。他问了杏儿的名字，递过一张名片，道："明儿个起，我就是柳城村民了，请多多关照。"

杏儿从来没接受过名片，双手接过名片不知该放到哪里，就一直握在手上。海奇说本来应该明天由乡干部送来，心里急，就提前一天自己来了。

"我叫杏儿。"杏儿介绍完自己的名字，不知再说什么，看一眼前面五只鹅，接着说，"刚才啄你的那只鹅叫小白。"

"小白好精神！"海奇说。

就这样，海奇和杏儿相识了，海奇午饭后会到楸子树下画画，杏儿则几乎每个晌午都到喇嘛眼来放鹅，也难怪，村里除了这个青石砌成的井台，再无好去处，这里有冒着丝丝凉气的井，有楸子树，还有两条青石凳，长满青草的喇嘛台有一种起伏感，像城市公园故意造就的丘陵。在全县农村通上网络后，杏儿买了一部国产手机，通过手机微信加入了一个名字叫"诗与远方"的微信群，群里大都是痴迷写诗的文友，有的文友写了几十年，却始终痴心不改，乐此不疲。在网络上杏儿很佩服闺密李青，李青是有名的网红，八万粉丝尽是铁粉。

海奇画油画，画板、调色板、画刀、画铲、一大堆牙膏样的油彩、大大小小的画笔，杏儿对这些工具颇感陌生，画个画还需要这么多工具？西洋画是不是有点小题大做？海奇画画的时候她就站在后面看，杏儿发现，海奇的画与真实的景物差异很大，甚至有点南辕北辙，比如北面的鹅冠山，明明是光秃秃的，呈褐色，但在海奇笔下却郁郁葱葱，长满了树木。杏儿就问："山上没有树，你怎么画得这么绿？"海奇头也不回地说："现在没树，不等于将来没有。"

杏儿觉得海奇是个乐观的人，他的画充满一种奇怪的诱惑力，像彩色的磁铁。

海奇画了一幅鹅冠山的油画后，将画送给了杏儿，海奇说："你做个见证，三年后看鹅冠山会不会是这个样子。"

杏儿明白了，海奇画的是三年后的鹅冠山，在海奇心里，鹅冠山应该是树木葱茏的景象。海奇给这幅画起名《鹅冠山之梦》。

杏儿把这幅油画挂在自己家里，这是她拥有的第一幅画。

杏儿对海奇印象好起来，小白似乎知道主人的心，见到海奇不再示威，有时还会站在海奇面前，装模作样观察海奇，如同一个好奇的勇士。

让杏儿失落的是海奇没满三年就回去了，走得黯淡无光，除了汪六叔和老魏，再没有人送他。

杏儿想海奇的时候，就会写诗，把写好的诗工工整整抄在日记本上，除了娘之外，她不给别人看这些诗。

海奇离开一年了，再没回柳城，杏儿理解海奇，海奇一定觉得自己有愧于村民，才不愿意回来看一眼，但杏儿知道，那一切不怪海奇。

前几天，汪六叔告诉她，说村里要来新一茬驻村干部了，是三个人，分别代表省市县三级组织驻村扶贫，时间和上批一样也是三年，带队的任村第一书记。

她问:"海奇不会再来吧?"

汪六叔摇摇头,海奇回城就失踪了一般,音信皆无。

杏儿坐在楸子树下并不是在等新来的驻村干部,她来放鹅。这五只白鹅是她心中最美的风景,只要白鹅振翅高歌,她就感到阳光灿烂。杏儿想起汪六叔说会有新一批驻村干部进村,心里也有些活动,但愿来人中能有一个穿白夹克的,柳城村民暗淡的衣着需要一道亮色。

村口是一个丁字路口,公路南北贯通,经过柳城处,像树干岔出一道细枝,把村子和公路连起来。在杏儿眼里,这条公路好似将阴阳两隔,因为公路东边是土冢累累的东老茔,与柳城相依相伴了三百多年的墓地。杏儿每次从小路往公路上走,都会产生一种通往墓地的错觉。汪六叔也发现了这个问题,就在公路东侧垒起一道能挡住视线的石墙,墓地是挡住了,但怎么看怎么添堵。

杏儿坐在井台上,远远地能看到那道石墙,墙没有水泥勾缝儿,显得有些粗糙,杏儿就想,要是把这堵墙刷上白灰,再画上一条流过鲜花草地的大河,会更耐看。

一辆白色面包车从公路拐进村来,是白乡长亲自来送新一批驻村干部。白乡长姓白,皮肤却黝黑,人看上去很壮实,汪六叔说白乡长有很重的糖尿病,饭前要往肚皮上扎针。汪六叔到村口迎接,看到杏儿在井台放鹅,就说:"你也来迎一下吧,杏儿。"

杏儿有些腼腆:"我又不是村干部,去迎不合适。"

汪六叔道:"你娘是妇女主任,腿脚不便来不了,你代表你娘。"

杏儿好说话,汪六叔这么说,她便跟着去接人。路上,汪六叔抱怨说,村委会本来有四个委员,除了你娘在村里外,那三个成年累月在外面打工,连电话都不接。

杏儿道:"留在村里还不是打麻将?出去打工也挺好。"

汪六叔叹了口气,小声说:"白黑子就是因为柳城好赌才不正眼看我,在大会上埋汰柳城是扶不上墙的一摊烂泥。"汪六叔称白乡长是白黑子,当然不敢当面叫,只能私下这样说,因为白乡长嘴黑,刳人不留面子,往往叫人下不来台。汪六叔和杏儿来到车前与白乡长握手,白乡长一一介绍了新一批驻村的三人。杏儿觉得三个人都挺面善,那个五十多岁的队长身材匀称,头发花白,戴眼镜,皮肤白皙，一看就是个文人。另两个年纪与海奇相仿，穿迷彩服，拎着旅行箱，好像拉练的军人。没有白夹克！杏儿很失望，目光有些散。

"这是杏儿。"汪六叔介绍道。杏儿缓过神来，礼貌地点点头。戴眼镜的队长向她伸出手来："我叫陈放，来自省农委。"白乡长补充了一句："以后就是柳城村第一书记，一把手。"

杏儿和陈放握了握手，感觉陈放的手很软，没有海奇的手那么有力。

就在这时，小白从小广场草丛里昂首挺胸走出，突然伸长脖子俯冲过来，众人没防备，小白一下子就啄到了陈放的裤腿，陈放下意识地跳开来，众人连忙吆喝着驱赶小白，小白呱呱叫了几声，好像完成了一项任务，旁若无人地走了。

"好厉害的鹅！"陈放说，"听说过养鹅护院之说，今天算是见识了。"

汪六叔说："杏儿养的鹅厉害，可杏儿却是个性子温柔的好姑娘。"

另两人和杏儿握手并做了自我介绍。

李东，来自市文化局，身材很艺术，一看就机灵。

彭非，来自县科协，体格健硕，浓眉大眼。

汪六叔说："我们杏儿不但模样俊，还会写诗呢，杏儿本来可以进城，可这孩子恋家，她娘身体不好，弟弟又在县城读书，她就留在村里不走。"

彭非和李东都睁大了眼睛看杏儿，两人正处于对女孩子格外感兴趣的年龄段，在柳城能遇到一个文学女青年这是令人长精神的事。杏儿的确好看，一身牛仔装勾勒出曼妙的身形，随意扎起的马尾辫落落大方，看不出这是一个乡下姑娘，一般的看法是，欠发达地区的女孩子应该穿着大红大绿，脸上带有山楂红，而杏儿却颠覆了这一认识。

"你有老师了。"李东说，"我们彭非是省作协的会员，发表过小说。"

杏儿眼睛一亮，工作队里来了个作家这是好事，在柳城，除了母亲外，她没有知音。

彭非说："我只是业余写点小说，李东不简单，在市马戏团写过串联词，会表演魔术。"

陈放打住他俩说："别相互吹捧了，也不怕人家笑话。"既然杏儿喜欢写作，他当场就给彭非下达了任务：在写作上帮扶杏儿，三年内让杏儿在报刊上有作品发表。彭非说："这可倒好，人没落脚任务先来了，请陈书记放心，我接受这个任务。"

杏儿笑了笑，笑容很内敛，会写小说的彭非看上去特憨厚。

汪六叔领着大伙经过喇嘛眼走向村委会。村委会条件有限，三个驻村干部就住在办公室旁边两间空屋里，陈放自己一间，李东和彭非共住一间。白乡长在宿舍转了一圈后对汪六叔道："再找个闲屋收拾一下做个厨房，村里安排个妇女来做做饭。"

晚上，汪六叔来到杏儿家，对杏儿娘说："你去给驻村干部做做饭吧，三个老爷们儿不能总是煮挂面哪。"杏儿爹耳朵上夹着一根铅笔，正在校正刨子，他看看老婆，没出声。杏儿娘说："我只会腌糖蒜，做菜怕人家吃不惯。"杏儿娘把家里收拾得纤尘不染，尤其是锅灶碗橱，特亮堂。

汪六叔道："只要讲卫生就好，总不能让德成家里的去吧。"

汪六叔说的德成家里的是指柳德成的老婆大芬。大芬不讲究穿戴，出门总是扎着围裙，围裙上五颜六色污渍叠加，看不出布料底色，在村里就成了不讲卫生的代名词。

杏儿娘看了看杏儿，杏儿娘有个原则，女儿不赞成的事不做。

杏儿想到了海奇，海奇驻村时总是吃挂面，而且是自己在电饭锅里煮，杏儿看过好几回海奇不用碗，直接在锅里就着糖蒜吃面，看着让人心疼。就说："顿顿吃挂面，咋能留住人家？"

汪六叔说："也不是白做，上头对驻村干部有伙食补助，虽不多，也够给杏儿交手机费了。"

杏儿娘说："那就做吧，谁叫我是妇女主任呢。"

汪六叔说："就是嘛，村干部不带头谁带头？"

二
——

喇嘛咒

杏儿听陈放说过最初进村时对柳城的印象，柳城就是岁月之河上一台陈年水车，以她的破旧之躯，为鹅冠山下这片贫瘠的土地输送着血液，不知疲惫，不求闻达，年年如此，岁岁这般，时光在这里恍若放慢了脚步。

车有轮毂，村有里仁，驻村第一件事做什么？陈放想到了下车伊始看到的小广场。荒废的小广场像一块失效日久的膏药贴在村口，让人提不起精神。

吃过早饭，陈放走出村委会那扇铁门，沿着杂草丛生的小广场周边散步，白鹅看到领地有人侵入，马上开始呱呱大叫，小白英气逼人，摆出一副拼命的架势。坐在井台上的杏儿吆喝了一声，鹅不叫了，开始低头吃草。

陈放走过来，见杏儿手里拿着一本书，就问："看什么书呢，杏儿？"杏儿把手里的书举了举，陈放接过一看，是本《徐志摩诗选》，陈放不懂诗，但知道徐志摩，诗集封面已经毛边，看得出这本书被杏儿读厚了。

"看来你很喜欢这本诗集。"陈放说。

"这是海奇给我的，"杏儿说，"海奇在住院时把这本书赠给了我。"陈放知道一点海奇的事，但年轻人的事不便多问。杏儿说之所以喜爱这本书，是因为书中有一首海奇写的诗，是写在扉页上的赠语，诗的名字叫《少女与井》，全诗只有四句：

少女，将花容寄存在井里

不担心，有风打扰

渴望有个背着行囊的游子走来

摇响，打着铁箍的辘轳

他翻开扉页，看到了这首用钢笔写的赠诗，字迹飘逸潇洒，看得出书写者的才气。他将书还给杏儿，问："每天都来这里放鹅吗？"

杏儿点点头："这里就是柳城的公园。"

既然是公园，杂草丛生总不是回事，陈放想，应该把这个小广场改造成硬覆盖，给村民提供一个休闲的地方。

陈放说："这个小广场应该改造一下，荒废了可惜。"

杏儿不了解这位第一书记，以为对方只是说说而已，便没有搭话。杏儿听汪六叔说过，对有些干部来村里的许诺别太当真，免得失望。杏儿估计汪六叔失望过，所以才有这样一个结论。

"陈书记您怎么选择来柳城驻村？柳城地薄呢。"杏儿觉得这个第一书记文质彬彬，忍不住这样问了一句。杏儿想到了海奇，海奇来柳城时她也问过同样的问题，海奇说地薄怕什么，他要做一棵铁棍山药。

陈放没想到杏儿会问这样的问题，便在井台边坐下来，笑着道："怎么个薄法？"

杏儿望着远处的鹅冠山，把手中的书覆盖住膝盖，眼里蒙上一层湿雾。喃喃地说："柳城十年九旱，有喇嘛咒压着。"

陈放有些惊讶："什么喇嘛咒？"

"三百年前一个红衣喇嘛的毒咒。"杏儿说。

陈放暗暗记住了杏儿的话。

陈放原本没想来柳城，名单上有六个村可供选择，机关党委的同志为他选了一个近郊村，交通相对便利，扶贫压力也小，因为那个村适合建蔬菜大棚，可以种反季菜，他本来也同意了，当天夜里上床休息，他习惯性地从内衣兜里拿出那个玛瑙平安扣，在手里掂量了许久，临时改变了主意，到辽西去，到最偏远的柳城去。

他掂量的是一个红玛瑙平安扣，爷爷称它面包扣，是爷爷留给他的遗物。

二十世纪三十年代末，爷爷在辽西打游击，一次在大河北与日伪军遭遇，激战中爷爷腿部受伤，从一道山岗滚落下来昏死过去。不知过了多久，当爷爷醒来时已经躺在一户农家的炕上。救他的叫庞四谷，是个言辞不多的农民，庞四谷在山沟里看到了浑身是血的爷爷，试试鼻前还有气息，便赶着驴车把昏死中的爷爷拉回家救了过来。因为担心鬼子搜查，庞四谷把爷爷藏到山间一个地窖子里，每天以赶车进山砍柴为名给他偷偷送来一瓦罐水、一钵馇子。爷爷就此活了下来。爷爷记得这个村叫大庞杖子，那里十年九旱，很穷。爷爷后来当了将军，他最喜欢吃的是玉米面压成的馇子，再配一点酸菜汤，爷爷说味道是有记忆的，一旦失去记忆的味道人就忘本了。爷爷一直不忘有救命之恩的庞四谷，一九四九年后回去找过，因为日本鬼子后来在辽西一带搞"集团部落"，庞四谷一家被赶进"人圈"便不知所终，当地人说只要进入"人圈"肯定凶多吉少。爷爷去世前念念不忘大庞杖子，说辽西人像玛瑙，什么时候都不是尿包软蛋。爷爷把这个平安扣给了陈放，说当年他到辽西寻找庞四谷，看到辽西北的老百姓还很穷，很多人家的孩子没有吃过面包，他在一个街旁地摊上看到了这个玛瑙扣，摆地摊的老人说这是面包扣，戴上它能保佑后代天天吃面包，爷爷心里酸酸的，便花五块钱买下了这个面包扣，用一个小布袋装在内衣兜里。一九七八年爷爷去世前，把这个小物件给了自己，陈放记得爷爷弥留之际念叨的话：辽西不富，死不瞑目……陈放非常珍视爷爷留给自己的这个平安扣。后来，辽西北票发现了战国红玛瑙，他惊奇地发现，爷爷留下的这个平安扣竟然是战国红材质。战国红古称赤玉，黄红之色极为珍贵，有"玛瑙中君子也"之说。爷爷是陈放最敬重的人，爷爷知恩图报，一直感念庞四谷，没能找到庞四谷是爷爷心中永远的遗憾。爷爷去世后，陈放几次到辽西调研，也去过大庞杖子，甚至上山找过爷爷藏身的地窖子，很可惜每次都一无所获。因为自然条件恶劣，大庞杖子仍是贫困区，老百姓生活尚未脱贫，因为大庞杖子不在这次驻村名单之列，他选择了同样偏远的柳城，在陈放心里，柳城就等同于大庞杖子。

"不过，您也别怕。"杏儿说，"柳城人不坏，也有故事。"

"是呀，人是最重要的，"陈放说，"地薄不要紧，即使薄成一张白纸，也还可以作画。"

"柳城可不是一张白纸。"杏儿说。

"怎么讲？"

"怎么说呢，柳城就像过年挂的一张老旧家谱，上面密密麻麻写满了人名，没办法作画。"

陈放说："那就更好了，说明柳城是一幅《清明上河图》，更有价值。"

"陈书记反说正说都在理。"杏儿笑了。

"我们既然来了，就要干点事情。"

杏儿说："您是第一书记，又有俩助手，可是海奇就不一样了，单枪匹马。"

陈放知道海奇建了眼前这个广场，他站起身，指着小广场道："我们就从海奇建的这个小广场入手开始做事。"

杏儿心头一热，小广场是海奇的作品，也是她和白鹅的天地。一年多了，很少有村民到小广场来活动，细沙铺就的地面长满了杂草，羊和鸡鸭鹅蹚出的小径布满了粪便，在家里她问娘怎么没人来小广场？娘叹了口气说，谁有心穷嘚瑟。

她明白了，嘚瑟是有条件的，穷嘚瑟会让人笑话。

"这个小广场有名字吗？"陈放问。

"有的，"杏儿说，"过去这里叫喇嘛台，海奇建成了小广场后起名天一广场，海奇说辽西缺水，天一生水，只要有了水，柳城村不愁不脱贫。"杏儿停顿了一下接着说，"海奇建天一广场不容易，村里老人说喇嘛台动不得土，海奇不信邪，硬是把喇嘛台给推平了。小广场虽然叫天一广场，可是没人叫，村民要么叫喇嘛台，要么叫小广场，只有海奇自己叫天一广场。海奇建成天一广场后，特意在井台边让石匠给凿了一个石槽，看，就是这个石槽。"

陈放已经注意到这个三尺长，宽深各尺半的石槽，没想到这竟然是上批驻村干部留下的作品，不由得上前仔细端详了一番。

"石匠搬运和凿石费了许多力气，当时看着凿成的石槽我问海奇这是喂马槽吗？海奇没有说话，提起井台边的水桶，一桶桶提水上来，将石槽灌满。说也奇怪，石槽注满井水后，那五只白鹅张开翅膀扑棱扑棱奔过来，一边饮水一边弯曲着长项梳洗羽毛，我明白了，这是海奇专门给白鹅准备的水槽。海奇说，鹅喜水，柳城没水塘，鹅太亏了。我当时眼圈就湿了，我向海奇鞠了一躬，说：'我替小白它们五个谢谢海奇哥啦。'海奇说：'我得对小白好一点，怕它再啄我。'"

杏儿痴痴地望着那个石槽出神。陈放被杏儿的话吸引了，再次走到石槽前，转着圈又看了一遍，石槽背阴处长满青苔，里面有半槽水，水上漂着三五片楸子叶。

陈放问："为什么村民反对推平喇嘛台，不就是一堆瓦砾吗？"

杏儿道："这件事汪六叔能说囫囵。"

彭非和李东吃过早饭也来小广场遛弯儿，又引起鹅群一阵叫声。杏儿再次吆喝几声，鹅群平静下来。彭非和李东走过来，李东问杏儿："村里还有什么好转的地方？"

杏儿摇摇头道："最好的地方就在这儿了。"

李东说："这里没啥可看的呀。"

"可以看喇嘛眼哪。"杏儿说。

"喇嘛眼？"李东很疑惑。

"喇嘛眼就是这口古井，"杏儿说，"柳城古往今来所发生的事都在喇嘛眼里，这里有小嫚、四婶和二芬。"

李东和彭非都探出身子往井里看了看，发现幽深的井底似乎镶着一面镜子，李东直起腰问："你说的这几个人都是谁呀？"

"三个女人，都死了，"杏儿说，"小嫚和四婶是我出生前的事，二芬我见过，是德成婶的妹妹，人很美，脸像满月，和德成婶的邋遢相反，二芬爱干净，有洁癖，每天都来担水回家洗澡。她们三个都有腿病，一时想不开选择了投井。有人投井，汪六叔就要组织人淘井，我爹也要打棺材。我爹说，都怪喇嘛咒，要不好端端的女人怎么会有腿病？又怎么会投井？我也纳闷儿，寻死的方式有很多，三个女人怎么都选择了喇嘛眼？村里老人说，喇嘛眼发红时，就会有不吉利的事发生，我在这里正好当棵消息树，哪一天喇嘛眼发红了，好赶紧告诉六叔，用村里大喇叭喊喊，提醒村民注意。"

李东和彭非相互看了一眼，杏儿讲的故事挺吓人，三个投井自杀的女人如果在井水中露出真容，那可够惊悚的。

陈放驻村前给自己立下一个规矩：说了算，定了干，再大困难也不变。既然说了整修小广场，就不能放空炮。他对李东和彭非说："修好天一广场，给村子提提精气神，也让村民有个聚拢的好地方。"李东和彭非都赞成从小广场入手来开始驻村工作。汪六叔听说陈书记要整修小广场，意味深长地说："柳城的事喇嘛台是道坎儿，能迈过去啥事都顺理成章，迈不过去就会跌跟头。"陈放不明白这话的意思，汪六叔说："慢慢你就知道了。"

施工队开始入场施工，柳城出现了机械轰鸣声，这个声音对村民来说已经很陌生了。

陈放和汪六叔坐在楸子树下观看施工情况，杏儿站在一旁。

"当时建小广场遇到些阻力，杏儿说你能说囫囵。"陈放问。

汪六叔点燃一支烟，一口接一口吐着蓝色的烟圈，新刮过的下巴泛着铁青，开始讲述一个古老的故事："柳城是周围百八十里年头最久的村，据说是清初招民开垦形成的村落，村里原来有一座喇嘛庙，庙址就在小广场一带。庙里有个红衣喇嘛，道行深，名气大，连响马都敬着他。当时的鹅冠山草茂林密，长满高大的麻栎树，山下有一条河，曲曲弯弯从山涧流淌下来，人称蛤蜊河，蛤蜊河一直流到村口，村民和庙里都靠吃这河水为生。鹅冠山是喇嘛庙庙产，红衣喇嘛另一个身份就是看山，护着这些麻栎树。乾隆年间，朝廷扩建承德离宫，朝廷派人到辽西伐木，不知怎么就相中了鹅冠山上的麻栎树。当时塔子沟主事的朝廷命官发下官文，让柳城村民上山伐木，逾期不交足木材就要治罪。村民知道山林是庙产，就来找红衣喇嘛问该怎么办。红衣喇嘛说山上的麻栎树万万伐不得，伐了会遭天谴。村民说朝廷治罪咋办？红衣喇嘛说让朝廷治我的罪好了。村民和官府僵持的时候，红衣喇嘛在庙前雇人打了一口井，红衣喇嘛说，无井不成邑，要打一口井以应不时之需，这就是现在的喇嘛眼。看来，红衣喇嘛已经预见到了会有后面的事情发生，要不他不会守着一条蛤蜊河还去费力打井。喇嘛眼打成不久，官府就派人来喇嘛庙把红衣喇嘛抓走了。抓人那天全村老少都来看热闹，村民不想让红衣喇嘛走，但胳膊拧不过大腿，红衣喇嘛还是被五花大绑押走了，走到喇嘛眼前，红衣喇嘛站在井台上对村民大声说：'尔等谨记：若行善，在这眼里；若作恶，亦在这眼里，从今往后，河水断，井哭天，壮丁鬼打墙，女眷行不远。'这就是柳城人世世代代破不掉的喇嘛咒。"

陈放对历史有些研究，知道清廷建避暑山庄的确从辽西征过木材，但砍伐鹅冠山麻栎树一事却无据可查。

"那么后来呢？"陈放关心的是接下来的事。

"后来村民上山伐木了，那些麻栎树被采伐一空，麻栎树被伐光后，山上其他树也很快被砍倒做了烧柴，飞禽走兽不见了踪迹，鹅冠山过去有狼和鹿，野鸡成群，据我们家谱记载，我们汪家先祖曾经是猎户，想想看，能靠打猎为生，说明当时山里猎物一定不少。树伐光，这些动物都没了影。野兽没有就没有吧，问题是那条从山上淌下来的蛤蜊河也干了，成了一条死河床，据说河边那片砾石岗原本是一片棠棣林，因为干旱棠棣树都死了，砾石岗上寸草不生，连条蚯蚓都不见。红衣喇嘛的魔咒开始灵验，蛤蜊河断流后，柳城一年有多半时间遭风沙困扰，原本能种豆子的好地开始沙化，只能种谷子。好在红衣喇嘛挖了喇嘛眼，村民就开始吃喇嘛眼井水生活，村民这才明白，红衣喇嘛如果不打这口井，柳城这个村庄就不复存在了。红衣喇嘛被抓走后，喇嘛庙日渐荒废，后来便坍塌变成一片废墟，村民称之为喇嘛台。村民都忌惮喇嘛咒，没有谁敢把喇嘛台变成宅基地，也没人到喇嘛台来动土。可怕的是喇嘛咒一步步显示出魔力，男人下地劳作遭受风吹不必说，关键是田里十年九不收像鬼打墙一样堵住男人的财路，而村里女人也经常患上奇怪的腿病，这腿病邪乎，无缘无故就骨头疼，疼起来要命，无法走远路。远了不说，最近三十年就有三个女人因为受不了腿病折磨投喇嘛眼寻了短见，这就是杏儿提到的小嫚、四婶和二芬。"

"鹅冠山上的树是柳城村民砍伐的？"陈放问。

汪六叔点点头："官府只下征缴数，一万根还是两万根现在不知道，但伐树的事只能由村民来做。"

陈放心里清楚，在山上伐一棵树，会毁掉一片林，因为拖运会把沿途的林木毁坏殆尽。他仿佛看到一些袒胸露背的村民在疯狂地砍伐麻栎树，高大的麻栎树轰然倒下时，噼里啪啦又砸断许多小树，小树折断的脆响此起彼伏。陈放说："要是间伐就好了，为什么非要剃光头呢？"

汪六叔说："这是当地习俗，老百姓喜欢开山，一座山一旦开山，一年半载就会剃成光头，一棵树也留不下，不知这个习俗始于何时，十几年前刀尔登一带还在开山呢。"汪六叔叹了口气，颇为无奈地说，"鹅冠山不用开了，几百年前开过了。"

"对大自然所有的伤害，大自然一定会成倍还回来。"陈放说，"后人应该给红衣喇嘛竖一座碑，把喇嘛咒刻在碑上。"

汪六叔道："这口喇嘛眼就是他的碑，吃水不忘挖井人嘛。三年前驻村干部海奇来到柳城，初生牛犊不怕虎，有干劲儿，办事认真，到县里争取了一笔资金，回村把喇嘛台推平，建了小广场。"说到这儿，汪六叔摇摇头，道，"海奇心是好心，可惜还是着了魔咒，驻村时间未满就伤心地离开了。"

站在一旁的杏儿显然听到了这句话，接过话说："柳城亏待了海奇。"

陈放问："怎么这样讲？"

杏儿说："海奇是受伤走的，连声再见都没说。"

陈放知道杏儿对海奇有好感，海奇在柳城扶贫工作上的付出令人感动，如果不以成败论英雄，海奇绝对是个优秀的驻村干部，很可惜，海奇的努力功亏一篑，并因此遭受了村民误解。

说到了海奇，汪六叔长叹一口气："海奇一腔心血毁在猪身上。"

三

三幅油画

　　看到鹅杏儿就会想起海奇。杏儿坐在井台上，看到小白昂首挺胸迎面走来，她恍惚以为海奇来了，情不自禁起身相迎，走下井台才知道过来的是小白，她蹲下身抚摸一下小白滑润的羽毛，小白伸长脖颈轻轻啄几下她的马尾辫。

　　在杏儿眼里，海奇有一肚子委屈。

　　海奇驻村两年半，是在村民的注视中磕磕绊绊走过来的。推平喇嘛台，修天一广场，这好比太岁头上动土，让许多村民心有余悸。天一广场虽不大，却是极实用的公共场地，放露天电影，办临时集市，按理说村民应该喜欢，但事与愿违，广场建好后鲜有人来，小广场并没起到聚拢人气的作用。

　　杏儿记得，建广场前海奇画了一幅画，对着长满蒿草的瓦砾堆，海奇却画出了一个很别致的小广场。杏儿说："你这样画，在屋里也能画，为啥还要到喇嘛眼来？"海奇说："我眼里看着喇嘛台，心里却在画它明天的样子，艺术离不开想象。"

　　果然，海奇按照自己画成的油画，亲自指挥推土机平整场地，把画布上的画变成了真实的景观。海奇细心，小广场很像学校操场，轧道机把沙子压平整，即使雨天也不再泥泞。海奇说，将来有了资金就把沙地换成混凝土，那样就一劳永逸了。

杏儿看到了喇嘛台变成小广场全过程，她觉得海奇有本事，眉宇间有一股英气。

小广场即将竣工，杏儿问："海奇哥你把喇嘛台建成广场，我到哪里放鹅呢？"

海奇开玩笑说："就到广场上放，五只白鹅一路纵队走过去，神气！"

没想到，杏儿的鹅群后来真的在荒废的小广场放了，杏儿每每想起海奇的话，就有种一语成谶的感觉。

汪六叔对海奇不错，家里做了好菜的时候会把海奇从村委会宿舍拽到家里喝几盅苞谷烧。海奇就住在村委会简陋的红砖平房里，总是用电饭锅煮挂面吃。海奇不想麻烦别人，每次都推托，汪六叔说："柳城虽穷，人心却是热的，你不来就见外了。"海奇就只好跟着汪六叔到家里吃晚饭。

海奇走过喇嘛眼的时候，发现杏儿在井台边坐着，就说："咋不回家吃饭，杏儿？"杏儿道："娘叫我再回家也不晚。"

汪六叔道："杏儿这孩子是在看你有没有饭吃，她责怪我说不该让你一个人煮挂面。"

"看来我该吃派饭了。"海奇心里涌上一股热流，有个漂亮的女孩子惦记自己的晚饭，这是一件多么幸福的事。

汪六叔家境稍好，老伴儿能干农活儿，家里养着一头驴，两个孩子成家后都在大连打工，八十多岁的老母亲虽说腿脚不便，但精神矍铄，一双眼睛算盘珠般黑亮有神。

汪六叔酒量大，口重，说话粗门大嗓。他请海奇回家吃饭时，会有一荤一素两个菜，再加上一碟腌萝卜条、一碟糖蒜。汪六叔八十多岁的老母亲说，这待遇在柳城是接待县长的标准。原来，汪六叔的母亲当年是村妇女主任，县长下乡到她家里吃过派饭，当年她和丈夫就安排了这样一荤一素加上两个小菜。那个县长是老八路出身，一点架子没有，盘腿坐在炕上与汪六叔父亲唠家常，就像一家人一样，苞米面窝头吃得特香。县长吃完饭把一条灰色毛围脖送给了汪六叔的父亲，这条围脖现在还是老人家压箱底的宝贝，这件事老人家一直念念不忘。与接待县长不同的是，接待海奇有了苞谷烧，苞谷烧度数低，回味甘甜，汪六叔喝上一斤腿不软。

海奇酒量不大，喝上几口脸就红透。海奇仗着酒劲儿，问了一个很久就想问的问题："村里很多妇女有腿病是咋回事？"

汪六叔说："几百年了，柳城女眷就多患腿病，走不远，老辈人都说这是红衣喇嘛用魔咒拴住了女人的腿。"

海奇说："医学这么发达，腿病应该能治。"

汪六叔摇摇头："都治过，白扯。"

柳城是辽西地区典型的贫困村，全村二百七十三户，一千零一口人。四邻八乡只要提到柳城，会不约而同这样说：那地场，没治！

说来也奇怪，柳城周边一些村子并不穷，他们要么有煤矿、铁矿，要么出产玛瑙，尤其出产玛瑙的几个邻村，很多人家买了轿车，有的人家还在县城买了供热的楼房，而柳城除了几千亩十年九旱的薄田，啥资源也没有，唯一一座山还没有树，只长了些山枣荆棘，蜿蜒而过的蛤蜊河像一条蛇蜕，干巴巴地萎缩在村边，河边有片十几垧地大小的砾石岗，像块巨大的牛皮癣格外扎眼。

汪六叔说："柳城有三病，神仙也没法治：骨病、懒病和赌病。"

海奇觉得汪六叔不愧是老支书，对村情了解很透，他和杏儿娘聊天，说到柳城怎样才能过上好日子时，杏儿娘也说女人没病、男人不懒不赌，柳城就能过上好日子。看来，村民都知道穷根在哪里，只是不知如何把它拔掉。

海奇决心着手解决这三个问题，他暗暗对自己说：一勤天下无难事，不信这魔咒就破不了！

海奇通过熟人关系，联系了市里一家毛纺厂，计划组织有劳动能力的男人利用冬闲去城里做工。工厂联系好了，村民却不愿意去，海奇一家一户上门苦劝，只劝动了两三个人，问理由，村民都是这样一句话：猫冬就该歇着，这是老天爷安排的时令。

都不出去打工，漫长的冬季闲着无事，村民就三三两两凑在一起打麻将，走在街上，哗啦哗啦的搓麻声格外刺耳。海奇找汪六叔商议该怎么办，汪六叔说反正也是闲着，打打牌至少不会有时间去干偷盗打劫的违法之事，辽西过去为啥多响马？就是猫冬的老爷们儿没事干，凑在小黑屋里一商议，就干起了打家劫舍的勾当，当年辽西巨匪杜立三、田玉本手下都是这样一些亦农亦匪的喽啰。

"可是，赌博是违法的呀。"海奇很天真。

"这是没法子的法子，就像哄小孩，不给他含个奶嘴就哭闹不停，打麻将就权当给大老爷们儿的奶嘴吧。"

奶头乐不会长远，海奇心想，必须对症下药，把这个陋习给改掉！

海奇对杏儿说他要先易后难，把"三病"逐个治好，第一个就是先想办法将杏儿娘的腿病医好，给柳城妇女以信心。

杏儿听了差点蹦起来，说："海奇哥要是能治好我娘的腿病，我就是你的人！"

海奇瞪了杏儿一眼："可不许胡说。"

杏儿鼓着嘴道："娘的腿好了，我就能像小鸟一样飞出柳城，喜欢往哪里飞就往哪里飞。"

海奇心里有些酸，杏儿模样很像电影《城南旧事》里那个大眼睛小姑娘，看着就让人心生怜爱，如果这样窝在乡下，人生梦想只能局限在诗里了。

杏儿娘很过意不去，出去看病需要花费。海奇说，治好阿姨的腿，是为了给柳城妇女能走远以信心，女人好，男人就有力量，看病的钱他会想办法。

在省医院拥挤的走廊里，海奇拿到诊断结果后瘫坐在长椅上久久发呆，杏儿走过来，强装出一张笑脸道："没事，海奇哥，我娘有思想准备。"

杏儿也在长椅上坐下，眼睛看着水磨石地面，就像望着喇嘛眼里的井水，目光专注。好一会儿，她说："要是能治好的话，喇嘛眼就不会变红了。"

"我想做成点事，为啥总是出师不利呢？"海奇双手抱住头，一副很痛苦的样子。

杏儿说："海奇哥你放心，我娘是个坚强的人，不会学二芬，二芬除了骨头疼，啥也没有，我娘还有我爹、我弟弟和我，还是柳城的妇女主任，不会想不开。"

喇嘛眼寻短见的三个女人，杏儿只见过二芬。二芬要强，父母过世早，和爷爷奶奶一起生活。二芬很小就学会了打理自己的事。因为经常上山拾草，二芬特别能走路，走起路来男孩子都跟不上。有一年县里开运动会，让各乡组队参赛，二芬被乡里选拔参加了竞走项目，尽管动作不是很标准，二芬却获得了冠军，而且把第二名落了一圈。她的表现被省里教练发现了，把她选拔到省里集训，说好了先试训一个月，符合条件就正式办手续。办手续就意味着参加工

红色岁月 红色历程 红色史诗 红色经典

作，二芬为此几宿没睡觉，告诉杏儿只要她能进城，一定想办法也把杏儿带出去，杏儿有才，可以用脑子吃饭。二芬参加试训第二周，两腿有些疼痛，开始并没在意，后来竟然在跑道上摔倒。队医领她到医院检查后，得出的结论是骨质有问题，不适合再参加体育项目，就这样二芬又回到了柳城。二芬回来后就足不出户，闷在家里发呆。杏儿去看她，杏儿小，一直把二芬当姐姐。二芬看到杏儿后抱着她大哭不止，杏儿知道二芬难过，就说别怕二芬姐，你要是走不动我让爹给你做一副拐，桃木的，辟邪！二芬捧着杏儿的脸说，杏儿，你要常来看姐姐，不是到爷爷奶奶这里来，是到喇嘛眼看姐姐。杏儿问，你到喇嘛眼干什么？二芬说，我要问问红衣喇嘛为啥偏和柳城的女人过不去？二芬的话杏儿不理解，因为杏儿还小。第二天一早，二芬便投喇嘛眼自尽了，投井时没人看到，有人来担水时发现井台上整齐地摆着一双运动鞋，这是二芬在省里集训时队里免费发的，二芬不忍心带走，想把鞋留给爷爷奶奶。杏儿听到噩耗后一连哭了好几天，她觉得自己本来能阻止二芬的，但当时太糊涂了，便暗暗在心里对二芬许下诺言，一定常去喇嘛眼看她。

海奇说："杏儿你心真大，我挺佩服你的。"

第二年入秋，海奇创作了三幅油画，第一幅他命名《牧鹅少女》，画面上是一个穿牛仔装的少女在草地上放鹅，少女是个侧影，体态婀娜，黑色的马尾辫从一侧垂下来，少女低头看书，身旁是五只白鹅，白鹅洁白如雪，与草地形成强烈对比，其中一只大鹅高高昂起头来，似乎想看看少女在读什么书。第二幅命名《小康》，画面上是一头肥硕的白猪，在一株油菜花下酣睡。第三幅命名《大黄》，画面上是一只站在木栅栏前的大黄狗，这是杏儿收养的一只小流浪狗，杏儿把它送给了海奇，海奇把它养在村委会院子里，一年后长成了一条威风凛凛的大狗，海奇和杏儿商量后，给它起了个大黄的名字。三幅画海奇送给了杏儿两幅，那幅《小康》的画他挂在了宿舍墙上。画好《小康》这幅油画，海奇开始推进一个项目：养猪。

发展畜牧业是海奇早就有的打算，恰好这一年柳城玉米丰收，玉米售价低，卖不上价钱，海奇就想，现在好比股票抄底，到了该进入畜牧业的时机了。海奇先是做通了汪六叔工作，然后一家一户做村民工作，讲怎样才能让玉米变成猪肉来卖。汪六叔帮着烧火，说过年吃饼子香还是吃肉香？养猪哪怕不赚钱至少不会亏了嘴吧？这样一说，男人们就没了再懒的理由。海奇让一个在养殖公司当老板的同学以优惠价给柳城村民提供杜洛克仔猪，村民犹犹豫豫开始养猪。

应该说养猪势头不错，村民的话题不再是牌桌上的"对对和""杠上开花"，而是谁家猪肥，谁家饲料配得好，柳城著名的四大立棍感叹：养猪和麻将怎么成了对头？

这一年是海奇开心的一年，他告诉杏儿，看到家家户户猪栏里杜洛克撒欢，好比《小康》参加了国展一样带劲儿，他甚至觉得猪粪的味道也不难闻，猪粪是有机肥，明年谋划怎么把猪粪加工成小包装花肥，村民又会增加一笔收入。

海奇离开柳城那一年杏儿二十。杏儿偷偷算过，海奇比自己大五岁，但海奇却比自己成熟很多。她不知道海奇家境如何，只知道海奇还未成家，一个人在县农业局住宿舍。海奇很少在单位，更多时间都在村里。汪六叔说海奇像棵楸子树，已经在柳城扎根了。她问过海奇驻村有啥感受，海奇说肩上扛着个磨盘，压力山大。杏儿问，要是完不成任务会受处分吗？海奇道，那倒不至于，可是人总该有个脸面吧？就像打擂比武，争着抢着跳上擂台，却被对手一脚踢下去，这脸往哪儿搁？

海奇在柳城推广养猪工作得到了乡里表扬，白乡长大会小会夸柳城，白乡长在企业工作过，做事讲究投入产出，他在一次村干部会上讲：柳城能做好猪的文章，你们其他村怎么就不能做好小尾寒羊、广灵驴、大骨鸡的文章？你们守着一囤囤玉米只想着苞谷烧不行，要琢磨附加值高的畜牧业。

在乡里开会回来，汪六叔特意把海奇拉到家里喝酒，汪六叔说我在柳城干了三十年村支书，受到上级表扬还是第一次，海奇你给柳城争光了。

海奇也很兴奋，说自己与河北一家生产火腿肠的企业已经联系好了，玥年猪出栏他们可以全部收购，省得一家一户找销路。

这一年，杏儿也写了不少诗，写满了整整一个日记本。

四

一罐糖蒜

杏儿觉得陈书记做事很像爹做木匠活儿，卯子不凿透不罢休，不像有些大干部，贵人多忘事。

陈书记说整修小广场，眼看着就竣工了，杏儿像在一场梦里，似乎不相信原本杂草丛生的沙土地面竟然铺上了防滑的花岗岩方砖。

杏儿感动的是广场正面入口处，立了一块造型像倒梨子的大青石，上面阴刻涂红四个大字：天一广场。天一广场是海奇起的，陈放不想换名，天一生水，柳城缺水，有了水，生态就会改善，生态改善后，喇嘛咒还会灵吗？陈放还认为，叫天一广场颇有文化感，与柳城这个村名也匹配。

广场修好后陈放请杏儿爹做了八个木条长椅，摆放在广场四周。陈放特意让人在喇嘛眼楸子树下安放了一个，这是专门给杏儿准备的，陈放说，石凳凉，女孩子久坐不好，这样杏儿放鹅观井就有了坐处。

杏儿为表达谢意，她让娘给陈放他们捎去一罐糖蒜，这是她跟娘学了手艺后，特意精选了独头蒜腌渍的，以此表示对整修小广场的感激之情。

杏儿娘做饭很合三个人口味，很简单的农家饭菜也能做出花样来。比如尖椒，就做成虎皮尖椒；茄子，就做成蒜泥茄子；最常见的土豆，也能做成炝拌、辣炒。李东和彭非都夸赞杏儿娘的厨艺，说在柳城吃饭，能吃出妈妈的味道。

三人吃饭也是相互交流的机会，饭桌成了便捷式会议桌。陈放说："这次来柳城，县长对我说，陈处长啊，你是专拣重担挑哇，柳城可是全县扶贫工作的盲肠。我就问县长，柳城工作难在哪里？县长打了个比方，说柳城就像一条随时张脚的三条腿饭桌，撑不起大鱼大肉。我觉得三条腿饭桌这话挺有意思，我们把断腿给接起来，饭桌上不就可以摆放山珍海味了。"

彭非和李东都认为书记说得对，接上断桌腿必须破咒、拆墙。

杏儿娘把那罐糖蒜端上来，告诉大家这是杏儿专门给腌渍的，感谢陈书记在楸子树下安了一条长椅。三人盯着糖蒜好像盯着一盘山珍海味，谁也没舍得动筷。彭非在农村生活过，他觉得这糖蒜有些新奇，道："我还是第一次见到独头糖蒜。"

大家让陈放先动筷。陈放夹起一粒吃下去，清脆甜酸，味道极佳。

李东咔嚓咔嚓吃下一粒后说："独头蒜是难得的药材，有地里长出的青霉素一说，吃了对身体有利。"

杏儿娘道："独头蒜很少，一垄蒜也就十头八头，这罐蒜是杏儿精心挑选的，你们关心杏儿，这孩子都记在心里。"

大家看着那罐独头蒜不忍心一次吃完。"细水长流，留着下顿吃。"陈放说，突然，他伸出手把糖蒜罐拿过去，仔细端详一番后，用力拍了一下桌面，"你们说这糖蒜能不能做篇文章出来？"

彭非问："什么文章？"

"组织村中妇女加工糖蒜！"陈放眼放异彩。

众人一致称好，腌渍糖蒜是个好办法，村里家家腌渍糖蒜，加工成小袋真空包装完全可以上市销售。

杏儿娘说："腌渍糖蒜不难，我可以做技术指导。"

叫个什么牌子呢？大家边吃饭边开始讨论。彭非说叫鹅冠山牌。陈放说鹅冠山太大了，有点小题大做、瞎忽悠之嫌。李东说叫喇嘛眼不错，因为喇嘛能相中的食品，善男信女肯定愿意吃。陈放想了想，觉得还是不妥，喇嘛眼读音容易误读，青年人不会喜欢，小菜这类便捷食品，学生是个大的消费群体，还是起个亲切一点的名字好。陈放拿起那罐独头糖蒜端详了一会儿，对大家说："我们叫杏儿糖蒜好不好？"

彭非一拍大腿："对呀！咱这灵感就来自杏儿的糖蒜，按理说知识产权也该属于杏儿！"

李东说："杏儿好，听起来也有味道。"

陈放说用不用征求一下杏儿的意见，名字毕竟是杏儿的。

杏儿娘说这事她来办，估计杏儿会高兴。

陈放决定，这个糖蒜小菜项目由彭非负责，成立一个糖蒜合作社，可以回扶贫办申请一些经费，厂房请汪六叔帮助解决，要尽快建成投产。

确定了这个项目大家都很兴奋，接下来又就杏儿这个牌子开始讨论，陈放说："辽西盛产大扁杏，杏仁很畅销，杏仁饮料也名气不小，鹅冠山上应该栽种大扁杏，如果种植成功的话，柳城就有了一座绿色银行。"

李东有些担心："扶贫周期是三年，大扁杏最快也要三年结果，我们千辛万苦栽上树，恐怕看不到结果就回去了。"李东考虑的是三年后的考核，表格上要填的可都是实实在在的数据，栽了再多的树，第三年村民收入没有达标，扶贫工作也等于没做好，因为考核指标里没有预期指标。

彭非认为鹅冠山上栽杏树没问题，大扁杏适合辽西这种干旱水土，但怎么来组织村民是一个问题，现在村民都是单打独斗，一家一户怎么上山种树？彭非说出了一个很现实的问题，想上山种树，必须解决村民的组织问题。彭非还讲了一个故事，说在某地，上级领导到地里察看庄稼长势，为了烘托气氛，需要组织农民在地里劳作，乡干部没办法，就花钱雇了些民工到田里充数，谁知道这些民工中有一个专门串场子打零工的，这位领导前一天在另一个乡视察大田长势时和这位农民交谈了几句，电视新闻也播出了，这一次领导又遇见了他，加之领导记忆很好，就问，你怎么来了，你是这个乡的还是那个乡的？这位农民说我是城里的，下乡来打工。领导心知肚明，回去把县领导好一顿批评，县领导再批评乡领导，乡领导又批评村领导，村领导找这个农民算账，才发现这个人没影了。

陈放说："你们还记得汪六叔说的那个红衣喇嘛吧？他一心想保护鹅冠山上的麻栎树，为此被朝廷治了罪，我想如果朝廷把那个喇嘛放回来，他会做什么？他要做的一定是种树！红衣喇嘛保护麻栎树为什么？是为了卖木材赚钱吗？不是，他是为了蛤蜊河不干，因为山上有树就会涵养水源，涵养了水源，蛤蜊河就不会干涸，蛤蜊河不干，柳城和喇嘛庙就会有水吃，这个道理当时只有红衣喇嘛看到了，我想，红衣喇嘛做不了的事，我们今天完全有条件来做，前人栽树后人乘凉，把鹅冠山绿化了，这是一件连坏人都会称赞的好事，更何况杏树是经济林，生产的杏仁可以深加工。"

杏儿娘在一边插话："鹅冠山能绿化，山上的飞禽走兽就回来了。"

"不仅是飞禽走兽，关键是外流的村民也会回来。"陈放语气坚定，目光把眼镜片都照亮了。

"这件事就我来抓，我们先成立一个大扁杏种植合作社，动员村民自愿入股，柳城的事归根结底还要靠柳城村民来办。"陈放说。

李东眨眨眼，道："彭非抓糖蒜合作社，书记抓种植合作社，那我呢？我不能没事做呀。"

陈放笑了笑："你的任务最重了，我怕你担不起来呢！"

李东臂膀上的肌肉似乎要破皮而出，他是三人里最年轻的一位，玩心挺盛。有一次陈放批评他，不该成宿半夜打电脑游戏，李东说网上有个人分数超过了他，他不服气，想把冠军的头衔儿夺回来。陈放说你这么玩游戏让村民知道了怎么看？我们要注意形象，在柳城，你、彭非和我不仅仅代表自己，我们代表的是组织。这次批评对李东触动很大，他连续三个晚上没打游戏，第四个晚上一咬牙删去了电脑中的游戏软件。

现在陈放说他的任务最重，他有些受宠若惊，拍着胸脯表态："上刀山下火海，我李东决无半个不字，书记你就发话吧！"

"我想让你治赌，赌病不除，村风难正，我只给你任务，办法你自己想。"陈放说。

李东挠挠头："这可是天下第一难事，汪六叔说过，麻将好比柳城男人的奶嘴，我把奶嘴拔了，这些人非哭闹不可。"

"奶头乐不拔，人再大也是巨婴。"陈放说。

"我觉得自己无从下手，就好比面对一池鲇鱼，手里却没网。"李东面露难色。

"知彼知己，百战不殆，"陈放伸出四根指头道，"柳城有四大立棍，常年坐庄聚赌，这四根立棍是柳德林、李奇、柳传海和姜老大。"辽西流行一种扑克玩法叫"立棍"，一般是四人成局，对门一家，只记分不升级，二和三永远是主，一副牌抓完后，牌好的人便可以报出：立棍。对家可跟，亦可不跟，若跟，便是二打二，若不跟，则成了二打一；若报出立棍后对手的一方报出撅棍，则成了一对一的厮杀，谁先出光手中的牌就算成功。这种扑克玩法很有地方特色，立棍者，有一种舍我其谁、成竹在胸的气概；撅棍者，则有一种宁死不屈、背水一战的精神，整个打法始终令双方亢奋。能立住不被撅倒的就是赢家。这四人赌博多坐庄赢钱，是能立住棍的牛人，村民便借用扑克术语赋予了四人这样一个麻坛绰号。

陈放说："治赌要牵牛鼻子，转化好四大立棍，柳城赌风就会刹住。"

李东和彭非都愣愣地看着陈放，书记什么时候把情况摸得这么到位。李东说："书记你可以做地下工作了，四大立棍我一概不知。"彭非也说："我只见过柳德林，是个没喝酒一张脸也透着酒红的汉子，会做熏鸡。"

陈放说："柳德林老谋深算，遇事总是往后沉，但拿主意的多数是他。那个李奇，长脸像把镢头，有组局本事，一个电话打出去马上就能凑两桌牌局，李奇老婆吴双和女儿李青都反对他赌，家庭闹得鸡飞狗跳，最后李青进城打工，吴双走道儿了。"柳城把妇女改嫁或出走叫"走道儿"，陈放入门快，学了不少当地方言，这样容易和村民交谈。

"柳传海懂点奇门遁甲，还当过一段时间村委会委员，分管村民调解，长处是他家责任田黑小米种得好。姜老大相对年轻一点，但也五十出头，好管闲事，爱打抱不平，常以柳城二掌柜自居，大掌柜自然是汪六叔，姜老大不敢挑战，除了汪六叔，姜老大认为自己就是个人物了。"陈放将四大立棍一一做了介绍。

杏儿娘一边洗碗一边说："这四个人也就是心眼多，都不坏。"

一次早饭，三件大事。三人信心满满，陈放说："走，到天一广场转转。"

三人来到修葺一新的天一广场，远远地发现杏儿坐在楸子树下长椅上，两手托腮，正呆呆地望着井口。

李东说："杏儿在看什么呢？"彭非做出一个奇怪的表情，抿着嘴唇说："杏儿在照镜子呢，喇嘛眼是她的梳妆镜。"

陈放止住脚步，若有所思地说："杏儿一直不忘喇嘛眼里那个叫二芬的女孩子。"

彭非说："我们不能让杏儿失望。"

五

遗址是凝固的等待

辽西多杏树，一种杏仁格外饱满的大扁杏树。

为了确认鹅冠山是否适合种植大扁杏，陈放专门请来了省农学院的造林老专家上山考察。老专家在认真考察了鹅冠山后胸有成竹地说："深挖坑，换熟土，春天栽，夏滴灌，持之以恒，久久为功，这里终会变成花果山！"老专家特意强调，尤其要利用好这七道梯田遗址，古人打的这个基础太好了，好像就是为你们栽树做准备的。汪六叔说这不是古人挖的，是生产队时期我三舅柳奎带人修的。老专家说你三舅了不起，这梯田当时要是设计好排水，雨水是冲不垮的。汪六叔说："我三舅固执呢，他说鹅冠山栽不活树。"老专家笑了，道："你三舅观念落后了，鹅冠山又不是月球，有啥不能栽的？只要深挖坑、换熟土，头一年跟上滴灌，肯定没问题。"老专家又说："所有遗址都是凝固的等待，等待什么呢？当然是等待有缘人，你们来驻村，就是这遗址的有缘人哪，让遗址活起来，你们就接续了历史。"陈放知道，这位老专家在绿化沙漠上创造过奇迹，获得过一个国际大奖，老专家的话充满哲理，他对彭非和李东说："记着这句话，我们是柳城的有缘人。"

挖坑、换土、滴灌这些技术问题陈放早有考虑，关键是做通柳奎的工作，让老人家接受植树这件事，因为一旦柳奎带头加入合作社，其他村民就会鱼贯而入。

　　柳奎是柳城最有威望的老者。十年前柳奎的老伴儿过世，两个儿子在外地工作，八十岁的他和小女儿一家在村里生活，他不愿意离开柳城，自己说是放不下，他曾对汪六叔说，人哪，放放风筝可以，真要成了风筝就不是件好事。但汪六叔却认为三舅不离开柳城是因为放不下三舅母，尽管三舅母已经过世多年，但老两口感情极深，三舅每个星期都会到东老茔转上一圈。陈放知道，柳奎当大队长时带领社员修了一条通往公社的砂石路，这路一直用到现在，当年大队通公共汽车那天，几个年轻社员把他抬起抛向空中，这是一个庆祝胜利的举动，只有功劳最大的才可以被抛起来。柳奎高大魁梧，身体结实，抛起来容易落下时接住难，两个社员滑了手没接住，柳奎失去重心一下子来了个倒栽葱，导致右肩先落地，伤了骨头。从此，柳奎就侧歪着膀子正不过来了。村民觉得对不起柳奎，说柳奎伤了膀子应该算工伤。柳奎修路获得成功，但接下来一件事却走了麦城。当时上级开会号召社社队队学大寨，柳奎被大寨人三战狼窝掌的经验点燃了激情，他想到了鹅冠山，鹅冠山光秃秃像懒婆娘的靶腔，要是修上梯田不就变废为宝了吗？柳奎性子急，说干就干不含糊，他带领社员利用冬闲时间大干了三年，在鹅冠山上修了七层梯田，这七层梯田很有气势，市报还发表了一篇配照片的报道，题目是《昔日寸草不生鹅冠山，今日层层叠叠大寨田》，照片很艺术，把两个突兀的山丘照成了斑马的臀部一样。报道发出后不少外地人来参观，偏僻的柳城着实火了一把。谁知第四年一场大雨下来，把千辛万苦修起来的梯田冲塌了，社员的汗白流不说，修梯田的碎石、担上去的土在山洪冲刷下形成了泥石流，把山下许多良田给毁了。公社派人来察看，一个青年技术员扛着镢头在山上转悠了两个钟头，最后得出结论：鹅冠山不涵养水土，一下雨就会形成径流，梯田的事就别费力气了。柳奎本来打算重整旗鼓再带人上山，公社的人这样一说，他就犯了寻思，并因此感冒了七天，肩膀侧歪得更加严重。虽然村民没有当面埋怨他，但他却为此长期自责，好在实行联产承包后生产队解体，梯田之事从此淡出了村民视线。

　　专家的结论给了陈放信心。

　　在柳奎家，陈放说了要在鹅冠山上栽杏树的想法，柳奎闭着眼睛摇摇头道："栽了，也会被风抽死。"

　　陈放不明白柳奎为什么这么说。

"刮风的时候，你上山看看。"柳奎这样说。

陈放明白了，无论自己上山，还是请专家考察，都是风和日丽的日子，刮风的时候怎么样还没有感受。他想有风的时候上山去看看。

辽西从来就不缺风，有人说辽西的风一刮就会刮半年。在一个有微风的上午，陈放带着李东和彭非上山了。

柳奎的话果然不虚，鹅冠山上的风像鞭子，牛皮筋儿拧成的鞭子，不是刮，而是抽，实实在在地抽。

陈放知道柳奎当年一定吃过这风的亏。汪六叔挨家挨户动员大家参加大扁杏种植合作社，村民无动于衷，半点窍也不开，有人还说风凉话：鹅冠山要是能栽树，还至于荒废几百年吗？

汪六叔对陈放说："这事要想干，必须说服我三舅，我三舅不带头，别人不敢干。"

柳奎是一扇门，这扇门不开，村民就进不了种植合作社。陈放和汪六叔再次来到柳奎家。柳奎侧歪着膀子在一个老式录音机旁边听评剧，这是一出二十世纪五十年代很有名的评剧《刘巧儿》，陈放知道这出戏，剧情已经忘记，能记住的是婉转多变的唱腔。录音机旁有个特大号的搪瓷茶缸，厚厚的茶垢是岁月的积累，茶缸上有四个手写体红字：劳动光荣。

"又听《刘巧儿》呢，三舅？"汪六叔知道三舅喜欢这出评剧。

柳奎身子欠了欠，指了指一旁的凳子道："陈书记来了，请坐。""我们要感谢您哪，老队长。"陈放坐下来大声说。

柳奎愣了愣，道："啥事感谢我？"

陈放说了省里专家考察鹅冠山后的意见，他讲了专家对七道梯田遗址的肯定，引用了老专家的原话：遗址是一种凝固的等待，等待有缘人。这些话柳奎闻所未闻，听起来格外新鲜。陈放注意到老队长嘴角抽动了几下，伸出手哆哆嗦嗦关掉了那台旧式录音机。

"没有老队长当年修梯田，鹅冠山今天杏树就无法栽，专家说了，正是这七道梯田遗址，为鹅冠山植树奠定了基础。"陈放放大了声音说，尽管他知道老队长耳不背，但他心里清楚，放大声音本身就是一种效果。

"专家说这七道梁还有用？"老人声音有些抖，他一直把七道梯田的遗址称为"梁"，刻意回避"梯田"这个说法。

"专家说了，只有在这七道梁上挖坑栽树，才能保证成活率。"汪六叔说，"这是省里的专家，不是当年公社来的技术员，听说当年那个技术员是别村抽上去的土专家。"汪六叔知道，当年就是公社这个年轻技术员一句话，把柳城三年苦干判了死刑。

柳奎站起身，背手在屋里转了三圈，他仿佛回到了从前，回到了战天斗地的岁月，山上那七道梁哪一道不是汗水和着泥土垒起的？虽然七道梁后来垮了，但垮掉的废墟里埋葬着不可替代的辛苦，尽管这辛苦已经演变成一口黑锅。

"能在您当年修的梯田上栽上第一批杏树，这是对当年劳动最好的回报，"陈放说，"这样，您的一块心病也就撂下了。"

柳奎没急着表态，而是细问了专家的意见，问了树种、坑深，尤其问了滴灌问题。他说，当年自己也想过在鹅冠山栽树，大寨虎头山能栽树，我们鹅冠山为啥不能栽？我是个不信邪的人，就带人在山上栽了不少黑松，黑松抗旱、耐寒，谁知栽上黑松当年，这些树全就被风抽死，功夫白费了。

陈放解释道："当年没有滴灌技术，缺水也是一个主要原因。"

"那你搞滴灌从哪里弄水？"

陈放说："我请专家现场看了，山坳里有废井，能打出水来，人不能饮用，浇树没问题，水利部门会支持。"

柳奎知道山坳里曾经是抗日义勇军营地，打出灌溉用井应该不是问题。"山上的水人不能喝，可是当年的战士还是喝了，可见当年多艰苦哇。"

柳奎坐下来，端起搪瓷大茶缸深深喝了一口水，将茶缸往桌子上一蹾，在内衣口袋里掏出一个烟荷包般的皮袋，从中抽出一个小本子"啪"地拍在桌子上："拿去，我入社！"

小本子是一本存折，上面有三万八千四百零四元。

陈放的眼睛湿润了，没想到老人如此通情达理。

汪六叔翻开存折，看到存款时间，知道这是三舅十年来的所有积蓄，都是在外地工作的表弟孝敬他的养老钱。

"干吧，陈书记，七道梁已经干闲了四十年。"柳奎说。

陈放紧紧握着柳奎的手，激动地说："谢谢老队长，我们都是七道梁的有缘人！"

告别时，老人站在院门口说："陈书记呀，老夫想在有生之年，能看见鹅冠山上杏花开。"

陈放用力点点头，道："不仅看杏花开，还要喝上杏仁粥！"

动员村民入社有了眉目，陈放有些不放心，在一个有风天他独自上山踏看。

陈放上过多次山，这座怪石嶙峋的穷山给他的印象如同被煮过一样，有种骨肉分离的感觉，这哪里是一座山？简直就是乱石的墓场！

山上风特硬，陈放觉得自己随时都有被大风掀进沟里的可能。可怕的是山风真的会抽人，抽得极用力，如果是新栽的树苗，一场大风抽过，树苗就抽成了树条。

这次登山之前，陈放不知道风会下坡，会拐弯，一般来说，风掠过高处就会义无反顾地刮过去，不会再往下窜，但鹅冠山的风不一样，鹅冠山的风会顺着山势一泻而下，让你无处躲避，不仅如此，这里的风还会沿着沟谷扫荡，最后，让整座大山体无完肤。

他理解了专家为什么会提出一个挖深坑的建议，坑挖得深，本身就给树苗抗风提供一个安全环境。他想到了树大招风的成语，山上栽树，杏树苗不能太大，哪怕晚得果一年，也要考虑风的因素。

心里有谱，走路便稳。陈放从山上下来，在山脚看到有野山枣，便采了一些装在兜里，想回来泡水喝。走到天一广场，见杏儿坐在井台边正望着村口出神，便走上前问："看什么呢，杏儿？"

杏儿睁着一双毛嘟嘟的大眼睛说："看您上山哪，您知道吗？在这里看您登山，就像看一只山羊在爬山，我担心您跌下来。"

陈放没想到自己上山的过程都在杏儿的眼里，就掏出一把山枣递给杏儿，说："给你，可以泡水喝。"

杏儿接过山枣，一副很兴奋的样子："呀，没等吃就先把牙酸倒了。"

"我们想在鹅冠山上栽杏树，你说好不好，杏儿？"陈放问。陈放觉得杏儿是个喜欢思考的女孩子，有些想法很有启发性，她写的一些诗句，常常挂在彭非嘴边，彭非曾说，自己算什么老师，杏儿写的这些诗，自己一句也写不出来。

杏儿眼睛一亮："真的？"

"当然真的，老队长柳奎是第一个加入种植合作社的，现在正火爆报名中呢。"

"那我们家也报名！我替我爹娘报。"

"你娘知道这事，已经报名了。"陈放说。

杏儿遥望着鹅冠山说："我常常梦见山上处处开满杏花，看来，这梦要应验了。只是有点担心，梦里的事与现实总是相反的，我怕你们跌海奇那样的跟头。"

陈放问："听你娘说你家有一幅画，叫《鹅冠山之梦》，我可以告诉你，三年后，你必然梦想成真。"

"那个时候，这个好消息应该告诉海奇，这画是他画的。"杏儿把目光投向远山。

"海奇是个不错的驻村干部。"陈放信心十足，也回望着鹅冠山道，"海奇盼望的事，我们接力干下去。"

六

猪瘟

厄运，是潜伏在草丛的鬣狗，时刻贪婪地觊觎着你，冷不防就会扑你个措手不及。

在杏儿眼里，海奇就是被厄运扑倒的。

养猪，在柳城已经成了气候。海奇统计了一下，明春每户出栏四头，全村就是一千多头。河北那家肉联厂也回话，到时候派人派车上门检疫收购，交割两清。

大田里玉米已经收割完，只有为数不多的高粱在地头招展。清晨，海奇在天一广场上跑步，穿着白夹克，步伐矫健。海奇跑步时喜欢戴着耳机听音乐，他没有听到有人在井台边喊自己。

喊他的人是杏儿，杏儿见海奇没反应，就走进广场，拦住了慢跑的海奇。海奇摘下耳机，问："有事，杏儿？"

杏儿指了指井口，领着海奇来到井台，小声说："海奇哥，你看这井水咋了？"

海奇弯腰一看，发现井水有些浑浊，便从楸子树上摘下挂着的水桶，顺进井里打水。楸子树上挂一只共用水桶是海奇的主意，为了方便村民提水用。过去，村民只能用自家系好绳子的水桶投入井中打水，担水时需要提着长长的绳子，很不方便。有了共用水桶，一些路过的外地人也常常在此提水解渴，一个收购小红豆的粮贩子在饮过井水后，对坐在井台边的杏儿说：井水甜，妹子靓，这真是个好地方。

海奇提了一桶水上来，发现井水泛红，似乎有许多铁锈。"这水不能喝了，"他说，"应该找人化验一下。"

"奇怪，怕不是有啥预兆吧？喇嘛眼红了，村里就会出大事。"杏儿很害怕。

"不要紧，应该是地壳活动，地下水发生变化，不要迷信。"海奇说，"杏儿你在这里看着，有人来担水就先别担了，我去告诉六叔，再打电话找人来化验。"

海奇回村委会了，他摘下挂在耳朵上的耳机，脚步匆匆。

杏儿记得柳奎老人说过，当年一队日本鬼子进入柳城，物色建"集团部落"地点，鬼子进村后，喇嘛眼的水突然变红了，鬼子到喇嘛眼打水做饭，发现井水发红不能吃，便垂头丧气地走了，柳城由此躲过一场劫难。这件事很多老人都知情，鬼子走后不几天，喇嘛眼水清了。

闻讯赶来的汪六叔说："这事不能小瞧，你们记得一九七四年喇嘛眼红过一回吧，红了三天，结果海城地震了，我们这儿脚下也跳了好几跳，大伙这些天晚上睡觉别脱裤头，有个风吹草动好往外跑。"

下午，海奇找的人来了，对井水做了化验，结果没啥大问题，认为是地下水上游地区在采矿形成短暂污染，不久就会好，村民这才放心，果然，第二天井水又清了。

海奇是个认真的人，他觉得采矿污染地下水问题不小，就到周边去考察，发现北部几个乡镇都在河沟里挖矿，原来他们那里出玛瑙。挖出来的玛瑙原石并不好看，经过打磨就变成了亮晶晶的宝贝。玛瑙这东西挺值钱，出玛瑙的村镇已经初步形成玛瑙加工产业，产品销往外地，老百姓腰包鼓了，种地倒成了副业。海奇考察时，为杏儿特意挑了一只战国红玛瑙小猪回来，玛瑙猪金黄夺目，圆润俏皮，握在手里凉凉的，光滑极了。"你属猪，给你做吉祥物，也为我们村养猪事业保个平安。"海奇说。杏儿接过玛瑙猪，高兴得把小猪贴在脸颊上不舍得放下。"这是我有生以来得到的最珍贵的礼物。"杏儿说，"它是我们共同的吉祥物。"海奇叹了口气道："老天爷真不公平，凭什么他们那里就产玛瑙，我们这里只产燧石？要是燧石能变成玛瑙，柳城就不用养猪了。"海奇说的燧石是指蛤蜊河边的砾石岗，那里的砾石都是火石，又叫燧石，拿着火镰可以擦出火花来，如果这些燧石都变成玛瑙，柳城村民何愁不富。

杏儿说："不稀罕他们，他们有玛瑙，我们有猪。"

海奇一听笑了，杏儿心态真好，从不盲目崇拜什么。

喇嘛眼还真的预示了一场大祸，这场大祸让柳城每一户村民都遭到致命的打击，精心饲养的猪，一律捕杀掩埋。

这是一场猪瘟，听名字就令人惊骇——烂肠瘟！疫情出现后，省市县十二道令牌接连而至，禁止疫猪外流，所有疫区里的猪不论大小，一律捕杀深埋。

汪六叔仰面瘫倒在椅子上，望着天花板哀叹："这可咋办？咋跟父老乡亲交代？"汪六叔知道，家家户户的猪已经不仅是猪，而是村民一年光景的希望，猪身上背负着很多人家的房子、小四轮、摩托车，还有娶媳妇的彩礼，猪没了，这一切都打了水漂。更为严重的是，有的人家是在信用社贷了款，猪被捕杀，贷款怎么还？一系列后续问题想都不敢想，这场猪瘟简直要了柳城的命。

海奇接到这个消息时差点晕过去，他知道问题大了，这哪里是杀猪，这是刀刀捅人心窝子！他首先想到的是能不能多争取一点补偿，为此，他一清早就赶回县里自己的单位，防控猪瘟归农业局牵头，他找领导的用意是多争取补偿。临走前去和汪六叔打招呼，汪六叔几乎是带着哭腔说："海奇呀，争取不到你就别回来了，你若是回来，村民饶不过你呀！尔不在，天塌下六叔顶着。"

海奇抱着汪六叔，很动情地说："养猪是我的主意，村民要打要骂就冲我来。"

汪六叔一把推开海奇："这是啥话？六叔择干净啥？养猪虽说是你的主意，却是我的决定，这个锅我来背，你是一片好心，哪能让你受委屈？"

海奇很了解汪六叔，这个朴实的村支书为人厚道，对村民"护犊子"，柳城虽穷，却没有负债，也没有哪家哪户揭不开锅、上不起学，这些都耗费了汪六叔不少心血。海奇知道，冰冻三尺非一日之寒，有些事靠汪六叔解决不了。汪六叔所能做的已经都做了，他好比一棵香椿老树，所有的细叶被采摘殆尽，只剩下嶙峋的树干和不屈不挠的枯枝老叶。

海奇走出村委会的时候是上午八点一刻。他抬头看见了杏儿，杏儿坐在井台上，静静地望着村委会这个总是敞着大门的小院子。海奇背着双肩包，包是黑色的，与他的白夹克形成鲜明反差。海奇走过来，见杏儿样子有些古怪，毛嘟嘟的眼睛似乎有些肿，嘴角也有个小青春痘正在隆起。

"你病了，杏儿？"海奇从没见过杏儿这副样子，杏儿每次坐在井台边都是一副清纯靓丽的样子，虽然她从不描眉涂唇，但那种清水出芙蓉的美让人过目不忘。

"我昨晚做了个噩梦，梦到喇嘛眼水又红了，还梦到一个可怕的事我不敢说。"

"说吧，有我在，不怕。"海奇虽然急着赶路，他要步行到三公里外的乡里坐公共汽车，但看到杏儿吓成这个样子，还是想给杏儿以鼓励。

"我梦到海奇哥你掉喇嘛眼里了，我想拉你上来，却拉不动，就随着你掉进血一般的井水里了。"

海奇心里一惊，杏儿怎么会做这样一个噩梦？猪瘟的事尚在保密，村里没人知晓，杏儿这个梦显然有些奇怪。

"那么，后来呢？"海奇问。

"我俩沉到井底，出来三个女人，个个披头散发，她们把你给抢走了，然后还朝我吐口水，让我滚蛋，我忽悠一下就浮上来吓醒了。这个梦太真实了，三个女人的模样真真切切，连湿漉漉的头发都看得清。你被拖走时还大呼我救你，可我走不动，手也没力气，眼睁睁看见你被拖走。"杏儿讲得很动情，睫毛上沾满了泪花。

"这是梦，别当真。"海奇心里不是滋味，他想，如果猪瘟一事处理不好，自己就真的掉进喇嘛眼里了。

"我不当真，可是我开始害怕井里那三个女人，她们都活着，以往天气不好的时候，我能看到她们的脸庞从井水里浮出来朝我笑，但这次，她们瞪我还骂我，好像我惹她们生了很大的气。"杏儿在说话的时候，手里拿着那个玛瑙猪，眉头轻蹙，一脸无辜。

海奇走过去拍拍杏儿的肩膀，告诉她自己要回县里一趟，村里无论发生什么事，都不要害怕，车到山前必有路。

杏儿抬头看着海奇，她从海奇的神色里似乎看出了什么，点点头，把手里的小猪攥得更紧了。

海奇去了县里。三公里村路，他走得很快，几乎是跑着赶到了车站。

在汽车站，他看到穿着白大褂的防疫人员和喷着防疫标识的车辆，工作人员在对过往车辆进行检查和消毒。他心里一颤，疫情如此严重，显然超过了想象，否则政府不会启动这种应急反应。他给同事打电话了解猪瘟，知道这是非常厉害的疫病，一旦蔓延开，所有感染的猪会全部死亡。同事在电话里说，这种传染病如同幽灵，来无影去无踪，鬼打墙一般无法预料，目前除了隔离和捕杀没有其他办法。

　　海奇先赶到扶贫办，向扶贫办领导介绍了柳城的特殊性。柳城是贫困村，家家户户养猪，受灾面是百分之百，如果按照现有补偿，每头猪一千两百块，村民损失太大，也接受不了。扶贫办的领导也爱莫能助，政策口子谁敢开？这个标准是省里定的，口子一开，同猪不同价，养殖户闹起事来上访怎么办？

　　海奇又赶回单位，直接找到局长。局长很忙，见到海奇还算客气，说要有大局意识，像当年抓非典一样来打这场防疫遭遇战，采取最严厉措施把好关口，柳城的猪一头也不许外流。局长嘱咐完就急着去县政府汇报，把海奇晾在走廊里。农业局像战役中的前线指挥部一样忙乱，副局长们没有谁能坐下来听他汇报，他找到畜牧科科长老田，总算说了柳城的情况。田科长对海奇的事不能不帮，他给海奇出了个主意：柳城的猪如果尚无疫情，可以屠宰后将肉冷储，等疫情过去再严格检疫销售，这样或许能减少损失。

　　应该说田科长给的建议有一定道理，对于有冰库的屠宰场来说是个好办法，但对于柳城这样的贫困村就不好办了，村里哪里有冷藏条件？杀了猪不能销售，还不臭在家里？海奇坐在农业局门口的台阶上一筹莫展，他甚至没有回自己的办公室，觉得自己已经被单位抛弃了。院子里有两棵皂角树，树叶已经落尽，长长的皂角悠悠荡荡挂满枝头，如同一头头被绞杀的小猪。海奇想到了杏儿说的噩梦，也想起前几天喇嘛井出现红水的奇怪现象，他想不通，想让柳城脱贫的计划总是一次次落空，难道自己就走不出这鬼打墙吗？

七

不经意的经典

　　彭非来找杏儿，希望杏儿给杏儿糖蒜写首诗，作为宣传用的软广告印在糖蒜包装上。

　　杏儿问："什么是软广告？"

　　彭非想了想："就是听起来不像广告，实际上又的确是广告的文字。"

　　杏儿为此很伤脑筋，她写了很多诗，就是没有写过这种文字。她告诉彭非，这种文字自己写不了，因为不是从心里流出来的，脑子里没有诗句的时候她不会硬挤。

　　彭非说："那就不叫软广告吧，把你心中对糖蒜的情感写出来就行。"

　　彭非组建的糖蒜合作社清一色是妇女。李东开玩笑，说彭非你成《红色娘子军》里的洪常青了，不知能不能带出个吴清华来。

　　彭非心想，这些妇女大都腿脚不便，哪个能像吴清华那样跳芭蕾？他调侃李东说，领导娘子军总比领导赌徒要舒服一些。李东治赌，杏儿建议他去找找麻志。麻志是乡派出所的民警，是有名的赌徒克星。麻志抓赌像秋风扫落叶，所有参赌者不论是上手的还是望眼的，一概先戴上塑料手铐带回乡里。每次抓赌，一长溜赌徒在麻志带领下步行三公里往乡里走，场面如同当年大槐树下的迁徙。乡派出所小，没地方安置这些赌徒，麻志就让他们待在乡政府后院一家选煤厂食堂里。麻志让每个人写悔过书、呆证书，属于初犯的当夜放人，属于再犯的，第二天再放，属于累犯，就一边办班学法，一边在选煤厂装卸煤，直到三日期满。赌徒们把被麻志处置叫倒霉，见面总会问，最近倒霉没有？有说倒霉的，大家便会安慰，说好歹倒霉的时候伙食还不错，顿顿红烧肉、大馒头。倒霉的人说晚上睡不好，太冷。有人便说，蹲笆篱子也不是住旅馆，这就不错啦。麻志管得严了，四大立棍便在一起商量，能不能和麻志关系拉近点，别总来砸场子。四个人想来想去，觉得麻志横眉竖目，像个护法金刚，难以接触，四个人又商议，不行就给麻志点颜色看，吓唬吓唬他。这事被汪六叔知道了，汪六叔训斥他们，敢动歪主意我就不再护着你们了，任抓任罚由着麻志。汪六叔把四大立棍带到三舅家，让他们听听三舅的意见。三舅在四大立棍心目中有地位，他们当年因为赌博差点被劳教，是柳奎到公社给保了出来，这笔账他们像赌债一样一直不敢忘记。三舅听了四大立棍想给麻志点颜色的想法后，沉默了好一会儿，关掉正在播放评剧《夺印》的录音机，突然问，自古以来，柳城谁最尿性？大家愣住了，面面相觑，不知三舅想说谁。当然是红衣喇嘛了，三舅说，红衣喇嘛发的喇嘛咒，到现在还管事。大家想了想，的确如此，红衣喇嘛在柳城妇孺皆知。可是，红衣喇嘛怕谁？怕官府哇！红衣喇嘛再厉害还不是让官府给绑了去，连个尸首都没有。麻志是谁？又代表谁？那是政府，你们几个耍钱鬼儿想和政府斗，是不是脑子进水了？柳奎这一说，四大立棍都蔫了。汪六叔说，我说话你们不听，三舅的话还不听吗？

杏儿建议李东和麻志合作，就是想利用麻志的权威来助力治赌。李东摇摇头："要是动用警察，矛盾就会对立起来，以后驻村工作就不好开展了。"

杏儿问："凭你一个人就能治赌？"

李东卖了个关子，道："这个还暂时保密。"

杏儿说："治赌相当于推平喇嘛台，小心才是。"

与李东的默不作声相比，彭非抓糖蒜加工却忙得不亦乐乎。

糖蒜社建在村委会一间闲屋里，杏儿娘担任主任，挂牌仪式很简单，但很多妇女都流了泪，她们是第一次在村里有了工作。杏儿娘当过民办教师，有管理学生的经验，十八位女职工，一大堆坛坛罐罐，一台真空压膜机，四张长条桌，被她打理得井井有条。糖蒜腌渍周期是两周，原料除了鲜大蒜外，再就是盐、醋和红糖，工序并不复杂。但腌渍的汁液里要加一些其他作料，这一点杏儿娘秘而不宣，说这是商业机密，一旦秘方泄露，谁都可以腌杏儿糖蒜了。

彭非打电话向杏儿要文字稿，塑料包装和纸箱上等着印刷。杏儿娘说："杏儿啊，全村人都知道你会写诗，可别掉链子。"

杏儿回到屋里，捧着一罐糖蒜，看着深红的蒜瓣出神。这是她给海奇腌渍的一罐糖蒜，上次那罐给了驻村干部后，她又精心腌渍了一瓶，在这瓶糖蒜里，她加入了一勺蜂蜜，还加了一点陈皮。糖蒜解油腻、促消化、杀菌驱虫。海奇抽烟，有时咳嗽，加一点陈皮能够祛痰止咳。

灵感这种东西很怪，不经意间就会从某个地方冒出来，杏儿望着糖蒜，忽然心里就有了这样几句诗：

把你浸泡在思念里
七天七夜
当我敞开心扉
你已经红透

杏儿很满意这几句诗，因为这是写给海奇的。杏儿把诗先拿给娘看，娘看完了说挺巧的。杏儿用手机发给彭非，一会儿彭非回复短信：不经意的经典！杏儿，有了这首诗，杏儿糖蒜肯定在青年中畅销！

杏儿很高兴，这将是她第一首印在商品上的诗。夜里，她在日记里写了一首长诗，全是想对海奇诉说的话，海奇离开柳城已经快两年了，一点消息都没有，海奇把自己忘了吗？

杏儿糖蒜正式上市，开始悄无声息，渐渐销路便打开了，打开销路的原因有两个：一个是陈放在市里一次扶贫座谈会上向与会领导推荐了这个产品，希望大家关注；另一个是杏儿请李青在网上做了推介，李青的八万粉丝成了杏儿糖蒜的主要消费群。

彭非接客户电话一天到晚不断。他向陈书记诉苦，说自己实在忙不过来，糖蒜是微利，采购原料、组织生产、联系销售有点忙不过来，要是有个助理就好了。陈放说，彭非你真是有眼不识金镶玉，身边不就有个好助理吗？彭非问，谁呀？陈放说，杏儿啊，杏儿坐井台也是坐，坐办公室也是坐，你就请她坐办公室多好。汪六叔对此很赞同，说杏儿这孩子靠谱儿，她做助理再合适不过。

彭非说就怕杏儿不愿意干，杏儿是个很有自尊的姑娘。陈放说那就看你的本事啦，你学学上批驻村的海奇，杏儿到现在还崇拜海奇。

彭非不相信自己会输给海奇，海奇会画画，自己还会写小说呢。彭非来做杏儿工作，杏儿考虑问题就是和别人不一样，听了彭非的想法后说："我娘当主任，我再当助理，村里人会不会说闲话？"

彭非想了想，说："你在村委会办公，负责联系采购原料和产品销售，应该没问题，再说村里也没有其他合适的人，我们商议过，你是最佳人选。"

杏儿想了想，道："我答应你，但我是尽义务，不拿工钱。"

"为什么？"彭非很不理解。

杏儿道："海奇领我娘看病都没有要钱，我为糖蒜社接接电话就要钱心里不舒坦，我就当个糖蒜社志愿者好了。"

杏儿的话让彭非百感交集，多么豁达的女孩子！他主动握着杏儿的手说："谢谢你，杏儿，报酬问题再商量，你能答应就是对我工作最大的支持！"

他感觉杏儿的手很硬，不像女孩子的手那么柔软，松开手问："你的手怎么了，杏儿？"

杏儿摊开手掌，原来握着一个红黄色玛瑙雕成的小猪。

彭非仔细看了看这个玛瑙猪，被杏儿握得有些温热，心想，这一定是杏儿的吉祥物了。

彭非回去和陈放、李东说了杏儿的想法，李东急了："怎么能不要报酬呢？按劳取酬，合理合规，杏儿有觉悟，我们不能不讲政策。"

陈放没急着马上表态，沉思了一会儿才问："你说杏儿手里握着块玛瑙把件，是个小吉祥猪？"

彭非点点头，说："是的，估计是杏儿的吉祥物吧。"

陈放从内衣口袋里掏出那枚平安扣，托在掌心展示给大家看，问："是这种玛瑙吗？"彭非点点头："是这种红里透黄的玛瑙。"陈放道："这是我爷爷说，辽西人就像红玛瑙，啥时候也不会松软。"

李东说："玛瑙象征着友善和爱心。"

彭非接着说："老天爷不愧人，柳城虽然没玛瑙，却出了个杏儿。"

陈放把平安扣装回去，语气有些沉重地说："你们知道上批驻村干部海奇的事情吧，一个尽职尽责的好干部，但因为扶持的养猪项目出了问题，导致村民

红色岁月　红色历程　红色史诗　红色经典

埋怨，我虽没见过海奇，但听杏儿说过，海奇一心一意想把事情办好，但他没有成功，他为此一定很伤心，杏儿说海奇离开村子一次也没回来，手机也换了新号，海奇是不堪回首哇。我们三个正在做的事就一定会成功吗？可是话又说回来，我们毕竟来了，来了不做点事对得起谁呢？杏儿把小猪握在手上，就是在把希望放在心上，我们能让杏儿失望吗？我想告诉大家的是，我们三个即便不成功，也要将委屈咽下去，让笑容浮出来，我们要给村民破咒的信心。"

陈放把话说到这程度，彭非和李东都感到肩上似乎扛着一袋麦子。彭非说："糖蒜社你放心，只要不图暴利，不拔苗助长，一罐一罐把好质量关，我敢保证没问题。"李东说："治赌的事序幕还没拉开，需要从长计议，我摸了情况，村民都是秋收卖掉玉米手里有了几个闲钱后，四大立棍才开始设局。"

这天晚饭彭非去小卖店买了一瓶高粱烧，说应该为糖蒜社旗开得胜喝一杯。

杏儿娘做的晚饭菜肴是炒粉和炖豆角，不太适合下酒，彭非便把冰箱里半罐糖蒜拿出来，三个人喝了一瓶高粱烧，也吃光了半罐糖蒜。

次日一早，杏儿娘在冰箱里找不到糖蒜颇为奇怪，看角落里有个空酒瓶才明白怎么回事。回家对老伴儿和杏儿说起此事，杏儿突然冒出一句："我怎么越看彭非越像海奇，他们不是兄弟俩吧？"

八

莫道君行早

柳城妇女使用频率最高的一个词是"揪"，揪耳朵的揪，女人对男人不满时，张口就会说：找揪哇！据刻皮影的柳信佳总结，柳城男孩子生下来就耳朵红，就是上辈子被女人揪的。这当然是戏说，但也说明在柳城男人耳朵是危险部位。

一开始，在是否加入糖蒜社上有的妇女也犹豫，不就是加工糖蒜吗？能赚几个钱？不过仨瓜俩枣的生意。她们估计错了，彭非这个小伙子把糖蒜做成了文化，做成了品牌，尤其是糖蒜包装印上杏儿那首诗，一下子让糖蒜成了"咸口巧克力"，大受年轻人追捧。糖蒜社订货电话每天不断，彭非连饭都吃不消停，常常嘴里嚼着馒头接电话。进货商贩一来，村民就围上来瞧热闹，一箱箱糖蒜变成点钞机上哗哗翻过的百元大钞时，大伙才知道小糖蒜也能赚大钱。于是，很多妇女来找汪六叔，希望能入社工作。汪六叔嘴黑，说你们这些女人哪，牵着不走，打着倒退，腌糖蒜是你们的拿手好戏，却一个个扭捏起来了，现在后悔了吧？女人们连连道歉，汪六叔便和彭非商量，又倒出一间闲屋，扩六再生产，这样就多吸纳了十二个妇女进社。

"这三十个女工好比是柳城男人走出鬼打墙的三十根蜡烛，"陈放对杏儿娘说，"你是妇女主任，要把这蜡烛一根根点燃，让她们回家把男人照醒。"

当过教师的杏儿娘自然懂得陈书记的用意，她信心满满地说："放心陈书记，我会把这些女人都变成发面引子。"

杏儿娘每天开工前和收工后都要给三十个女工开个短会，除了说说生产上的事外，主要讲怎样引导丈夫抓住机遇多赚钱，讲鹅冠山大扁杏种植合作社的前景，讲陈书记能办好合作社的有利条件，女工们都被杏儿娘说活了心，自己男人在家闲着也是闲着，能到种植社工作至少会有一份收入。

三十个妇女的力量不容小觑，农村人做事喜欢房前屋后相互攀比，三十个女工丈夫加入了种植社，其他家庭坐不住了，有糖蒜社做参照，没有哪个女人想错过种植社的机会，连四大立棍也被女人催着报了名。开小卖店的金嫂甚至揪着男人的耳朵从麻将桌一直揪到村委会来报名。金嫂训斥男人："三舅那么大岁数都入社了，你还等哪盘菜？再不报名吃屎都赶不上热乎的。"话虽糙，却在理。杏儿看到这一幕，悄悄对彭非说："柳城女人可不好惹，个个都会揪耳功。"彭非开玩笑问："杏儿也会吗？"杏儿说："我不用揪耳功，谁要是得罪我，我会在诗里骂他。"彭非问："怎么个骂法？"杏儿眼睛转了转："我就这样写：

> 风，在抽你耳光
> 水，在烫你胃肠
> 因为你得罪了杏儿
> 让杏儿独自神伤
>
> 杏儿不能远行
> 却能把目光放长
> 你若想蝴蝶一般飞走
> 目光，会变成缠绕你的网。"

彭非双手僵在键盘上，杏儿出口成章，简直神了。

"你特有写诗天赋，杏儿，你应该出本诗集，说不定会畅销。"

杏儿坐在窗前，静静地望着窗外，初冬的田野萧瑟空旷，远处有一缕烧荒的青烟，鬼旋风一样缠绕着，久久不肯散去。

在女人鼓动下，设在村委会的种植合作社报名处像当年生产队分红一样热闹。汪六叔吸着烟，满心欢喜地望着眼前的场面，将军肚微微腆起来。汪六叔身旁坐着三舅柳奎，柳奎是他特意请来观看这一场景的。请柳奎时他说，三舅哇，你看看去，就像当年你组织社员修梯田一样，村里开锅一般热闹。柳奎也很兴奋，乐颠颠就跟汪六叔来了，眼前这一幕让他仿佛回到了年轻时，有一种摩拳擦掌的冲动，多像当年自己带领社员上山修梯田的情景啊！他和每个进屋报名登记的村民都打招呼，尽管这些村民很少有人知道当年他带人修梯田的往事，毕竟四十年了，整整两代人。

柳奎看到四大立棍的名字也在名册里，很吃惊，问汪六叔："陈书记怎么把这几个懒汉都劝来了？让这几个人上山干活儿，等于抽他们懒筋。"汪六叔摇摇头，小声道："不用劝，是主动来的，都是您带了个好头儿，大伙入不入社看谁呀？不是看您老吗？"柳奎会心地点点头，却不无忧虑地说："开锅的水只能翻滚一阵子，火一撤还会凉。"汪六叔说："是呀，关键是早日见到实惠，一次分红胜过十回动员。"

杏儿听到了两人对话，给老人倒了一杯水擎过来道："舅爷和陈书记想到一块儿去了，昨天陈书记进城之前就说，种植社不能画饼充饥，一定要像糖蒜社那样立竿见影，想解决这个问题只能依靠合作伙伴，寻求林业部门支持，让入社村民今年就见到活钱。"汪六叔说："陈书记说了，自己要厚着脸皮去烧香拜佛，不知能不能灵验。"

老人自言自语："这个陈书记让人看不透。"

"陈书记对辽西有感情，他爷爷当年在辽西打过仗，"汪六叔说，"是在塔子沟一个叫大庞杖子的地方。"

柳奎没有再说什么，看着办公室墙壁上党务公开栏中陈书记的照片，眼睛许久没有眨。

种植社是股份合作，出钱出力皆可入股，有了收益后按股分红。这个政策相当灵活，全村除了几户病残家庭外，基本都入社了。陈放给村民编了组，建立了公司制度，开始分期分批上鹅冠山刨树坑。

刨树坑很费力，在农村与和泥脱坯一样都属于累活儿。半个月下来，有些村民受不了，近年来，播种收割有机器，中间除草能撒药，基本上没啥出大力的活儿，冷不丁抡镐挥锹挖树坑，很多人吃不消。

知道村民有了情绪，汪六叔就找陈放商议，能不能找台挖坑机代替人工。

陈放说他想到了这个问题，但旋转挖坑机只能在草原或沙地上使用，山腰坡度超过四十五度，小型挖坑机作业太危险，更何况山上石头多，挖坑机也没法正常作业，树坑只能由人来挖。汪六叔说，这些散仙多年没出过大力，一下子让他们干重活儿，我担心会鼓包。

陈放站在一个挖好的树坑前，眼镜片上似乎蒙了一层雾，自上山挖树坑以来，陈放就坚持带队上山，他体格并不健壮，力气不足，又近视，刨树坑就慢一些。但他刨的树坑深，标准是六十厘米，他会往下再刨一些，专家说过，树坑深度决定杏树的成活率。

出工的村民不像开始那么齐整，就像跑马拉松，越往后队伍越不成形，人也越来越稀。尽管汪六叔骂声不断，但请假的村民越来越多。柳德林甚至提出了一个劳保待遇问题，说种植社是企业，多少应该有点劳保，山上太冷，发件军大衣总可以吧。

早晨，集中在村委会的村民不想出工了，无论汪六叔如何动骂，缩脖揣袖的村民干脆放挺。上周，陈书记一直和大家一样上山刨树坑，周六，陈书记到县里开会，今天是周一，人们估计陈书记应该直接回了省城。

冷风把柳德林的鼻尖雕成了一只红辣椒，他拄着铁锹嚷嚷："这么冷的天，咱就放一天不行吗？干六天活儿休一天，这可是法定的权利。"有村民道，干脆放几天假，坐在热炕上打几圈麻将缓缓筋骨吧。还有村民说，这都入冬了，种植社也不发饷，外出打工都是干一天点一天现钞。大伙你一句我一句，把村委会院子吵得像菜市场。

天阴得低沉，却没有雪花飘落，要是有雪花就好了，至少能让黯淡的院落明亮一些。杏儿站在窗前，她看到院子里吵吵嚷嚷的情景，心里有一种恨铁不成钢的感觉，此时此刻，她希望家家户户的女人都能赶过来，揪着这些懒汉的耳朵一直揪到鹅冠山上去。她看见人群中一个脖颈细长的小伙子，那是老雷家的独生子小秋，小秋曾托人来家里说过媒，想和自己处对象，被杏儿娘婉拒了，杏儿怎么会嫁给小秋呢？杏儿娘对杏儿说，小秋做事一向没主意。还真让娘说对了，杏儿看到小秋在跟着瞎起哄，能看到他脖子上的青筋蚯蚓一般在蠕动。杏儿很佩服娘的眼力，嫁给这样一个男人，还不如二芬那样一头扎进喇嘛眼。

汪六叔有些气急败坏，他高声说："谁不出工就扣谁的工钱！"姜老大嘿嘿笑着道："怕啥？我们原本就没看到工钱，这工钱说不定是诈和。"姜老大说的

"诈和"是打麻将术语，就是和错了牌。

汪六叔训斥他："姜老大你个熊色，你咋说这话？"

姜老大一张皱纹纵横的黄脸看不出血色，梗着脖子说："六叔不是我瞎说，你想想看，种植社的收入是杏仁，现在八字没一撇，刨坑，栽苗，树苗长三年才能结果，大量产果至少要五年，也就是说我们今天刨坑的工钱，要等四五年以后才能分到手，远水解不了近渴呀，谁能等得及？"

汪六叔骂道："真是狗改不了吃屎，你是想大伙现在就分点工钱好设局聚赌抽红，对吧？"

姜老大扮了个怪相，揣袖缩脖不再说话。姜老大没有胆量与汪六叔叫板，汪六叔火起来专踢人的裤裆。有一年过年，姜老大在牌桌上给一个村民放钱，讲好了一天二分利，结果还账时变成了三分，村民还不起，姜老大大年三十跑到人家炕头上赖着不走。村民跑到汪六叔家哭诉，汪六叔二话没说，趿拉着棉鞋披件军大衣就来到了这个村民家，姜老大见到汪六叔，从炕上跳下来说，六叔过年好！汪六叔说好你个头，飞起一脚就踢在姜老大裤裆上，姜老大"哎哟"一声惨叫，双手捂着裤裆倒腾着两条腿跑了。事后，姜老大媳妇对杏儿娘说，六叔这一脚卷得好，自己睡了一个礼拜囫囵觉。

汪六叔虽然敢踢四大立棍的裤裆，伬不能每个村民都卷上一脚，村民因为天冷不出工这个理由符合柳城习俗。因为自从生产队解体便没了冬季有组织的农田水利基本建设，自由自在的村民开始猫冬，猫冬的日子总是与赌博喝酒相联系，汪六叔也找不到好办法来解决这个问题。

就在大家嚷嚷着要解散回家的时候，杏儿推门走了出来，杏儿穿一件橘色羽绒服，与身后油漆斑驳的屋门形成了很强的视觉反差，众人目光都集中在杏儿身上，小秋泥鳅一样挤到前面来说："杏儿上班真早哇！"

杏儿微微领首示意，她从来都给别人面子，包括小秋她不会不理，尽管今天她很讨厌小秋在人群里起哄。

杏儿说："'东方欲晓，莫道君行早'，这句词大伙都听过吧，要是没听过，你们到鹅冠山看看去。"

杏儿在村里名声要比她的闺密李青好，李奇的女儿李青也模样俊俏，初中毕业就进了城，村里传言说李青在歌厅唱歌，消息虽没证实，但过年回家时李青那身打扮还是引发不少议论，以至于李奇亲自在牌桌上为女儿辟谣，说女儿在县里从事的是正当职业。在对比中大伙觉得留在村里的杏儿更可靠，杏儿说的事大伙都信。

"陈书记上山刨树坑去啦？"汪六叔一双眼睛瞪得像牛铃。

"是的，去了有半个钟头了。"杏儿说。

"大伙听着没？"汪六叔高声喊道，"陈书记上山干活儿了！"说完，汪六叔抄起镐头扭头出了院子奔向鹅冠山。小北风很硬，刮得又急，汪六叔扛着铁镐大步流星迎风前行，也不顾后面有没有人跟着。众人沉默片刻，有人扛着铁锨跟上去，接着，一个个无声地鱼贯而出，都跟在汪六叔后面，柳德林最后一个离开院子，却紧跑几步跟上了。

杏儿站在门口，眼里含着泪花，人群里有她的父亲，父亲走的时候回头望了她一眼，目光很复杂。父亲不懒，但从不多说话，父亲夸她的方式就是目光复杂地望她，目光里有怜爱，有愧疚，有期望，还有一点点骄傲。

人群来到山下，看到山腰上果然有两个人正在抢镐刨树坑，一个是陈书记，另一个是李东，陈书记甚至脱去了外套，穿着褐色毛衣在用力抢镐。李东看到了山下的人群，抬起手臂摇了摇，白色线手套十分醒目。汪六叔停下脚步，扭头对跟过来的村民道："人家可是不拿工钱的呀，咱柳城人咋就不懂个事理呢！"

没有人说话，耳边只有山风嗖嗖在吹。

"上山！"

汪六叔吼了一声，弓身走在最前面。

隆冬来临之前，鹅冠山梯田遗址上布满了规则的树坑，陈放站在山顶望着这些树坑问汪六叔："你说这些树坑像什么？"汪六叔摇摇头。陈放说，"像围棋子嘛，我们是以山为盘，和红衣喇嘛下一盘棋，这盘棋只能赢不能输！"

陈放到有关部门"烧香拜佛"争取了一笔资金，在腊八这天，给所有种植社入股者发放了第一次薪水。发放薪水前几天，杏儿看到陈书记的上唇一直涂着紫药水。

九

以赌克赌

立冬一到，鹅冠山上的树坑便不能挖了。封冻之前，陈放提示过李东：俗话讲闲生是非，不能上山出工，四大立棍该开始活跃了。李东说已经有了治赌良策，暂时需要保密，他提出一个请求，把农家书屋建起来。

建农家书屋是驻村工作一项硬件建设，必须全覆盖。只是因为忙于天一广场、糖蒜社和种植社，这件事还没来得及做。陈放和汪六叔商量，先找个屋子大一些的人家把书屋建起来。杏儿听到这个消息就来找汪六叔，说："把书屋建在我家吧，我家四间屋可以倒出两间。"汪六叔很高兴，他知道只要杏儿答应的事，杏儿父母不会反对。李东说："书屋是村民公用场所，很吵，怕会影响家人休息。"李东知道杏儿父亲身体不好，对杏儿的想法有些担心。杏儿说："没事的，我爹我娘都喜欢看书。"汪六叔道："村里一时没钱补偿。"杏儿嗔怪道："六叔怎么想到了钱，咱们在谈书的事。"

陈放拍板，今年冬季就先借用杏儿家把农家书屋建起来，书架、书和桌椅板凳他回省里想办法，建成后书屋就由杏儿代管，村里适当给予补贴。彭非说书屋建成后杏儿就可以在那里负责联系糖蒜客户，村委会一天到晚乱糟糟的，也不利于杏儿写诗。彭非还记得入村伊始陈放给他的任务，三年后要把杏儿培养成作家。

"杏儿这丫头真不错，看来当年发展她和六子入党没看错。"汪六叔夸赞杏儿。杏儿和六子是陈书记驻村前一年发展入党的，老党员柳奎做的介绍人。

汪六叔这个评价和陈放不谋而合。

陈放想，柳城两委班子面临青黄不接的问题，杏儿是合适的培养对象，因为杏儿群众基础好。

农家书屋不到一个星期就建成并对村民开放。令大家没想到的是，鲜有村民来这里看书，开放一周，只有汪正、李贵和六子三个小伙子来过，杏儿知道，这三个小伙子来的目的并不仅仅是看书。不再上山刨树坑的村民大都聚集在四大立棍家打麻将，姜老大说，都说书中自有黄金屋这不扯淡吗？要是真有的话农家书屋还用借杏儿家房子？汪六叔亲自到四大立棍家动员过，说你们总不能这么玩麻将，就是做做样子也该到农家书屋去坐坐嘛，至少让我脸上好看一些。但村民都懒得动，麻将桌像磁铁一般紧紧吸着他们，农家书屋遭受冷落也就不难想象。柳德林甚至劝汪六叔，树坑我们挖了，现在是猫冬，你就让大伙过过牌瘾吧。

赌心势同野火，一旦点燃不知道会燎到哪个山头去。四大立棍家的牌桌上出现了一个令人担忧的问题，就是有的村民因为没有现金，竟把自己在种植社的股权押上打牌，已经有几个村民股权易手，这样的结果就不是奶头乐那么简单了。情况反映到陈放这里，陈放沉吟许久，对李东说："这事不能再拖了。"李东说："我已经安排了，您瞧好吧。"陈放道："我让汪六叔全力配合你。"陈放没有问李东想好了什么，用人不疑，既然把担子压在李东肩膀上，怎么来担是他的事。

汪六叔为了给农家书屋聚拢人气，晚上让本村的柳信佳请来了凌源皮影戏班到书屋演出，柳信佳喜欢摆弄皮影，也有自己的小影班。令人难堪的是，过去演出场面十分火爆的皮影戏，这次演出时只有几个老人和孩子来观看，以致唱影的人都没了兴致。杏儿对汪六叔说，现在电视、手机普及了，你用皮影戏来聚拢人肯定不成。汪六叔问，那用什么来聚拢？杏儿说要想些新点子才行。

汪六叔聚不拢的人气让李东聚成了。

李东请假回了市里，走时对陈放说："我回去搬菩萨，菩萨出山，牛鬼蛇神立马没电。"

陈放说："我不管你回去搬谁，别掉链子就行。"

李东说我不敢把话说得太满，但九成把握还是有的。

陈放嘱咐他治赌如治慢病，按方码药慢慢来，只要方法对头，总会有成效。

李东说："慢功夫不行，这种非常之事需用非常之功，我已经思考很长时间了，必须猛药去疴，立竿见影。"

李东请了五天假，彭非空闲时就来农家书屋坐坐，和杏儿、杏儿爹说说话。彭非发现，杏儿是个能静下来的女孩子，她一个人无论在书屋，还是在井台边都能坐得住。彭非说："书屋建成了，利用好才行。"杏儿说："慢慢来吧，就像烧水，只要火不停不愁水不开。"彭非说："这么大的书屋，你一个人好冷清。"杏儿听彭非这样说，抬起头拢了拢头发，道："一个人就是冷清吗？有些事只能一个人做，比如写诗。"彭非想了想，的确是这样，文学创作不能敲锣打鼓地搞。彭非忽然发现杏儿的头发在悄悄发生变化，透出一种深藕色的光泽。杏儿说："你们驻村这么久，李东是头一回请长假吧？"彭非点点头。杏儿说："我想李东是回去借火种去了，就像普罗米修斯，不过他不是盗，而是借。"彭非哦了一声，自己怎么没想到李东回城是办这个事情，李东酝酿了这么长时间，肯定会有动作。彭非觉得杏儿简直是个小精灵，什么都瞒不过她那双毛嘟嘟的眼睛。他仔细研究过杏儿，甚至研究了杏儿的身高，不止一次在心里估算，杏儿应该在一米六八上下，这是女性最佳身高，太高了，男人有压力，太矮了，女人不自信，一米六八是彭非理想中女性的身高。杏儿腿长，尤其是小腿，比例十分难得，这样的腿特别适合穿紧身牛仔裤配高勒皮靴，事实上杏儿也一直在穿牛仔裤，但没见她穿过皮靴，他甚至想给杏儿买一双高勒皮靴，让杏儿的完美不留遗憾地绽放一次。

很自然两人就谈到了文学，彭非知道，在杏儿心里，有一块属于诗的领地时时被精心呵护，杏儿说过，诗能让人心长出翅膀来，喜欢诗的人会有双倍的人生。

彭非不写诗，但毕竟是大学中文系毕业，发表过不少小说。他知道，诗人的内心丰富而敏感，写诗的人苦恼多，感受也多，"感时花溅泪，恨别鸟惊心"，就是说这个道理。但杏儿对诗的喜爱与一般诗人不同，杏儿是爱而不迷，能走进去也出得来，诗和生活从来不相互混淆，这让她身上没有一般诗人的矫情。杏儿认为，如果这个世界没有了诗，也就说明这个世界没有了让人感动的东西，那是很可怕的一种生活，人们都为实用的东西去忙碌，就会失去对美的欣赏。

"我们要多做些让人感动的事情，这样才对得起诗，对吧？"彭非理解杏儿，用这种疑问句来求肯定。

杏儿笑了笑，笑容如杏花绽放，让光线不是很充足的书屋倏然一亮。

彭非建议："既然写了那么多，可以考虑出版一本诗集。"

杏儿双手扶腮望着窗外，哪一个写作的人不渴望自己的作品出版问世？出版诗集是她梦寐已久的愿望，这件事不是没有想过，但出诗集需要不少钱，这些钱对于父母来说是很大压力，父母供弟弟上学已经不易，她不能再给家里增添负担。杏儿说："会出诗集的，等我有了一定收入，现在条件还不成熟。"

彭非明白了杏儿的顾虑，就说："出版有自费和常规出版两种，这样吧杏儿，如果不介意的话你把诗给我，我去和出版社谈，你的诗如果市场看好，不但不用花钱，还会有稿费。"

"真的？"杏儿有些兴奋，彭非这句话让她心里一动，似乎一棵竹笋破土而出。这些诗大都为海奇所写，是自己对海奇要说的话，如果能出版，海奇就有机会看到，海奇能看到这该是多好的一件事！"谢谢你，彭非哥。"杏儿躬身向彭非示意。彭非心头顿时有一种酥软的震颤，这是杏儿第一次叫自己哥，这个称呼以往杏儿只用在上期驻村干部海奇身上，他知道，杏儿对自己这种称呼上的改变，是因为自己触发到杏儿的兴奋点，而这个点不在他身上。

杏儿毫无保留地把自己所写的诗都给了彭非，三大本，三百余首。杏儿说："彭非哥，这些诗除了我娘读过一些外，你是唯一读者，看了不要笑我，也不要外传，行吗？"

彭非点了点头，但杏儿并没有马上把日记本给他，而是伸出右手，将小指弯曲起来，道："我俩拉钩。"

彭非和杏儿拉过钩，然后接过三个日记本。这是三本老式日记本，塑料封皮，封皮上的图案还是二十世纪八十年代的设计风格，彭非猜想这应该是杏儿娘当初喜欢的本子。彭非小心翼翼地翻开其中一本，扉页上写着四个字：苔花心语。接下来就是字迹工整的一首首长短不一的诗，看出杏儿在誊写这些诗时是极认真的，在很多诗的末尾，还画了些漫画图案，都是些花卉或小动物，杏儿的漫画也极有天赋。

"放心杏儿，"彭非说，"我力争促成诗集出版。"

"我娘回家总是夸你，说你很像她喜欢的一个电影明星。"

彭非心里美滋滋的，没想到杏儿娘在偷偷注意自己。"阿姨说我像谁？"

"我忘了，我娘说的那个电影我没看过，是老电影，是他们那代人的偶像，你知道，一代人有一代人的偶像。"

一丝失望如同蛛网滑落心头，自己成了中老年妇女心中的偶像，这不是一件值得特别高兴的事，此时此刻，要是杏儿把自己当成偶像，他一定会甘之如饴。但从杏儿的神态上，彭非没有看到这种可能，杏儿甚至没有记住娘所说的电影名字。

杏儿接着说："我娘夸你脑子活，忠厚，办事让人信得过，还夸你文章写得好，能发表小说不简单，娘常说，年轻人最大的毛病是浮和虚，这两点你身上都没有。"

彭非脸有些热，因为杏儿很显然是借用母亲的嘴来表扬他。在听到杏儿的表扬后他开始反省自己，其实，自己在单位里小毛病不少，绝没有杏儿娘说的那么好，就说这次驻村吧，来之前和来之后，感觉明显不一样，如同淬火，头一天还是生瓜蛋子，第二天就变得瓢红蒂落，想来想去，觉得这是因为角色因素在起作用，角色是最好的催熟剂，人不到舞台上，就不会知道他能演什么角色。

"这是你的心血，杏儿，我会好好对待这些诗作。"彭非承担了一个陈放不知情的任务，他已经想好了，这件事是只属于自己和杏儿共有的秘密。

李东治赌可谓剑走偏锋。

李东要在村委会举办一次麻将大赛，让村里喜欢打麻将的村民来个公开比拼。

陈放开始有些犹豫，在村委会打麻将不是开玩笑吗？但李东说服了他，李东说这是治赌一计，上面来查也不会有问题。陈放同意了，他知道李东有李东的打算，否则不会莫名其妙搞什么麻将大赛。汪六叔听到这个想法后大吃一惊，说不可不可不可，柳城本来就有嗜赌的坏名声，你再在村委会里搞个麻将赛，这名声就更臭了，再说了，派出所也不会同意，麻志眼里不揉沙子，他会来抓人的。

李东说："我们只是比赛，不动钱，派出所的工作我去做，柳城不能总是四大立棍当赌王，来一场比赛，搞个梁山泊英雄排座次，谁本事大谁当冠军。"

陈放悄悄对汪六叔说："就让李东搞吧，搞好了是凝聚人心的好事，搞不好我们再替他兜着不迟。"

汪六叔只好同意,反正比赛输赢不动钱,出不了事。

通知发下去,村里顿时过年般热闹起来,很多人跃跃欲试。四大立棍在颇感意外的同时也都摩拳擦掌,毕竟这是一次公开比赛,直接决定自己在柳城牌局上的地位,要是不夺个名次,以后这棍还怎么立?

柳奎听说了这个消息,专门到村委会来找汪六叔。老人家忧心忡忡,站在村委会办公室中间冷冷地盯着汪六叔,汪六叔无奈地说道:"我知道三舅为啥来这里,这场比赛只是娱乐,反正寒冬腊月,村民闲着也是闲着,就算找个乐子吧。"柳奎说:"啥乐子不好找非要打麻将?你是嫌柳城赌博之风还不盛吗?"汪六叔给三舅搬了个凳子让老人家坐下来,附在老人耳边说了几句悄悄话,大意是说这事陈书记已经同意了。柳奎起身离开了,走到门口回过头道:"陈书记定的事我大都赞成,但这一件,有点不靠谱儿!"说完,老人走了。汪六叔呆呆地站在屋里,心想,都这么大岁数了,真能闲操心。

比赛是淘汰制,一共十六组,一组四人,每人发五十粒红小豆,有一人输光便清算,筹码最多者胜出,然后再由胜出者组成新的一组进行比赛,直到最后一组根据筹码多少决出第一二三四名。

正式比赛那天,村委会几乎爆棚,屋里容不下,只好在院子摆了三张牌桌,火热的情绪让人忘却了寒冷,男男女女很多人就站在院子里。让大家感到奇怪的是,有一个留横胡须的中年人也来参赛,李东介绍此人姓庄,代表驻村干部参加比赛,选手们都暗暗发笑,干工作驻村干部没得比,要是打麻将,干部可就仨不顶一个了。

陈放没到现场,他独自到杏儿家的农家书屋看书,其实是刻意回避这场比赛。汪六叔担任比赛裁判长,李东和彭非做裁判,规则讲清后,比赛正式开始。打麻将不像打扑克,比赛选手很少相互埋怨,现场就安静了不少,只是充满了一声接一声的"幺鸡""六条"之类的小声吆喝和哗啦哗啦的洗牌声。

杏儿来到了现场,是陈放让她来的,告诉她有什么情况及时打电话。杏儿站在临窗的地方看着眼前场面,像在看一幕无声黑白电影,说不出什么故事和情节,一切都是回放的过去。杏儿不喜欢麻将,但也不排斥这种娱乐,闲着无事的大老爷们儿不打麻将干什么呢?总该有个让他们释放过剩精力的渠道吧?她甚至同意汪六叔那个听起来很荒唐的观点,柳城不出鸡鸣狗盗之徒,麻将起了很大作用，是麻将把闲散无事的村民拴在了牌桌上。

比赛到了最后有四个人进入决赛，其中，四大立棍胜出了三个，柳德林、李奇和柳传海，姜老大惨遭淘汰，蔫头耷脑立在一边，姜老大的位置坐上了那位姓庄的中年人。

开始，柳德林、李奇、柳传海神色安之若素，码牌抓牌还算沉着，颇有些气定神闲，庄主架势十足，但两圈下来，输赢出现端倪，三人摸牌出牌的手有些抖动，柳德林的红鼻子上竟渗出了汗珠儿。倒是那位庄先生打得挥洒自如，出牌抓牌都会潇洒地将衣袖抖上一下，把打麻将变成了一种令人眼花缭乱的表演。有人啧啧称赞，悄悄说看这样打牌真比看二人转还过瘾。

比赛结果，姓庄的中年人将其他三人碗里的红小豆一扫而光！

所有人都没有想到会是这个结果，四大立棍一败涂地，这个横须中年人简直是赌神！

没有颁奖仪式，在村民惊愕的目光里，李东发表了一番演说："各位都是喜欢打麻将的，否则不会来一展身手。打麻将有两个目的，一个是娱乐，一个是赢钱，如果我没说错的话，想赢钱的占多数吧，没有谁上桌是为了点炮的。但我想告诉大家，在设赌者那里，抓牌之前输赢已经定了，设局的永远是赢家，为什么？因为其中有鬼！今天你们都输给了庄老师，不是庄老师运气好，而是庄老师有手段。庄老师是谁？庄老师是市马戏团的魔术师，是我师傅，我请庄老师来的目的就是给大家上一课，想告诉大家，通过赌博这条道儿发财，只能是一条死胡同。今天，庄老师肯定运用了魔术手法，你们谁发现了？包括久经沙场的四大立棍，你们说真心话，发现可疑点了吗？你们都是极聪明的人，肯定没发现，要是发现早就大喊大叫了，为啥没发现？因为庄老师是魔术师，'魔术'的'魔'怎么讲？上面一个'麻'字，下边一个'鬼'，就是先麻醉了你们，然后再耍鬼，被麻醉的你们怎么能发现呢？往前翻上几十年看看，你身边哪一个熟悉的人通过赌钱发了家？很多糊涂人想通过赌博一夜暴富，最后却血本无归，旧社会为了还赌债卖妻鬻女的事不少，现在法律不允许了，但赌博把房子、承包田搭进去的也不是没有哇！这几天听说有的村民把种植社股权押上了，将来人家分红你只能分西北风！红衣喇嘛说的壮丁鬼打墙你永远摆脱不了，今天的比赛就充分证明了这一点，赌博，就是机灵鬼在赚傻瓜的钱！如果清醒的话，大家就该明白，赌局中有无数个你不知道的庄老师，他们磨快了菜刀，等着你们这样的菜鸟上门挨宰！"

大家面面相觑。杏儿注意到四大立棍都耷拉着脑袋，不敢抬头。

杏儿被李东的讲话吸引了，她用心记住了李东说的每一句话，在此之前，她不知道李东还有这么好的演讲天赋，这个看似有点毛愣的小伙子原来城府很深，并且含而不露，瞒过了包括汪六叔在内的若干人。

汪六叔没想到比赛的目的原来在此，作为裁判长，他注意到了庄老师玩牌特别熟练，抓牌出牌毫无破绽可言，他不知道这位魔术师使用了什么手段打败了对手，对手可都是牌桌上叱咤风云的人物，四大立棍的名气不仅仅在柳城很大，就连很多慕名而来一决高低的外村人也都铩羽而归，自叹不如。

"大家都回去吧，好好想想今天的麻将赛，有疑问可以来村委会找我。"李东说，"认赌服输，迷途知返，靠劳动致富才是条不会崴脚的好路。"

杏儿悄悄给陈放发了一条微信："李东威武！"

比赛结束第二天，柳奎来到村委会，见到李东，老人很恭敬地作了个揖，道："老夫有礼了。"李东连忙扶住老人，汪六叔过来也搀住老人的胳臂，道："三舅你这是弄啥？"

老人眯起眼睛道："你们这叫以赌克赌、将计就计，高招！"

十
一

大黄之死

　　杏儿是看着海奇在村外的野地里埋葬大黄的。

　　大黄是一条狗，不到两整岁的土狗。

　　那是一个黄昏，秋雨初霁，空气中带有丝丝土腥味儿。汪六叔提着铁锹，海奇抱着死去的大黄。大黄还没有变硬，海奇抱着它，像抱着生病的孩子，站在楸子树下的杏儿默默跟了过来。

　　墓穴是海奇挖的，因为雨水浸透，原本坚硬的土质变得松软，海奇一声不吭，一个劲儿往下挖。汪六叔说："够了，不用那么深。"海奇没有停下来，一直挖了半人深，挖到了石头层，才停下来，双手接住汪六叔递过来的大黄。

　　杏儿理解海奇，挖得深一点也许是对大黄的一种钟爱。

　　两人在杏儿的泪眼里埋了大黄，然后培土踩实，又培起一个小土丘。

　　"杏儿，你别难过，"海奇说，"大黄来自田野，又回归了田野。"

　　杏儿点点头，她想不通那些朴实的村民为什么要如此对待大黄。

　　大黄是杏儿捡的一条流浪狗，当时很小，瘦得不成样子，从田野里摇摇晃晃而来，似乎是刚断奶的样子，自己还不大会吃东西。杏儿收留了这只被主人遗弃的小狗，几天后杏儿领着小狗放鹅时被海奇看到了，海奇说把小狗给我养着吧杏儿，我在院子里给它搭个窝。海奇一个人在办公室住，挺孤单的，有条狗也是个伴儿。杏儿把小狗给了海奇，嘱咐海奇要好好待它，它是流浪狗，无家可归，好可怜。海奇把小狗拴在院子里，亲自找木板搭建了狗窝，还给它买了个新搪瓷盆喂食。小狗长得很快，半年时间就变成一条威风凛凛的大黄狗了。杏儿经常来看大黄，大黄每次见到杏儿都出奇地亲热，摇着尾巴直往杏儿怀里钻。杏儿便夸海奇，一条狗你都能照顾得这么好，照顾人肯定更无微不至。海奇说，狗是通人性的，网上有个虐待狗的人据说被一群流浪狗追得满街跑。

头一天夜里，汪六叔和海奇在办公室商量捕杀疫猪的事，这件事白天一通知下去，柳城立马炸了庙，村民们又哭又闹来找汪六叔，无论汪六叔怎么解释，女人们就是不依不饶，汪六叔的肩膀被抓得青一块紫一块，海奇心里不好受，汪六叔这么大年龄，却被一群女人推来搡去。汪六叔一边揉着胳膊一边说，也就是这些老娘们儿吧，要是男人来，看我不一脚踢飞他们！汪六叔知道对女人不能动粗，柳城自古有个传统，对女人动手的男人是尿包，是呀，有本事男人对男人，一个大男人打女人算什么？汪六叔因此就吃了女人的亏，有几个伤心至极的女人借机又掐又抓，以泄怨气。当然，女人们也是有底线的，没有谁去抓汪六叔的脸，她们知道汪主任的脸面还是要保的。

增加补偿没有可能，生猪一律由防疫部门来处理，汪六叔和海奇束手无策，只能眼看着天塌下来。海奇双手托着下巴，盯着水磨石地面一声不吭，他想到县里找冷库，但即使联系了冷库也不行，因为，疫区生猪和猪肉严禁外运，违法的事不能做。

汪六叔很不解，柳城与外界联系少，猪又是分户饲养，不像好望角养猪场容易传染，怎么就成疫区了呢？好望角养猪场是邻村一个中型养猪场，生猪存栏一千多头，正是在他们的死猪体内检查出了猪瘟。

猪瘟出现后，海奇对这个好望角养猪场做了调查，这个公司老板是个土生土长的农民，从没出过国，之所以叫"好望角"这个名字，是因为他喜欢海，他赚了第一笔钱后就到大连买了一处临海的房子，谁知道"好望角"这个名字并没给他带来好运，一场莫名其妙的猪瘟降临在他头上。

汪六叔说："村民要去找好望角算账，要他们赔偿损失，这件事我已经告诉乡里了，乡里很重视，要求我们务必保持稳定。"汪六叔忧心忡忡。下午，派出所的麻志来电话，说好望角养猪场职工到县政府上访，给县里添了麻烦，你们柳城可别跟着凑热闹，天灾就够上火了，再闹出人祸对谁都不好。麻志这是给汪六叔撂话，提醒他这个村委会主任有事原地消化。

村民情绪很难平息，海奇说："都怪我，当时搞别的项目就好了，我记得三舅当时提醒我，说家趁万贯，带毛的不算，就是说鸡鸭猪狗这东西没准儿，一场瘟疫出现啥也没了。"

"怎么能怪你？"汪六叔说，"都怪这猪瘟，也不知道哪个该死的招来这么个病，我活了六十岁，还第一次听说这个烂肠瘟。"

"明天村民还会来，他们肚子里的怨气不撒出去肯定不行。"海奇说，"明天你别来了，我顶着，村民总不会对我这个驻村干部动手动脚吧。"

汪六叔心里没底，那些在养猪上花了大量心血的妇女一旦发起火来，海奇可就惨了。"男人不会动你，女的我不敢说，她们可喜欢揪老爷们儿的耳朵，你这么个帅小伙，她们能饶了你？"

"挨几声骂几下打我心里会好受些，"海奇说，"我对不住她们，一年多的辛苦都化成了泡影。"

汪六叔摇摇头说："你可够天真的，火一旦燎起来就会上房，到时候几瓢水是浇不灭的。现在村民的情绪如同干柴，一旦架到你身上，连我这个村主任也救不了你，你还是好好眯着吧，你要出了问题，我责任就大了。"

两人说到半夜汪六叔才回家。海奇清楚，汪六叔之所以在村委会待这么久，是怕村民来找自己算账。汪六叔在走的时候还嘱咐，从里面锁上铁门，把拴着大黄的链子解开。大黄很警惕，有陌生人进入院子它就会叫上几声，提醒主人。

凌晨，大黄叫了几声，接着院子里咕咚一声闷响。被惊醒的海奇穿上衣服到院子里看了看，发现院子中央有个黑乎乎的东西。他用手电筒一照，原来是头死猪崽。

院墙不很高，可以看到墙外没有人，大黄有些躁动不安，拖着链子在窝前不停地走来走去。

海奇找来一把铁锹，把死猪崽铲到院外埋掉，不知死猪崽是不是猪瘟所致，埋掉是最好的处理方式。他回到院子里，听到西边一户房子里传来嘤嘤哭声，是女人的哭声，村里没有危重病人，哭声肯定是因为猪。

回到屋内，海奇洗了洗脸，穿好衣服走出院子，他想到传出哭声的那户人家看看，安慰一下哭泣的女人。他到那户人家去过，户主姓魏，两口子很和善，老魏媳妇是村里少有的腿脚没毛病的女人，特能吃苦，养了七头肥猪。海奇走进老魏家的时候，老魏夫妇像没看见有人进来一样，坐在炕沿上抹眼泪。按照规定，老魏家猪圈的七头猪今天就要被捕杀，所以今天早上老魏媳妇没有熬猪食，七头猪在猪圈里嗷嗷直叫唤，老魏媳妇似乎是受不了这叫声才放声哭泣的。

海奇说："别难过了魏大嫂，这是天灾，没办法。"

老魏夫妇没说话，把海奇晾在一边。

海奇知道自己不该来，人家心里一定在怨恨自己，这个时候来做人家工作不是没事找事吗。

海奇说："我走了魏大哥，多保重。"

老魏夫妇仍没搭腔。海奇转身的时候，看到老魏媳妇狠狠地盯了自己一眼。事后海奇对杏儿说，自己从没有见过这样的目光，像从幽深冰洞里发出来的，带着寒意，这目光是对怨恨最形象的表达，它让怨恨变得可以触摸和感觉。当时海奇就打了个寒战，觉得有凉风从后颈直灌下去，脊背上的汗毛根根直立起来。

海奇离开魏家的时候，经过院子里的猪圈，猪们以为主人来喂食，欢叫着挤到猪食槽子前叫个不停。海奇的心在流血，这七头猪的生命将结束在这个萧瑟的秋日。

上级防疫部门的人进村了，他们使用了最先进的捕杀方式——电击。一头活蹦乱跳的肥猪只需轻轻一触，便会四脚朝天。被电杀的猪统一用铲车运到村外，在挖掘机挖出的深坑里掩埋。防疫工作队队员都戴着口罩，穿着防疫服，像防化兵一样，村民没有人敢拦，电击设备太厉害，电猪那么快，要是电人还不一命呜呼？海奇跟在工作队后，他和汪六叔没戴口罩，两人穿着迷彩服沮丧地看着这一切，乡里有要求，对猪的统计要一头不差，一头猪补偿一千两百块，工作人员当场兑现。

捕杀工作结束，工作队撤出了村子。临走时，工作队领导摘下口罩对汪六叔说："你们村老百姓觉悟挺高的，不吵不闹，不像有的村工作不好做，把警察都叫来了。"汪六叔听了心里并不高兴，他知道，柳城人什么事都会缓一缓，包括发火，今天的事肯定还没完。

下午，村里出奇地安静，好像停止了呼吸。汪六叔让海奇回县里，海奇说这个时候怎么能走？汪六叔说你还不了解柳城，这些村民祖上可都是抢斧子砍树的，他们的猪都埋了，我担心他们迁怒于你。

下午三点，果然就有村民来了，带头的是姜老大。姜老大喝了酒，脸红得像山楂，他没进办公室，戳在院子里大声吆喝："姓海的，你出来！"

海奇欲起身，被汪六叔一把按下了。"你别出去，"汪六叔说，"姜老大喝醉了，你和一个醉鬼说不清子丑寅卯。"说完，汪六叔推门出去，呵斥道："姜老大，谁叫你到这儿耍酒疯来了？快回去！"

姜老大有点站不稳，随他来的村民扶了他一下，姜老大说："六叔这事和你没关系，我就找姓海的问问，当初他是怎么许愿的？喂三头猪当年脱贫，喂六头猪两年进小康，是不是从他嘴里说出来的？这下子可倒好，我家六头猪都给电死埋了，我是输了个干净啊！"

"姜老大你好糊涂！海奇说得没错，要是没猪瘟，你六头肥猪能卖多少钱？可天灾谁能预料，我家三头猪不也捕杀了？"

"这个我不管，我就是想问问姓海的，这损失咋办？"

姜老大一嚷嚷，不少村民都聚集到村委会，有人跟着起哄，几个妇女甚至要往屋里挤。

没想到海奇自己出来了，海奇一出来，人群顿时安静下来。海奇说："我知道大家有怨气，你们打我骂我都成，养猪确实是我的主意，我是想让柳城早日摆脱贫困，过上好日子，谁知道人算不如天算，我失败了，我对不起大家。"海奇说完，给大家深深鞠了一躬。

就在这时，不知谁解开了大黄的铁链，大黄跑过去站在海奇身旁，虎视眈眈望着眼前的村民。大黄应该是感觉到主人受到了威胁，跑过来保护自己的主人。

姜老大又开始嚷嚷："姓海的，你鞠个躬就完了？我家的小康呢？"

姜老大这样一嚷嚷，大黄顿时汪汪叫了两声。这两声叫惹恼了姜老大，他弯腰抓住大黄拖在地上的铁链子对身后的村民嚷道："人咱打不得，狗还不能打吗？大伙灭了这狗解解气！"姜老大一鼓动，村民们一拥而上，你一棍我一棒就把大黄打倒在院子里，姜老大不解气，又踹塌了狗窝，然后骂骂咧咧地离开了。

这一切发生得太快，像排练好了一样。海奇想冲过去保护大黄，被汪六叔扯住了袖子，汪六叔知道，这个时候人如果上去，后果不堪设想，村民把这条可怜的狗当成出气筒了。海奇眼睁睁看着大黄被打死在院子里，大黄被打死前凄惨的叫声在耳边久久不散。海奇流泪了，他看到人群中有老魏，忠厚的老魏应该阻拦一下大伙才对，但老魏冷漠地看着这一切，早晨去老魏家的时候他还在抹眼泪，怎么忽然间就变成了一个冷漠无情的人。

人群散去后，海奇看到门口还站着一个人，是杏儿。杏儿走进来，蹲下身把大黄脖子上的铁链摘下来。这根铁链影响了大黄躲避伤害，因为姜老大拽住了铁链，导致大黄被群殴致死。

杏儿卸下铁链丢到一旁，默默地离开了，海奇看到杏儿的肩膀在抖动。海奇知道，杏儿不想当着他的面流泪，杏儿的泪只属于井台。

汪六叔长叹一口气，嘀嘀地说："是疖子总要冒头的，只是可惜了大黄。"

海奇哽咽着说："大黄是替我死的。"

"姜老大太可恶，我非踢掉他的尻子不可。"汪六叔骂了一句，"姜老大灌几口烧刀子就不知姓啥了，打狗看主人，今天他是打狗给主人看，是明目张胆地挑衅。"不过，汪六叔心里也清楚，姜老大醒酒后会来村委会道歉，肯定鼻涕一把眼泪一把做检讨，姜老大为人他很清楚，能虬起脸来立棍，也会低下头装孙子。

埋掉大黄后天色渐黑，杏儿说："六叔、海奇哥，我娘说请你们到我家吃晚饭，省得海奇哥自己又煮挂面。"

汪六叔说："好，很久没吃你家的糖蒜了。"

海奇说："六叔，我去金嫂那买瓶酒，你想喝啥酒？"

汪六叔说："就买烧刀子吧。"

烧刀子是当地一种高粱烧，度数很高，喝一口就像烧红的刀子从喉咙里插下去一样，凛冽火辣。

这顿饭杏儿娘很用心，特意杀了只鸡，做了两荤两素四个菜，汪六叔对海奇说："你知道享受的是啥待遇？是新姑爷上门的待遇，柳城人家的鸡不是随便杀的。"杏儿娘道："海奇受委屈了，我们一家都看在眼里，大伙有点气能理解，别往心里去。"海奇说："我懂，我对不住村民，要是不养猪就不会有这么大的损失。"

汪六叔端起一杯酒，对杏儿爹和海奇说："我算是服了，养个猪也能遇见鬼打墙。"

"庄稼不收年年种。"一向少言寡语的杏儿爹这样说。

杏儿见海奇闷闷不乐，给他碟子里夹了一粒糖蒜说："海奇哥，有些事求得问心无愧也就是了。"

海奇想了想，端起酒一口干了。

十一
——

保卫名字

　　彭非遇到了麻烦。一家企业看到杏儿糖蒜销售火爆，抢先恶意注册了商标，然后以维权的名义起诉糖蒜合作社，要求停止侵权并赔偿损失。

　　"这明显是欺诈！"彭非对前来办案的工商人员说，"杏儿糖蒜品牌是以真名命名，这个姑娘就在村里，糖蒜包装上的诗也是这个姑娘写的，怎么我们就侵权了呢？"

　　工商人员说："你们没有商标意识，该早点到我们那里注册商标，注册了就会得到保护，现在人家秀秀公司注册了，你们再用就是侵权，这是法律规定，不能因为是扶贫项目，我们就违法裁决。"

　　事件发展对柳城极为不利，对方站在法律的高度上，对相关政策研究得很透，而彭非这一边对此十分陌生，一时找不到应对办法。陈放认识省工商局的领导，打了电话请这位领导帮助协调，领导也很重视，亲自过问了此事，但领导也必须依法办事，这件商标侵权案案情没有任何争议，法律条文也明摆着，秀秀公司是依法注册，问题出在柳城没有商标意识上。靠领导协调这条路是行不通了，陈放说，迂回走不通，只能面对面了。彭非检讨说，这件事都怪自己考虑不周，没有早点注册，让人家钻了空子。

　　彭非决定去找找秀秀公司法人刘秀，想动之以情、晓之以理让对方让步。

陈放让李东陪他去，嘱咐他俩要打扶贫牌、村情牌和舆论牌。彭非问什么是舆论牌？陈放说如果谈不拢，你们就说找媒体反映事情的真相，这对秀秀公司来说，社会信誉会受到严重影响，法律办不了的事，媒体或许能帮我们讨回公道。

彭非和李东去秀秀公司碰了钉子，那个叫刘秀的经理说话思路清晰、逻辑严密，彭非和李东等于被他上了一堂生动的商标课。两人气哼哼地返回村委会，彭非把棒球帽往桌上一摔，愤愤地骂道："这个刘秀，像只咬人的乌龟，怎么说就是不松口！"李东说："北大毕业的就是牛，下巴都翘到天上去了。"

陈放问："刘秀北大毕业，怎么到辽西这县城来啦？"

彭非说："我了解过，他未婚妻是本地人，在县一中教语文，据说很优秀，是省级骨干教师，我托人递过话，人家说从来不过问男朋友的事，如果这件事男朋友违法，自然有司法机关来管，他俩是井水不犯河水。"

问题摆上桌面，总该有个对策。彭非像只关在笼子里的雄狮，在办公室走来走去。彭非在糖蒜社上花费了太多心血，如果就这样被别人掠走，那便是挖他的心头肉。汪六叔想出一个下策："陈书记你只要点点头，我让四大立棍带着妇女们去秀秀公司，围他个几天几夜，让他知道柳城不是好欺负的。"陈放说："下三烂的事我们不干，这名字和诗都属于杏儿，彭非去把杏儿叫来，商量这件事不该撤下杏儿。"

杏儿走进办公室，大家眼前一亮，杏儿穿了件白夹克，看上去像一大朵绽放的白玉兰。

汪六叔说："杏儿，你知道糖蒜社遇到了大麻烦，你的名字让别人给注册了？"

"我听彭非说了这件事，"杏儿说，"世界上还有钻这种空子的人？真难以置信。"

陈放说："人家这么做也不违法，对方毕竟是北大毕业，对相关政策法规了如指掌。"

"我能做什么呢？我不懂政策，也不熟悉法规。"杏儿说。

"找你来一起商议一下，"陈放说，"杏儿这个商标毕竟是你的名字，我们必须把真相告诉你，因为这场官司我们几乎没有赢的希望。"

"一点希望也没有？"杏儿很惊讶。

"我们忽略了商标注册问题，这件事应该汲取教训。"陈放心情沉重，也很自责，这几天舌尖上总能感觉到咸咸的糖蒜味，彭非忙着生产和销售，商标的事自己应该过问一下，现在一切都悔之晚矣！

彭非说："这个公司叫秀秀食品公司，法人叫刘秀，是北大经济系毕业，据说他注册了许多热词商标，然后再高价转让，说白了就是钻法律的空子，再说了，这事他办得贼一样利索，事先没一点风声透出来，工商局我有同学，事先也一无所知。"

杏儿道："鬼打墙出现之前是不会告诉你的。"

彭非说："我去见了这个人，鬼精鬼灵，傲气得像只公鸭，我真想烤了他下酒。"

"这是一个十足的商人，"李东插话道，"这种人只讲价格不讲道理。"

杏儿说："陈书记，我想去见见这个刘秀。"

彭非摇摇头说："你去也是自讨其辱，还是别去了。"

"我还没见过北大毕业生，"杏儿说，"北大是我当年的梦想，可惜我才读到初中，相差十万八千里。"

彭非说："这个刘秀没啥好看的，瘦猴一样，你和他说话，他要么看手机，要么望天花板，就是不看你。"

"我想见识一下这个刘秀，我娘从小就告诉我一句话，人没有十足的好，也没有十足的坏，一个出身名校的企业家为什么不自己做品牌，而是把聪明才智用在巧取豪夺上？"

陈放点点头："让杏儿去试试吧，至少可以奚落这个北大才子一番。"

陈放说："你去吧杏儿，记住，人心都是肉长的。"

彭非驻村后，一直开着自己一台半新不旧的捷达，他问陈放，自己的车，自己的油，不花公家一分钱，不算违规吧，陈放说，做奉献到啥时候都不违规。

彭非开着捷达拉着杏儿来到秀秀食品。秀秀食品公司地处县城外，公司不大，独门独院，由一处闲置的供销社改造而成。杏儿对彭非说："我自己进去吧，你在场我有些话不好说。"彭非说："你自己进去我不放心。"杏儿笑了笑说："秀秀公司又不是黑店，他还能把我吃了不成？"彭非说："那倒不至于，钻法律空子和做违法之事还是有区别的，你小心些，说话别伐茬儿。"彭非来农村不到一年，乡下嗑儿没少学，连伐茬儿这样的词都用上了。

秀秀公司没有雇保安，收发室里是一个眼袋低垂的老人。老人戴着花镜正在看报纸，见杏儿进来，从花镜上翻着眼睛看了她一眼，便说："找刘总吧，进门右拐第三间办公室。"杏儿道声谢，心想秀秀公司还是蛮人性的，不像有些私人公司，保安像狱警，一副凶神恶煞的模样。

走廊很宽，墙上挂着一些图案抽象的画，似乎就是用油彩胡乱涂鸦一通，杏儿看不懂这些画，觉得很多人也一定看不懂，只是不愿意说出来而已。杏儿敲了敲第三间办公室的门，里面传来一句粤语："请进。"杏儿轻轻推开门，发现偌大的办公桌后，一个瘦瘦的年轻人正盯着电脑，屏幕上的蓝光照在他脸上，如同涂了一层薄薄的蓝漆。正在上网的刘秀见杏儿怯怯地站在门口，侧脸问："你是谁？找我有事吗？"

杏儿说："您是刘老板吧？名牌大学的才子。"

刘秀微微笑了笑，很客气地说："请坐吧。"刘秀很清楚，自己在这座县城里之所以有不小的知名度，因素有三，一是北大的招牌，二是公司敢小蛇吞大象，三是为了爱情放弃大都市的举动。

"我是柳城的，叫杏儿。"

刘秀脸上的笑容顿时蛇芯子般缩回去，变得警觉起来："你是为糖蒜商标而来？"

杏儿说："不仅仅是商标，还为了要回我的名字。"

"你的名字与商标上的杏儿是两码事，你该叫杏儿继续叫，我不会剥夺你的姓名权。"刘秀松了口气，为了节约人力成本自己没有雇保安，否则这个女孩不会直接闯到办公室来。

"糖蒜是我娘腌渍的，我用自己的名字来做糖蒜商标，里面有我对娘的孝敬，我娘腿不好，当了十九年民办教师，因为村小学合并被辞退，驻村干部进村后开发了这个项目，我娘特开心，因为她担任糖蒜社的主任，糖蒜就像她的孩子一样，每一袋都精心呵护，工序一丝不苟。"杏儿说话有点激动，语速快了些，刘秀靠着办公桌站着，手捏着下颌道："别急，你慢慢说。"

"您看到印在糖蒜包装上那首诗了吧，那是我写的，它虽然很简单，却代表着我的爱情，对海奇的爱，现在您要夺去我娘和我的最爱，我想一定要来看看一个名牌大学毕业生，怎么心肠就这么硬？我只读了初中，一个初中生和一个北大毕业生相比，就像一只白兔面对一头狮子。我百思不得其解的是，您赚钱的办法一定有许多，为啥偏要盯上我们又穷又苦的柳城？柳城自古以来壮丁鬼打墙，女眷走不远，我们穷苦了几百年。陈书记他们驻村后办起了糖蒜社才稍有起色，您却杀出来了，让柳城陷入鬼打墙里看不到光亮。您可能不知道我们柳城女人有多苦，十有八九患腿脚病，出不了远门，干不了别的活儿，加工糖蒜不用出屋不需走路，正好方便了她们，她们开始有了笑容，可是我们刚刚尝到甜头，您就出现了，您北大毕业，自然比我们学问多，也更有智慧，法律在你手上就像我们手里要腌的糖蒜一样手拿把掐，我们肯定斗不过您，打官司必输无疑，因为我们没有您有见识。"

"我可支配不了法律。"刘秀解释了一句。

"这个我懂，法律在您手上是工具，在我们眼里却是白纸黑字，我来找您有两个目的，一是对北大毕业的老板充满好奇，想知道一头狮子为什么非要和一只兔子争食？能考上北大，肯定是出类拔萃的学生，如果要选择竞争对手的话，也该旗鼓相当才对，去打败一个毫无还手之力的弱者，能证明自己有本事？再一个就是想告诉你，你我做的一切，都在喇嘛眼里，没有例外。"

这番话引起了刘秀的注意，他站在办公桌前愣愣地看着这个眉清目秀的姑娘，好奇地问："喇嘛眼是什么？"

杏儿从来没有用这种语气说话，脸颊绯红，胸脯一起一伏，她说："喇嘛眼是一口井，红衣喇嘛挖的，已经有三个女人投井而死，最近的一个叫二芬，投井前还不忘把一双鞋脱下留给奶奶。"

刘秀目光有些疑惑，皱着眉头审视杏儿。

"柳城女人命硬，如果没有活路宁可一头扎进喇嘛眼来抗争。"

刘秀又问："红衣喇嘛是谁？"

"三百年前柳城一个喇嘛，因为守护鹅冠山上的麻栎树被朝廷治罪，被抓走前留下一段话，说河水干，井哭天，壮丁鬼打墙，女眷走不远，这个魔咒箍了柳城三百年。"杏儿咽了口唾液。刘秀见状，倒了杯水端过来。"你刚才说为了爱情又是怎么回事？谁是海奇？"

杏儿犹豫片刻，有些羞涩地说："海奇是上期驻村干部，糖蒜包装上那首小诗就是我写给海奇的，虽然写得不好，却句句是我心里话，海奇在柳城受了委屈，柳城对不起他，我不能再辜负他。"

刘秀望着窗外道："爱情这个东西没有规律可循，我女朋友毕业非要回家乡，本来联系好了东莞一所中学，她死活不去，我只好跟她来了，谈恋爱不是做生意，该付出就要付出。"

"名校毕业能屈尊来这里创业，的确是一种牺牲，是为了爱情做出的牺牲。"杏儿并无阿谀之意，刘秀能说出谈恋爱不是做生意这句话，她十分认同。其实，刘秀形象并不讨人厌恶，无非是瘦，两腮塌陷，颧骨高耸，给人一种放到锅里熬上三天三夜也熬不出四两油那种印象。

"那么，你和海奇现在关系怎样？"刘秀不知怎么对海奇产生了兴趣。

"海奇在村里受了委屈，我们有一段时间没联系了，我相信海奇在看到糖蒜包装上这首小诗后会来找我，因为他能读懂我的心。"杏儿看着自己的鞋尖，两腿并拢，忽然又补了一句，"当然，前提是这糖蒜别让您夺走。"

刘秀两腿交叉抱着膀子靠在办公桌上，他并没因为杏儿的话不高兴，神情怪怪地说："我吃过杏儿糖蒜，还记得包装上有这样一句诗：当我敞开心扉时，你已经红透。"

"那是我的心里话。"杏儿说。

刘秀说："我暑假回学校，发现学校小超市里有这种小菜，就买了一袋，味道不错。"

杏儿捧着那杯水，却没有喝，尽管很口渴。

"我想知道，你一个连高中都没上的乡村女孩，怎么会想到写诗？"刘秀问。

杏儿用有些诧异的目光看了对方一眼，道："乡村女孩难道就没有梦想？"

刘秀大概觉得自己这话问得有点不妥，解释说："我想说写诗是需要一定写作技巧的，你跟谁学的呢？"

"我娘。"杏儿脱口道，"我娘是我最佩服的人，她当了十九年民办老师，教过的学生都当了县教育局局长，但她因为没学历，腿又不好，一直无法转正。后来村校合并，我娘被辞退了，由一个老民办教师变成了家庭妇女，邻居说你教了十九年书，就这么不明不白回家了，算怎么回事？我娘说我原本就是个农民，回来就回来呗。有的民办老师要上访，拉我娘一起去，我娘拒绝了，劝他们说，是你的，别人要夺去不能答应，不是你的，也别死缠烂磨抱着不放。这是娘做人的原则，也传给了我，人可以穷，志不能短，我的名字怎能让别人把它夺走，就是拼上命也不会答应。"

话又说到商标上，刘秀摆摆手，道："你娘也写诗？"

杏儿摇摇头："我娘不写诗，但当老师时特别喜欢一个汪姓诗人，这个诗人已经不在了。"

"辽西农村一片贫瘠，写诗的灵感来自哪里？"刘秀总是在问。

"诗的灵感大都来自喇嘛眼和我养的五只白鹅，"杏儿说，"中午，我会到喇嘛眼闲坐，在楸子树下乘凉，我常常看着井底出神，这时候很多诗句会从井水中浮出来，印在我脑子里，我不知道这是不是诗，写给娘看，娘说这就是诗，驻村干部彭非看了这些诗，推荐给了出版社，我心里没底，也不抱希望，因为当诗人原本也不是我的奢望，我印象里诗人都不食人间烟火，而我就是一个普普通通的乡下女孩。"

刘秀扭头看向北墙，墙壁上挂着一幅行书书法：适者生存。这是母校一位经济学教授的墨宝，教授赠他这幅字时说，记住，市场不相信道德，市场的每一个角落里都写满丛林法则，如果你的心很柔软，你就去搞艺术而不是搞经济。教授这句话深深影响了他，每当遇到情感与生意相矛盾的时候，他总会想起教授的话。但今天，面对一个有着萤火般梦想的女孩，他有些犹豫了，女孩生活辛苦却一直坚持写诗，视自己的名字如生命，他忽然觉得自己是个手握长矛、斗志满怀的猎手，而猎物却是一只羽翼尚未丰满并且步履蹒跚的雏鸟，战胜这样的对手，自己有什么值得骄傲的呢？

刘秀遇到了从业以来第一个棘手的问题。

刘秀说："按理说商场如战场，我不该感情用事，但对于你这样一个女孩，我的心狠不下来，你身上有我女朋友的性格特点，怎么说呢？辽西女人都挺烈的，这种烈不是辣，也不是硬，而是一种让人发烫的感觉。这样吧，今天我不答复你，一周后让你们村领导来，我们可以坐下来谈，你可能不知道，在你来之前，谈的可能是不存在的。"刘秀停顿了一下接着说，"我想提醒你，在谈的结果出来之前，你不要做跳喇嘛眼的第四个女人。"

"为什么要等一周后？"杏儿问。

"我从来不在激动的时候做决策。"刘秀说，"冷静是正确决策的前提。"

杏儿回村后，把刘秀的话说给大家，大家都感到有门儿，看来杏儿这一趟没白走。李东竖起大拇指道："杏儿成谈判专家了，真行！"汪六叔笑着说："你是怎么让刘老板让步的？"

杏儿说："我记住了陈书记告诉我的一句话：人心都是肉长的。"

十二
谷分四色

　　并非所有的陷阱都是坏事，有时候恶的开头却会结出善的果子，这是李奇对李东说的。杏儿夸李东做了件大好事，至少避免了喇嘛眼再红一次。

　　李奇能当上四色谷合作社主任要感谢女儿李青。

　　李奇的女儿李青是杏儿同学，杏儿了解李青，也喜欢李青爽快。杏儿听李青亲口对她说，有次在夜总会，一个浑身名牌的中年人对她动手动脚，李青问他你想娶我吗？那人说开什么玩笑，在这种场合走心不是傻瓜吗？李青说，你不想娶我就别对我动手动脚，动了你就要负责。那个男人骂骂咧咧离开了。这就是李青，她不愿意的事肯定不会做。但李青打工的那种地方是个物欲横流的大染缸，一旦李青吃了大亏，十有八九就会像二芬那样寻死，所以说把李青拉回来是救了李青。

　　这件事开端却是四大立棍挖的陷阱。

　　当时，李东不知道自己面临一场阴谋，而且是致命的阴谋。

　　李东治赌断了四大立棍财路，四个人自然不会善罢甘休，出来挑头儿闹事的是柳德林，而出谋划策的是柳传海。四个人在柳德林家喝酒，对于四六立棍来说，酒局是谋事和壮胆的场子，他们不希望自己主宰的麻坛被李东毁于一场比赛。自从李东请来的庄老师一番现身说法后，越来越多的村民离开了麻将桌，村民顿悟到，赢钱和玩鬼是分不开的，既然有些手段连四大立棍都发现不了，普通村民上桌必然挨宰。村民还发现了一个奇怪现象，四大立棍从不出现在同一个局上，他们之间倒是保持某种默契。

柳德林说："咱哥儿几个的局就这么被拆了？"

姜老大说："那个姓庄的是厉害，我睁大了眼也没看清他怎么出的老千。"

"姓庄的功夫在码牌上，肯定记性好。"李奇说。

柳传海却不同意，说："魔术师的文章在袖子上，那小子袖子特宽大，里面肯定有东西。"

柳德林说："现在说那个魔术师已经是马后炮了，要算账就找李东，是李东让咱哥儿四个丢尽了脸面。"

四人都心中不平，过去在村里大小是个人物，现在可好，小孩子见了都敢奚落一番，甚至编了一首儿歌：耍钱鬼，耍钱鬼，骗钱回家偷着美，一场大赛露原形，过街老鼠想后悔。四大立棍凑在一起琢磨，这童谣是谁编的，四个人都认为不是出自杏儿之手，因为杏儿从不挖苦人，那这童谣一定是李东写的。

四个人喝下两瓶烧刀子，李奇先爆出狠话："要教训一下李东，出出心里的窝囊气！"

柳德林说："你忘了老队长说过的话了？咱不能和组织作对。"柳传海眼珠转了转，道："李东用计治咱，咱可以用计来对付他。"几个人一听来了兴致，让柳传海快说用什么计。柳传海似乎早就有了设计，压低声音说："李奇老弟大侄女不是在县里吗？村里都议论她在娱乐场所从业，你去找李东，让他帮忙把女儿找回来，看他能不能做？他要是去县城找，你可知道那些场所都是些什么人开的，肯定会被人一顿拳脚打出来，他要是找不回来，你就天天去闹他，说他不给老百姓办事。"

李奇说："我女儿可不是干那种事的，我的女儿我知道。"

柳传海说："就因为大侄女是正经人，才敢大张旗鼓去找，这也是消灭流言蜚语的好办法。"

柳德林觉得这个办法妙："李青不想回来，李东就是找到也办不成这件事。"

姜老大说："李东要是办不成这事，在村里说话就不灵了。"柳德林说："咱就要这种效果，这件事李奇出面最好，谁都知道李奇家庭不幸，老婆走道儿，女儿离家，这样的家庭驻村干部不帮扶还帮扶什么？"

李奇喝下半碗酒，愤愤地说："这口气就我来替哥儿几个出吧，我不打不骂，天天去闹他就够他喝一壶的，他拔了咱的奶嘴，咱也让他嗓子冒冒烟儿！"

一个阴谋就这样诞生了，柳德林甚至放出风去，说李东已经答应李奇，一定把离家出走的李青找回来。

消息传到陈放那里，陈放知道这是有人出难题，就找来李东问他怎么看这个问题。李东说："挽救柳城出走的失足少女，虽说不是扶贫具体任务，但也符合大的要求，一个姑娘混迹在娱乐场所，好说不好听，再说了如果通过这件事彻底改变李奇，也是一个不错的选择，这些天我在思考一个问题，刹住赌博风后，应该给四大立棍找个出路，防止死灰复燃。"

陈放觉得李东成熟了不少，考虑问题多了很多选项，在表扬了一番李东后说："治赌要治本，这个本是改变他们的劳动观，四大立棍相比其他村民都脑袋活泛，只要引上道，他们肯定能走在其他村民前头，我们正在搞的四色谷合作社需要几个有头脑的人，我想到了柳传海和李奇，李奇抓经营有想法，柳传海自己家责任田的黑小米产量最高，说明他懂技术，这两个人用好了对四色谷合作社发展有利，如果李青能回来，就让她负责四色谷销售好了。"

李东说："他们给我出难题，我干脆就把这个难题解了。"李东知道四大立棍他们并不是坏人，无非嗜赌成性而已，想想看，戒个烟都会抓耳挠腮，戒赌哪会那么容易？

陈放告诉李东，要想劝回李青，必须通过杏儿这个渠道。

李东来找杏儿问李青的情况。李青与村里唯一有联系的就是杏儿，两人是同学，关系一直很密切，每天都有微信互动。李青是小有名气的网红，网名叫辽西燕子，她的朋友圈三教九流啥人物都有。李青经常给杏儿发一些时髦的图片，比如名包、香水儿什么的，但杏儿对此不感兴趣。

杏儿说："李青并没有与李奇完全断绝父女关系，每年过年还会回来住几天，但每次都是气鼓鼓地离开，因为整个过年期间家里摆着牌桌，人头攒动，乌烟瘴气。李青没办法就来我家待着，抱怨命运不公，自己怎么会出生在这样一个家庭。"杏儿说李青不是个沦落风尘的女孩，之所以喜欢奇装异服是想刻意表达或隐瞒什么，或许是一种反叛心理作祟。

杏儿说："你想把李青劝回来，必须先和她成为朋友。"

"我没见过她呀。"李东说，"见了面也许会成为朋友。"

"都什么时代了，还要见面，我不是告诉你她的网名了吗？你们可以先成为网友嘛。"

李东拍了拍脑门，杏儿说得对，有了网络，不见面也可以成为好友。他想，转化李奇，只能从李青入手，没有了麻将，李青是唯一一张叫李奇认输的牌。

李东注册了一个叫东子的微信，向李青申请验证，李青很快通过了，他开始给李青发的微信点赞，两人每天都会互动。

李东估计李奇会来找自己，因为村里已经有了风声。

李奇果然来了，带着一股酒气，李奇虽然算是柳城有头有脸的人物，到村委会来也需要喝酒壮胆，因为怕汪六叔踢人，再说脑筋灵活的李东看上去也不好惹。

恰好，汪六叔也在办公室，见到李奇汪六叔没好气地说："喝了？"

"喝了。"李奇说。

"喝了就回家睡觉，这不是你醒酒的地方。"汪六叔不惯毛病。

李奇说："我没喝多，我是有难事来求李同志帮忙。"

李东礼貌地让座，倒水。李奇既不坐也不喝水，装作一副可怜的样子说："李同志你要帮帮我，我老婆走道儿了，女儿也离家不回，我一个人死在炕上都没人理，这日子咋过呢？"

李东比李奇高半头，站在对面居高临下看着他问："让我帮什么？"

"我想请你帮我把女儿找回来，一个女孩在城里，我这当爹的不放心，学坏了可咋办？"

李东心里想笑，害怕孩子在城里学坏，要知道李青正是嫌弃家里总是聚赌才离家进城的，这个李奇还真是个表演天才，挺会煽情弄景，不明就里的人会被他这几句话蒙住。

"只是让我找女儿，不找老婆？"李东揶揄了他一句。

"老婆是没法找了，"李奇说，"让你帮我找老婆那就是无理取闹，这个我懂。"李奇虽然喝了酒，脑子却反应很快。

李东问："女儿和你还有联系吗？"

"没有，孩子只在过年回来一趟，平时连个电话也没有，这孩子是因为家里太穷才走的，我要是能赚钱养家，老婆孩子也不会走。"李奇站在面前，酒气一阵阵扑向李东。

李东把他按在凳子上坐定，与他对膝而坐，说："老李，你叫李奇，我叫李东，咱俩算是兄弟了，我给你找个赚钱的好营生你干不干？"

"啥营生？"李奇眼睛一瞪。

李东说："我先给你找女儿，找回女儿再跟你说，你要清楚，我即使把李青找回来，她回来看你不走正道还会负气出走，毕竟腿长在她身上。"

李奇站起身，信誓旦旦地说："你要是把我女儿劝回来，让我大冬天上山刨树坑我也干！"

李东说："树坑不用你刨，你想走正道我就给你找个体面的营生做。"

李奇跌跌撞撞地走了，走到门口时伸出手扶了扶墙。

一直坐在另一张桌子前看书的彭非抬头问："你真想给他去找女儿？估计人回来心也回不来，据说李青在银碧辉煌娱乐城坐台，那可不是一般人能消费的地方。"

"李青这姑娘在那种地方就糟蹋了，要想办法把她找回来，再说四色谷合作社正需要人。"李东捏着下巴想了想，忽然问，"你们说李奇是真想让女儿回家吗？"

彭非说应该是，现在没人聚赌，他家里冷清，自然就想到了老婆孩子，人都这样，喧闹时忽略的东西恰恰是寂寞时最珍贵的，这个李奇不管出于什么目的来找你，但事情本身没问题。汪六叔却说不一定，四大立棍鬼着呢，不知要要什么把戏。

"我想到一个良策，"李东说，"杏儿和李青是好朋友，要想让李青回村，杏儿说话比我们好用。"

彭非点点头说："是呀，如果你兴师动众到银碧辉煌去找人，肯定会引发冲突，请派出所麻志出面，又等于把李青置于治安处罚的地步，后果更为严重，还是让杏儿把她约出来，你再和她好好谈谈。"

李东把这一想法向陈放做了汇报，陈放说李东你想得对，千万不要麻烦派出所，要让李青体面地回来，否则就会事与愿违。

李东来农家书屋找杏儿，杏儿说可以把李青约出来谈谈，但不能在柳城谈，李青在微信里抱怨过，一看"柳城"两个字就恶心，她对家乡已经彻底绝望了，我们可以在县城找个地方谈。

这座名不见经传的县城虽不大，但休闲场所不少，彭非介绍了一个叫甜贝贝的茶室，让他们在那里见面，茶室是彭非同学开的，除了喝茶没有其他项目。为了安全，彭非也回到县里，在茶室对面的马路边上溜达，李东和杏儿在茶室里见李青。李东为了这次见面，特意去商店买了一件湖蓝色的夹克，为什么买这种颜色的夹克他也说不清，他只记得一位女作家说过，湖蓝色是女人的陷阱。

茶室布置得很雅，墙壁上挂了些字画，梳着披肩发的李青就坐在一幅仿古仕女画前，古代与现代，在这间茶室里构成了某种呼应。

"你就是东子？怎么想到了来见我？不担心网上说的'见光死'吗？"在杏儿介绍了李东后，李青甩出一连串问题。

应该说李青是一个具有鲜明时代特征的女孩子，美丽，开放，敢于平视一切，李东想，柳城这个村真是奇怪，村里女人要么腿有病，要么国色天香，像李青这样的女孩子在形象上无可挑剔。

杏儿看看李东，她希望这个问题由李东来回答。杏儿不愿意多说话，哪怕对自己的好友李青她也不愿意多说，她最喜欢做的是倾听和注视。

"是这样，"李东停顿了一下说，"你知道柳城出产四色谷，我们根据这一特产成立了一个四色谷合作社，是省市农业部门抓的优质杂粮生产工程，我们研究过，合作社主任想请你父亲来当，你知道你父亲是个有脾气的人，我们没有同他说，便来找你，想请你回去做做你父亲的工作。"

李东这几句话把杏儿说愣了，扭头看着李东，像看一个陌生人。

"当然，我们更希望你也回去帮助你父亲抓抓销售，开网店，通过互联网把小包装的优质四色谷销售到全国各地。"

李青摇摇头，说："这的确是一件好事，难得的好事，可是我父亲沉溺于麻将不能自拔，我回去也劝不动他，一年三百六十五天，离开麻将桌他好像一天都过不了。"李青的眼神里流露出些许无奈，看着新泡的铁观音出神。

"你可能不知道，你父亲已经不赌了，不仅你父亲不赌，柳德林、柳传海和姜老大都金盆洗手了。"

"这怎么可能？"李青很惊讶。

"是这样的，"杏儿插话道，"李东想了个办法，把村里赌博之风刹住了，现在就是有打麻将的，也是小打小闹了，没人再把聚赌当营生做。"

"真的是这样啊！"李青将信将疑，"你不会骗我吧，杏儿？"

杏儿笑了笑，道："我干吗骗你？你们家没人再去打麻将，家里清静多了。"

李青又问了四色谷合作社的情况，李东一一做了回答，李东说："四色谷辽西独有，而柳城的四色谷又品质最佳，附加值很高，现在都讲绿色有机.柳城四色谷具有国家地理商标价值，前景肯定很好。"

李青有些活心，她说："让我想想好吗？过几天我要是回村，就说明我答应了，我要是不回去，你们也别来找我，我刚刚脱离了喇嘛咒，不想再掉进喇嘛眼里去。"

见面结束，李青握着李东的手说："不管我回不回去，我都要感谢您，让我父亲戒掉了赌瘾，另外，这件夹克很合身，东子。"李青叫了声李东的网上昵称。

李东脸红了，这个昵称只属于李青一个人。

李东次日回村，就通过麻志打听李奇老婆的事，麻志很快查到了，李奇的老婆吴双在临县自由市场卖服装，没有再婚。

李奇又来了，看到李东在办公室坐着，冷冷地问："我女儿呢？你帮劲找了？"

"我们在等你女儿的消息，有了消息会马上通知你。"李东故意不冷不热。

"你坐在办公室就能找到我女儿？她在县城里，不在柳城。"李奇显然很不高兴。

李东说："你还是先回去等消息，我可以告诉你，你女儿很安全。"

李奇扭头走了，撂下一句话："明天还来！"

一连几天，李奇总是到村委会来，每次来都大声嚷嚷，要求政府给他做主，好像女儿被拐卖了一样。汪六叔很生气，但也没有办法，李奇离开后汪六叔对陈放说："要是为别的事情来闹，我早就一脚把他踢飞了，可是他是为找女儿来的，村里都传他女儿不走正道，我这脚没法子踢。"陈放说："就是能踢也不要踢，踢伤了咋办？"陈放又对李东说："李奇着急可以理解，你还是再去找找李青，如果就是不回来我们再想辙。"

李东说："我请示一件事，可不可以深入一次虎穴？"

"什么虎穴？"陈放没听懂。

"就是到银碧辉煌里装一回消费者，我想暗访一下李青，然后再见机行事，但我真不知道这算不算违纪？"李东问。

　　陈放从来没遇到这种情况，就说这事我说了不算，我要打电话请示一下。陈放办事不拖沓，马上到外面打了个电话，回来告诉李东，"领导说了，只要是为了挽救失足少女而去摸排情况，可以去，但不要出乱子，尤其不能搞网上炒作。"李东说："有了这样的支持我就放心了，我今晚就去县城。"陈放担心李东有危险，让彭非一同去。彭非说我不能进去，让熟人看见不好解释。陈放想了想道："那就在外面守着，有个风吹草动好进去解围。"

　　银碧辉煌是一家很高档的娱乐城，集桑拿、唱歌、餐饮于一体，在县城里名声显赫。李东进入娱乐城，被眼前的排场镇住了，大厅两侧各有一排靓丽的服务员向他齐声问好，给人一种大佬级的排场。李东进入娱乐城的时间是晚上七点，客人尚少，包房大多空闲，他向服务员要了一个最小的包房说想找个女孩聊聊天。服务生问有什么熟悉的女孩，李东说有，一个叫李青的女孩。服务生摇摇头，说我们这里没有这个女孩。李东忽然想起李青还有个辽西燕子的网名，就说我点个叫燕子的，长发。服务生表情有些怪，说你要点燕子？李东点点头。服务生说，燕子只唱歌。李东说我就来唱歌的。服务生上下打量了他一眼，鞠了一躬倒退着离开了。

　　李青进来时把李东吓了一跳，这哪里是前几天见过的李青！

　　李青上身穿一件砍袖黄背心，下穿一条牛仔裤，问题是牛仔裤已经千疮百孔，多处暴露，让人目光不敢停留。李青没有马上认出李东，毕竟只有一面之缘，她很大方地挨着李东坐下，熟练地抄起歌单问："唱什么歌，老板。"

　　李东道："我不是来唱歌的。"

　　李青愣了一下，仔细打量了李东一会儿，惊讶地说："是你？东子。"

　　李东说上次见你一面，我回去总是失眠，没办法，找你来讨个药方，好治失眠。

　　"你失眠，关我什么事。"李青白了他一眼，"你是干部，这样的场所不该来。"

　　"为了看你一次，就是受个处分也值。"李东用调侃来消除尴尬。

　　"让我陪你唱歌？好，看在你给我家乡治赌的分上，给你打五折吧。"

　　李东脸腾地红了，说："我只是想和你说说话，先不唱歌。"

　　"说什么呢？调情？"李青看着李东。

　　李东知道自己说不过这个女孩子，只好实话实说。

"我们陈书记说了，柳城有两个难得的人才，一个杏儿，让糖蒜社火起来，另一个就是你，只有你才会让四色谷火起来。陈书记对柳城每个村民都了解得很清楚，知道你是网红，有八万粉丝。陈书记说四色谷的事生产没问题，关键是缺一个得力的人搞营销。我们想来想去，你是最佳人选，你不但形象好，还有现代观念，懂得高端消费心理，所以我才私下来找你。"

"我没有你说的那么好。"李青很清醒，猜到李东或许在给自己戴高帽。

"我了解你，你是冰美人，连这里的服务生都知道你只唱歌。"

李青有些感慨地说："《红楼梦》里有句话，身居肮脏之地，莫谈清白二字，我不认为写得对，不是还有出淤泥而不染吗，我有底线。"

李东说："见到你之前是听杏儿介绍你，见面一看，有点出乎意料，说实话，你很漂亮。"李青脸上有些羞赧，说："我就是一个陪唱歌的女孩子，你没必要忽悠我。"

李东纠正道："怎么是忽悠呢？我说的是实话，看到你后我怀疑那个咒语是不是讹传，因为咒语对你和杏儿不起作用。"

"我爹最近好吗？"李青问。李东说了李奇的情况，并说明让李奇担任四色谷合作社主任的事已经内定，只要李青答应回去，马上就可以对村民公布。李东说："回去吧李青，你回村不仅能让你父亲获得新生，还能让许多村民脱贫致富，适合种四色谷的耕地涉及四十多户，他们的日子离小康还远，还有一条我也许不该说，但我想到了，如果你们家过上正常日子，你妈妈很可能回心转意，这个你想过吗？"

李青将头埋在两膝间默默地想心事，李东想安慰她，却不知怎么办，只好轻轻拍了拍她的肩膀。这时，房间门被推开了，一个穿着背心的花臂大汉走进来，样子很凶地问："咋回事？"

李青抬起头说，"没事四哥，我和这个老板聊起点伤心事，一会儿唱唱歌就好了。"

花臂大汉四周巡了一圈，横着膀子走了。李青说："你既然来了，不唱首歌是不好走的，这样吧，我给你唱首歌吧。"

李青打开音响，唱了一首《父亲》，又唱了一首《朋友》，每一首歌唱完，李青都泪流满面，把李东也唱得唏嘘不止。

李青说："你走吧，这地方你不该来的。"

李东说："你给我唱了两首，我也该回唱一首献给你，这样吧，我给你唱一首《故乡的云》吧。"李东在歌唱方面受过一定专业训练，他唱得高亢婉转，情真意切，尤其把那句"归来吧"唱得震撼人心，一曲唱罢，李青早已梨花带雨。

两人握别时，李东感到李青的手很有力，李青靠近他的耳边道："我答应你，明天就回柳城。"

李东的心一阵狂跳，他知道自己成功了，便用力拥抱了李青一下。

到前台结账，李东倒吸一口寒气，真是宰人的地方！

李东从银碧辉煌出来，在对面马路边溜达的彭非迎了过来，他打量了李东几眼，开玩笑说："你这差事不错，能唱歌，不像我天天闻糖蒜味。"

李东笑了笑："你真以为这是好活儿？"

李青如约而归，让村民惊愕不已，这个打扮时尚的女孩子成了村民关注的焦点。

杏儿说："李青你现在是柳城名人了。"李青道："柳城算什么？燕子有八万铁粉呢！"

四大立棍谋划的陷阱成就了一桩好事，也标志着四大立棍格局的改变。李青回来担任四色谷合作社销售总监，四色谷合作社这盘棋一下子就活了。李奇信心满满当了主任，随后，柳传海便来找李东和李奇，说自己当年是生产大队技术员，很想参与进来谋点事情做，李东请示陈书记，陈书记说这有点改土归流的意思，柳传海这么自负的人都放下身价了，来的都欢迎，就让他负责生产技术吧。柳德林还在硬撑，但姜老大却悄悄来找陈放，央求道，李奇和柳传海都有事做了，我也不想闲着。陈放说我和李东都替你想好了，你去找李东商量。

十三

放鹅

　　每天在书屋忙完了糖蒜社外联后，杏儿依旧会到喇嘛眼放鹅。

　　这天，杏儿换下牛仔装，穿了一件橘色的羽绒服，这是海奇当年给她买的，不是名牌，但质量好，穿起来又轻又软，天气无风，有些干冷，冬天的柳城似乎进入一种半休眠状态。

　　村口驶来一辆巧克力颜色的轿车，杏儿不知道这汽车的品牌，但对这种颜色很有好感，猜想这车里一定充满了巧克力的香气，这香气是一种童话的味道。

　　轿车在天一广场入口停下来，一个穿着灰色羽绒服的男人从车上下来，鬼鬼祟祟地四处张望。灰衣男人正在张望时，小白高声叫了两声，便朝灰衣男人冲过去，男人原地蹦了个高，急忙快步倒退。杏儿喊了一声，小白不再追，停下来警惕地望着这个入侵者。灰衣男人朝井边这里望了望，杏儿心里一颤，这不是刘秀吗？刘秀干什么来了？

　　刘秀也认出了杏儿，快步走过来打招呼说："我恰好路过这里，就进村看看，没想到差点被大鹅给啄了。"

　　杏儿站起身道："是刘总啊，我去告诉陈书记吧，他会接待您这位贵客。"

　　刘秀摆摆手，说："有你当向导就行了，这口井就是你说的喇嘛眼吧？"

杏儿点点头，道："三百岁了，一口古井，也是村里唯一的饮水井。"

刘秀探出身子往井里看了看，的确是口古井，上段井壁结了冰，下段井壁的青苔呈湿漉漉的墨绿色。

刘秀站在井台上问："你说有三个女人在这里寻了短见？"

"是的，她们都去找红衣喇嘛评理了。"杏儿说，"可惜不知道红衣喇嘛给了个啥说法。"

"看来这喇嘛眼挺邪性。"刘秀又探头看了看井底，抬起头问，"这里面肯定有诡异之处。"

杏儿说："听村里老人说，每当有不幸的事情发生前喇嘛眼会眼红，就是说井水会变红，村民说这是喇嘛眼馋了，女人跳井后免不了就要淘井，淘上一小天井水才会变清，村民最怕喇嘛眼泛红。"

刘秀再次探出身子往井中看了看，回头看到了楸子树上挂的水桶，便从树上摘下水桶，提了半桶水上来，俯下身喝了一口，井水很凉，有一点微苦，问杏儿："这井水是不是化验过？"

"化验过多次，"杏儿说，"听汪六叔说，人民公社时期就化验过，符合饮用标准。"

刘秀又喝了一口，然后把桶里的水泼掉，将水桶挂在树上，说："你领我到村里转转吧。"

杏儿起身领着刘秀往村里走，边走边介绍道："柳城虽不富裕，但历史悠久，是个有故事的古村落，最早的宅子都两百多年了，过去，村子有些名气，特产也不少，比如说柳城香瓜、黑小米、柳城皮影什么的，可惜都没成气候。"

"柳城香瓜我还是第一次听说。"刘秀道。

"那是我们柳城独有的一个香瓜品种，每个香瓜都有一个圆脐，特甜，就是产量低，一个叫六子的种了好几年，想提高产量，没成功。"杏儿说。

刘秀对村里的一切都很感兴趣，一路问个不停，问为什么村里老宅多，很多都年久失修，瓦楞间长满杂草。刘秀问了很多问题，有些问题杏儿回答不上来，心想，名校出来的人都喜欢提问题吗？

在西村口，刘秀发现一大片田地的地头竖了块乒乓球台大小的牌子，便走过去看究竟。牌子上写着"寒地黑土优质四色谷生产基地"一排大字。他摘下眼镜擦了擦镜片，然后再戴上仔细阅读牌子下方的说明：辽西一绝——四色谷。

然后是对黄白黑绿四种小米的介绍，其中黄米的作用是暖胃壮阳，白米的功效是滋阴和脾，黑米的作用是降糖化脂，绿米的作用是保肝清毒，如果单从广告介绍来看，这黄白黑绿四色谷已经不是五谷杂粮，而成了医生处方上的中药。他问杏儿："柳城为啥会出产四色谷？"

杏儿说："我听爹说过，谷子能有黄黑白绿之分，全是地气所蒸、阴阳变化而来，四色谷亩产不高，就因为不能用化肥，化肥一催，四色谷也就不叫四色谷了。"

站在牌子下，刘秀望着鹅冠山问："那座山上都有什么？"

杏儿摇摇头，道："现在除了一些抗日义勇军遗址外没有别的，不过三年后您再来看就会大不一样，陈书记组建的大扁杏种植合作社已经挖好了树坑，明年春天栽上五万棵杏树，到时候这就是一座花果山！"

刘秀用手机拍了张四色谷牌子的照片，又问："这个基地是谁建的？"

"当然是陈书记了，他在搞种植社的同时，建了这个四色谷合作社，接下来还要建加工厂，把四色谷加工成小包装销售。"

"村落就像玉石翡翠老坑，值得善待。"刘秀自言自语。

刘秀提出了一个请求："我想到你家看看，不知是不是欢迎。"

杏儿很意外，不知刘秀为何要到自己家去，但这种请求不能拒绝，便爽快地说："当然欢迎，我爹我娘正好认识一下您这位北大才子，对我弟弟高考是个好兆头呢！"

刘秀来到杏儿家，杏儿爹娘见杏儿领回一个陌生男人感到很奇怪，杏儿做了介绍后，杏儿爹神情有些清冷，他知道商标的事，此人贸然登门肯定来者不善。杏儿娘让座，沏茶，温和不失礼节。

刘秀眼睛贼溜溜直转，但更多时候停留在杏儿娘的腿上。杏儿娘腿脚有些僵硬，挪动起来好像灌了铅一般。他坐了片刻，说还要到村里转转，便起身告辞。杏儿跟出来，说："你想看什么我继续当导游，很多人到柳城都说有一种回到老家的感觉。"刘秀说："还是到喇嘛眼去坐坐吧。"

坐在楸子树下的长椅上，刘秀说："这个村子好像被时代遗弃了，人气不旺，几乎看不到一栋新宅子。"

杏儿说："谁不想盖新宅子？可是没人盖得起，不过现在好了，陈书记说几个合作社都建起来后，柳城就会旧貌变新颜。"

刘秀说："这是我见过的最旧的村子，村民还要到一口三百岁的古井挑水吃，时光好像定格在几十年前。"

杏儿道："您有这番话说明您不是铁石心肠，我那天从您那里回来就和村领导说，人心都是肉长的，我相信自己的眼睛，一个为爱情能做出很大牺牲的人不会差。"

刘秀的脸有些微微泛红，摆摆手道："别给我戴高帽子，我知道自己是个什么人。"

"我知道您是微服私访，但愿柳城没给您留下坏印象。"杏儿很认真地说，"柳城人实诚，尽管辈辈遭受喇嘛咒束缚，但没人抱怨这个村子，毕竟家在这里，其他地方再好也是他乡。"

"是私访，但不微服，我一个小人物哪里敢用'微服'二字，"刘秀话题一转，"不过你刚才这话有道理，家之所在，情之所系，我在广东乡下的老家也城市化了，村民都上了楼，每次回到那座崭新的城镇，我都有一种茫然不知所归的感觉，老家的路标没了，乡愁无处安放。"

杏儿发现刘秀也有感性的一面，在说这番话的时候，镜片后那双眼睛一直在盯着井口。

刘秀说："能不能卖几斤四色谷给我。"杏儿说这不成问题，我送你一些就是了。杏儿回到家里，用四个腌糖蒜的玻璃罐装满各色小米后打包拎出来，道："最好的吃法是熬粥。"

"谢谢你，杏儿。"刘秀向杏儿告别，"明天让村干部到秀秀公司来吧，事情总要有个结果。"

杏儿看得出来，刘秀心情不错，看样子他在谋划一件事，这件事肯定与脚下这块土地有关。杏儿仿佛看到一丝曙光照进喇嘛眼幽深的井口。

刘秀临上车前忽然道："如果对症下药，你妈妈的腿或许可以治好。"

杏儿愣了一下，道："海奇也这么说，但医生给否定了。"

刘秀开车走了。杏儿望着远去的轿车，心想，这个刘秀给人的感觉挺复杂，很难用一两句话来概括。

杏儿来到村委会把刘秀悄悄来村里的事告诉陈书记和汪六叔，陈书记说："刘秀有点松动了，商标的事或许有转机。"汪六叔点点头："这要谢谢杏儿，把一盘死棋下活了。"

陈放、汪六叔应约来到秀秀食品公司。

在秀秀公司会议室，刘秀很客气地接待了两位村干部。他问陈放："陈书记，你们到柳城扶贫，是带着任务去的吧？"陈放没想到刘秀会问这样一个问题，就坦诚相告："是的，我们驻村三年期满后上级要进行考核，摘掉贫困村帽子是硬任务，必须完成，哪个村拖了后腿是要问责的。"刘秀说："一个小小的糖蒜社就能解决脱贫问题？"陈放摇摇头说："糖蒜社解决不了柳城脱贫问题，但它能使这个村的妇女组织起来，让她们找到自身价值，从而打破喇嘛咒中关于柳城女人走不远的定律。"

刘秀点点头，说："陈书记这么说，我觉得糖蒜社的作用就不一样了。"

"扶贫关键在于蹚出一条路来，这条路一定要将授之以鱼变成授之以渔，这样古村落才能活下去，刘老板如果感兴趣，我们一起来蹚这条路。"

刘秀道："说说怎么个蹚法？"

陈放说："什么事都不是一成不变的，柳城也一样，三百年前之所以能以柳城命名一个村子，说明当时柳城在四乡八村是福地，因为当时朝阳城就叫柳城，我想，柳城之所以有名气，不外三大因素：一是鹅冠山古木参天，蛤蜊河水草丰茂；二是本地物产丰富，有柳城香瓜、四色谷；三是当地有座喇嘛庙，香火鼎盛，是祈福好去处。现在，两者不在，但第二条还有，我们做好杏儿糖蒜、鹅冠山大扁杏等几篇文章，再把鹅冠山山坳里抗日义勇军遗址开发出来，趴窝几百年的柳城就一定会站起来。"

刘秀听得很仔细，不时点点头。

没有什么谈判，刘秀摊牌说："我虽然经商时间不长，但从没有败绩，这一次我也不能这么做，否则对我的团队没法交代，而且未婚妻也会鄙视我，那么折中的方案只有一个，就是你我由诉讼对手，变成合作伙伴，秀秀公司可以和柳城村全面合作，两家签个合作协议，以后，柳城四色谷合作社生产的四色谷和杏儿糖蒜社所有产品由秀秀公司独家经销，利润五五分成，当然秀秀公司不再强调杏儿这一商标权利。"

陈放几乎不相信自己的耳朵，天下还有这等好事！如果秀秀公司负责经销糖蒜社产品，村里就无须在销售上投入人力物力，可以集中力量组织生产，而明年秋季四色谷合作社出产的四色谷也就不愁销路。但陈放还是谨慎地问了一句："那么，秀秀公司有销售团队吗？"

刘秀很自信地说："我有自己的电商平台。"

汪六叔对电商很陌生，望了陈放一眼，陈放站起来握住刘秀的双手激动地说："你我想到了一块儿，这就是双赢！"

陈放想到了李青，他对刘秀说我打个电话，征求一下四色谷合作社主任和销售总监的意见。陈放来到走廊，打通了李青的电话，把秀秀公司的想法说了，李青说这是好事，我们借助秀秀公司的渠道可以把销售做大，再说了，那个叫刘秀的经理我认识，做生意比我有本事。陈放觉得李青很有大局观，只要是对合作社有好处的事一概赞成，从不考虑自己的职位问题。

回到会议室，陈放说："我们同意刘总的意见，可以签协议。"

刘秀突然加了一句，有一件事我要通知你，他特意加重了语气："关于四色谷的商标，昨夜我们已经向工商部门提交了网上注册申请，据我所知，你们还没有注册商标的想法，我这样做希望你们理解。"

陈放和汪六叔一下子呆在那里，天哪，又是商标问题！

刘秀说："商标虽然属于秀秀公司，但这样的国家地理标志别人是无法拿走的，因为它具有地域性，生产基地永远属于你们，我之所以注册，是一种商标意识使然。"

两家签署了合作协议。

陈放没有笑容，刘秀今天给他上了一课，他要以此为例好好和彭非、李东检讨一次。

在送陈放和汪六叔出门的时候，刘秀说："辽西这一带出产玛瑙，柳城附近一些村子都靠玛瑙致富了。"

汪六叔道："老天不公，柳城一块玛瑙也没有，要是有早就脱贫了。"

刘秀说："你们村的杏儿就是玛瑙哇。"

陈放听后若有所思，他心里清楚，是杏儿让刘秀改变了看法。

十四

一首没有标题的诗

杏儿总也忘不了海奇离开的那个黄昏。

辽西的秋季充满燥热，燥得令人心烦意乱。中午时光对于柳城来说，连狗都懒得吠上一声，整个村庄都在打盹，菜园里的向日葵失去了鲜艳，蔫头耷脑给人一种犯错学生罚站的感觉。杏儿听娘说过，秋热是一种乏，秋乏，最能吞噬人的精神。

杏儿没有午睡的习惯，大黄遇害后，她心里像少了块压舱石，总觉得不踏实。她知道海奇心里会更难过，但又不知怎样去安慰海奇，她觉得海奇心里一定像被猫挠过，在丝丝缕缕往外渗血，杏儿想给海奇写首诗，她希望自己的小诗能像一把轻软的香灰，止住海奇心头的血珠。

大黄被群殴致死后，又有几个村民到村委会聚集，要求增加补贴，海奇一一记下，表示会向上级如实反映。汪六叔感觉到了村民的不满情绪难以平息，就建议海奇提前回城，已经有风声传出，说四大立棍要集体来找海奇算账，汪六叔很清楚，反映诉求这种事宜散不宜聚，宜下不宜上，四大立棍要是聚堆来，他两只脚踢不过来。

汪六叔说："海奇呀，提前回去吧，免得出状况。"

海奇说："我现在走，就成逃兵了。"

"识时务者为俊杰，柳城的事难办是出了名的，喇嘛咒要是好破早就破了，你回去不丢人，我和白乡长说说，鉴定给往好处写就是。"

海奇说："我不是为了鉴定，六叔，这样走我不甘心。"海奇说的是真心话，两年半的时间，他几乎把每家每户的情况都登记造册记录在案，对村子发展也有了打算，本想实现养猪目标后，去争取上级支持，开发鹅冠山抗日义勇军遗址，建一个红色旅游景点，为此他已经写了论证报告，报告给杏儿看过，杏儿记住了其中这样一句话："记忆不打捞，就会被尘封；红色不彰显，恶紫便夺朱。"杏儿不懂后一句，问什么是恶紫夺朱。海奇说这是一个典故，我用来比喻意识形态，人的大脑是块自留地，不去种菜，就会长草。杏儿没有全懂海奇的话，但从此之后杏儿不再喜欢紫色的东西，连内衣都排斥这种颜色，因为一看到紫色的东西，就想起海奇报告里这句话。很遗憾，一场凭空降临的猪瘟，让鹅冠山抗日义勇军遗址开发计划不得不搁浅，海奇唯有望山兴叹。

杏儿到村委会给海奇送糖蒜，见海奇嘴角长了不少水泡，头发长时间没理，变得像个职业画家。海奇正在办公室画画，画一片废墟，杏儿看着这幅没有完成的油画，觉得画面景物十分陌生，就问："海奇哥，你这是画哪儿啊？"海奇一边蘸油彩一边说："鹅冠山山坳里的抗日义勇军营地废墟。"

杏儿道："我进过鹅冠山，怎么没见到这些？"

"这很正常，因为它被岁月淹没了。"

杏儿发现海奇的白夹克在肘部有一个小洞，好像是被利器剐破的，一种心疼的感觉如电一样传到神经中枢，白色的衣服最不好补，这件衣服该换了。

海奇放下画笔，看着杏儿带来的糖蒜，很感激地道："谢谢你杏儿，这糖蒜的味道我一辈子都不会忘，味道是有记忆的。"

"来柳城后悔吗？"杏儿轻声问。

"不后悔，"海奇语气很肯定地说，"如果不来柳城就不会认识你，也不会知道生活里还有鬼打墙，虽然遭遇了滑铁卢，可是我不甘心。"

杏儿道："我和爹娘在家里议论过你抓养猪的事，我爹说农村人都知道一句老话，家趁万贯，带毛的不算，就是说鸡有鸡瘟，猪有猪瘟，养家畜靠天的成分太大，没准成，我娘也说，你抓养殖业路子对头，是老天爷不给面子，谋事在人，成事在老天，这事怪不得你。"

"我也反思过，如果当初选择养驴也许就安全了。"

杏儿点头称是："辽西养驴多，家畜里我最喜欢鹅和驴。"

海奇看着杏儿，忽然兴奋地说："你说我们现在抓养驴怎么样？辽西毛驴很有名气！"

杏儿有些迟疑，养驴是好，但现在火候不对，村民正为养猪损失惨重而抱怨，此时又提出养驴能行吗。

海奇找到汪六叔，谈了自己关于养驴的想法，六叔摇摇头道："本儿呢？驴可比猪贵几倍呢。"

海奇知道，驴是大牲口，价格远非一头猪崽能比，发展养驴业需要更大的投入。海奇在盘算怎样帮村民赊到小驴，他把想法向单位汇报，单位领导很担心，养猪已经栽了跟头，养驴再出麻烦，你就没法交代了。

苦恼像条小蛇缠绕着海奇，看完《新闻联播》，海奇关掉电视，一个人到喇嘛眼闲坐。秋夜很静，虫鸣已经稀落，有嚎叫声从鹅冠山方向传来，不知是野狸还是其他动物。半轮月亮悬在天上，明晃晃照着井口，海奇觉得井里的月亮似乎比天上的月亮更真切，他探出身子细看，竟发现井中的月亮里浮出一张陌生的面孔，这是一张女人的面孔，白得没有血色，一双幽怨的眼睛与他对视，似有话要说。奇怪，这面孔怎么这么清晰，他忽然想起杏儿说过的那三个女人，心想，莫不是投井的二芬？他对着井里轻轻唤了一声："你是二芬吗？"这一唤，井中的月亮碎银一样散开了，女人面孔化成道道涟漪。他很失望，再往前探了探身子，就在这一刻，身后一个清脆的声音叫起来："海奇哥！"杏儿扑过来在身后抱住了他的腰。杏儿显然是误会了，以为海奇要跳井，便扑上来死死抱住了他。

海奇被吓了一跳，好一会儿才缓过神来，对杏儿说："没事杏儿，我就是朝井里望望。"

杏儿松开手，激动地说："娘说过夜不望井，日不看灯，尤其喇嘛眼是看不得的，会看见不该看的东西。"

"那你为什么不怕？"海奇觉得杏儿的说法有点过。

"我和你不一样，二芬在里面，二芬不会害我。"

"我刚才在井里看到了一张女人的面孔，我估计是你说的二芬。"海奇说。

"不一定，也可能是小嫚和四婶，"杏儿说，"我常常在井中看到二芬的脸，另两位我没见过，出现陌生女人面孔时，年纪大一点的是四婶，年轻一点的是小嫚。"

"都是受不了腿病折磨，"海奇叹了口气说，"一个腿病就成了拦路虎，我想打虎，可是却成不了武松，想做的事都不顺，有村民说是我动了喇嘛台的原因，这个说法当然是迷信，也根本不成立，但这几天我在想，果真有一道喇嘛咒起作用，让我处处遭遇鬼打墙。"

杏儿望着海奇，说："没有鬼打墙能困住你。"

"可是，我还是个失败者，就像你说的四婶和小嫚，拿影子般的喇嘛咒没办法。"

杏儿道："听娘说过，小嫚和四婶投井都是有原因的，小嫚和叶柏寿一个铁路职工定了亲，当时交通不便，媒人是拿着照片去说亲的，小嫚长得俊，两条大辫子又黑又亮，丹凤眼也迷人，手还巧，绣的烟荷包没有男人不喜欢。对方看到照片后当即就答应了，对媒人说就这个女孩子了，非她不娶。正式定亲要上门喝换盅酒，那天，男方看到了小嫚腿不好，走几步就要坐下歇息，回去后亲事就吹了。亲事吹掉，小嫚给不守信用的男方绣了个烟荷包，她托媒人将烟荷包送去那天，喇嘛眼泛红了，村里议论纷纷，那是一个月圆之夜，有人听到喇嘛台有女人在唱歌，歌声凄凉，谁也没想到这是小嫚的歌声，因为没人知道小嫚会唱歌，歌声持续了很长时间，村里才寂静下来，第二天一早，小嫚父母发现女儿不见了，找遍了全村才在喇嘛眼找到了小嫚的遗体。那个悔婚的铁路职工后来很奇怪地病了，天天做噩梦，失眠，据说是到喇嘛眼忏悔一番后才好的。"

小嫚的故事海奇是第一次听说，他气愤地说："那个铁路职工也真是，轻诺寡信，把小嫚的心伤透了。"

"至于四婶，故事就比较惨了，四婶是老队长柳奎的弟媳，也是汪六叔的四舅母。四婶是个要强的女人，一心想生个儿子，可是却一连生了四个女儿，生女儿如果健康也没事，问题是四个女儿个个都有腿疾，这让四婶彻底绝望了，终于一天晚上在和丈夫发生口角后，一狠心跳了喇嘛眼。四婶跳井前喇嘛眼水没问题，淘井时却把井水淘红了，直到次日下午，井水才恢复正常。老队长柳奎说弟妹不该这样走，是晚上在喇嘛眼哭泣时在井里看见了小嫚，是小嫚在朝她笑，她就跟着去了。柳奎说女人走不远又不是四婶一家，家家都半斤八两，谁也不笑话谁，咋就想不开呢？因为四婶的缘故，柳城大队出台一条政策，谁家女人再到喇嘛眼寻短见，谁家出钱淘井。果然，很长一段时间里喇嘛眼没再红过，一直到了近些年出了二芬这件事。二芬跳井后，老队长柳奎对汪六叔说，红衣喇嘛又开始作怪了，一定要想法子破了这喇嘛咒。汪六叔说，看不见摸不着怎么破？不行就给喇嘛眼安个盖吧。柳奎说安井盖不妥，井要吸收日月精华，你安了盖井就不会喘气了，也不吉利，再说家家户户要来担水吃，上锁开锁也不方便。汪六叔不再说什么了，实在想不出什么好法子。"

海奇想到了村里流传的一个传说，这个传说与他建天一广场有关。

二芬寻短见后，不知从哪里冒出一个说法，说是在喇嘛眼寻短见的人的游魂会锁在喇嘛台下不得托生。这本来是个谎言，但说来奇怪，大家传来传去就有很多人信以为真了，海奇驻村后也听到这个传说，海奇还给村民解释说这是骗人的瞎话。汪六叔听说海奇在辟谣，就劝阻海奇说，反正这瞎话是好意，有人信就让他信吧，某些心照不宣的东西揭开谜底反倒不好，你把瞎话戳破了，就会有想不开的女人跳井，辟谣便成了罪过。海奇第一次听到世上还有这么一种理论，想了想不无道理，如果瞎话能保证喇嘛眼不再泛红，那就维护这个瞎话的存在好了。

但瞎话就像慢药，说不准在什么时候就会发挥药性，海奇推平喇嘛台之后议论就随之而出，说喇嘛台一推，大鬼小鬼都跑出来了。

"海奇哥，你以后别一个人来喇嘛眼好吗？要想来，我陪你来。"杏儿讲小嫚和四婶的故事，其实也在提醒海奇，她担心海奇一时鬼迷心窍做出什么傻事。

"你能看，我却看不得，是我没你有定力？"

"我观井是寻找写诗的灵感，喇嘛眼好比我的万花筒，能把过去和未来的一切都变成诗句，我心里有诗，而你就不一样了海奇哥，你心里有委屈，我懂。"

海奇忽然明白了，杏儿站位显然比自己要高，杏儿把观井当成了创作，而自己是排遣郁闷，不同的心情从井中看到的景物是不会一样的。他说："其实，你我都知道井里的影子是错觉，也根本没有人能活在井下，但你说得对，想不开的时候人不要观井。"

中午，杏儿吃过午饭感到不舒服，吃下去的窝头似乎堵在胃口不上不下，便放下碗筷走出家门，来到楸子树下，刚一坐下，就发现海奇背着相机从村委会走出来。她问海奇要去哪里，海奇说上鹅冠山，给那些抗日义勇军营地废墟拍些照片。杏儿想陪海奇去，但想了想没有说出口，只是道："你去吧海奇哥，我在喇嘛眼看着你，你走丢了我就喊人。"海奇笑了，说："我一个大男人怕什么？鹅冠山上又没有盘丝洞。"海奇很少开玩笑，没想到这次他对杏儿开的玩笑竟一语成谶。

海奇上山后进入抗日义勇军遗址所在的山坳，也就离开了杏儿的视线。给遗址拍个照不需要多久，杏儿估计一两个钟头海奇就会下山。时间一分一秒过去，山坡上没有出现海奇的身影，海奇穿着那件肘部有个破洞的白夹克，在暗淡的山坡上白色是很醒目的。杏儿等到太阳西斜，还是不见海奇的踪影，杏儿有些急，就去找汪六叔，汪六叔不知道海奇上山，海奇走时说出去转转，怎么就上山了呢？汪六叔知道海奇这几天心情不佳，做事有些走神，怕他上山有什么意外，就让杏儿去靠近村委会的老魏家叫来老魏，和老魏一同上山去找海奇。

杏儿坐在楸子树下等他们回来，她心里感到不安，尤其是海奇提到了盘丝洞，更让她浮想联翩。她也知道这是自己吓唬自己，光秃秃的鹅冠山上没有毒蛇猛兽，也没有松迷花仙，海奇的安全应该没有大问题。

但杏儿估计错了，海奇在山坳拍照时不慎掉入一个被荒草覆盖的地洞，地洞有两人深，海奇掉下去时，不仅伤了腿，还被洞口一块尖石划破了眉骨处，流了不少血。汪六叔在山坳里不见人影，就大声呼唤，听到了一丛杂草下面传出海奇的应答，这才找到掉进地洞里的海奇，两人把海奇拉出地洞。海奇用脱下来的白夹克包着半边头，鲜血从夹克里渗出，染红了米色的毛衣。因为腿伤，海奇无法自己行走，老魏便背起他，在汪六叔的搀扶下一点点挪下山。汪六叔给白乡长打了电话，白乡长说你们就在村委会等着，马上派车接海奇。回到村委会老魏已经大汗淋漓，不停地喝水擦汗。海奇连声道谢，他觉得老魏宽阔的脊背像门板一样敦厚。

看到海奇伤成这样，杏儿泪眼婆娑，她抱怨道："你不是说不会掉进盘丝洞吗？"

海奇装作不在意的样子道："那不是盘丝洞，是个陷阱。"

老魏插话道："我多年前在山坳里看过这个洞，应该是一口枯井。"

黄昏时分，一辆白色的桑塔纳轿车开进村，白乡长亲自来接海奇，乡长在仔细看过海奇的伤势后果断做出决定："马上送县医院！这么好的小伙子一旦毁容怎么找对象？"

上车后乡长摇下车窗对汪六叔说："老汪，回头收拾一下海奇的东西送到乡里。"

汪六叔问:"海奇就这么走啦?"

乡长反问:"难道你还想组织村民敲锣打鼓给海奇送行?"

汪六叔干咽了两口唾沫,看着桑塔纳颠簸着开走了。

桑塔纳开走时,杏儿就在喇嘛眼边的楸子树下站着,海奇被扶上车时,杏儿转过身,背靠着楸子树,胸脯里咚咚直响,好像有人在擂鼓。杏儿偷偷回望了一下,看到海奇上车时有些犹豫,往楸子树这边看了看,杏儿知道,楸子树下是海奇画画的地方,海奇心里对此一定充满依恋。轿车在公路上消失后,杏儿才从树后走出来,快步过去问汪六叔:"海奇不会回来了吧?"汪六叔说:"白乡长很不高兴,是怪我们没照顾好海奇,让他受了伤。"杏儿说:"海奇进山您不知道,我看到了,都怪我没及时告诉您。"汪六叔摇摇头:"海奇这孩子好哇,总想为村里做点事,白乡长是心疼他,一个连对象都没有的小伙子,眼眶伤成那样,能不留下疤吗?"汪六叔无奈地摇了摇头,对杏儿说:"明早帮我来给海奇收拾一下东西。"又对老魏说,"谢谢你了老魏,我估计海奇就是当上大干部那天,也不会忘记是你把他从山上背下来的。"老魏道:"都说城里人肉囊,不对,海奇快赶上一麻袋苞米重了。"

杏儿在天一广场上徘徊了许久,这一夜,无风,空气沉闷,东老茔那边有一只不知名的鸟偶尔叫上几声,鸟叫像哨声一样划破柳城的沉寂,让杏儿心里不时颤动几下。回去杏儿便写下了这首没有标题的诗:

> 你等一树花开
> 用满腔心血
> 苦菜刚刚生出蓓蕾
> 一场倒春寒
> 鬼旋风凭空而降
> 天地混沌如夜
>
> 在一个啄木鸟啄出的树洞
> 有只沉溺梦想的松鼠
> 在注视你

　　用星星一般的眼睛

　　不为秋天的果实

　　只为你伤心的背影

　　不为雨季的彩虹

　　只为那抹永远的洁白

　　杏儿把这首诗誊写在一张稿纸上，然后折成一只千纸鹤。第二天早晨去帮助整理海奇物品时，她将这只千纸鹤放在了海奇一件衣服的内兜里。

十五

——

盲肠

柳城是盲肠，这个说法在县领导陪同陈放单位的主任来柳城调研时被再次提起。

杏儿头一次听到这个说法，盲肠是什么？不就是阑尾吗？阑尾能组成的词只有一个——阑尾炎。柳城怎么会给人这样一个印象？李青说，管他怎么说，我们自己善待就是了，毕竟是家在这里。李青回村后变化很快，她和杏儿一同设计了四色谷的宣传单，在网上办了四色谷合作社网站，工作干得蛮开心。村里和秀秀公司签署协议，秀秀公司对四色谷进行了前期宣传投入，建网站的经费和李青的薪水都由秀秀公司支付，秀秀公司还在本部给李青挂了个销售副总监的职务，刘秀对李青评价颇高，说杏儿和李青是柳城双璧。彭非和李东人为盲肠这个比喻挺形象的，也符合柳城在全局中的地位。杏儿说："人身上有那么多器官，偏偏就想到一个盲肠，这个印象得变一变。"

杏儿想，要是盲肠变成香肠呢，不就给人一种香甜的感觉了吗？杏儿把想法告诉陈放，陈放说，领导也是这个思路，通过帮扶，变盲肠为香肠。

当时领导来村里视察，大家在农家书屋听领导做指示，陈放的领导担任过县委书记，讲话风趣幽默，接地气，在听了县领导汇报后说："盲肠也是身体上的一个器官，不能弃之不管，我看驻村工作队抓得对头，先从生态做起，生态好了，其他就会随之好起来，这样吧，你们鹅冠山种植合作社急需的五万棵杏树苗我来解决！"领导表态激起一阵掌声。陈放眼圈当时就红了，好领导总是雪中送炭，春节过后他一直在为树苗奔波，能找的关系都找遍了，事情毫无进展，栽树如同播种，错过了季节成活率很难保证，鹅冠山上辛辛苦苦刨出的五万个树坑就像五万张嗷嗷待哺的嘴，眼看大地已经化冻，他觉得自己真的被鬼打墙给围住了。无奈之下，他硬着头皮将困难向领导做了汇报，领导当时并没表态，他不免有些失望，但也理解领导的难处，一个省级机关，要立足全省思考问题，怎么会把一个村的树苗问题摆上台面？这次领导来视察，他猜测应该是表态性的调研，哪里想到自己的困难领导一直放在心上，而且当场拍板解决。领导解决了树苗问题的消息传出去，姜老大跑到村委会门口放了一挂鞭，噼噼啪啪的鞭炮声增添了村里的喜庆气氛。领导问："村里有办喜事的？我们去讨杯喜酒喝。"汪六叔很会说话，说领导给解决了树苗问题，就像山上五万个光棍娶了老婆，村民能不放鞭炮庆祝吗？陪同领导调研的县长显然受到了气氛的感染，当着领导和乡村干部的面承诺，柳城上报的鹅冠山红色旅游项目县里将正式立项，开春后就列入"村村通"计划，先修一条进山的柏油路。"村村通"是交通部门抓的新农村建设工程，就是全省每个村庄都通上柏油路，能把鹅冠山抗日义勇军遗址开发列入这一工程，就等于把修路列入了财政预算盘子，这是给柳城的餐桌上了一只煮熟的肥鸭。

陈放对杏儿说："你找找灵感，做篇盲肠的文章。"

杏儿点点头，灵感这个东西像泥鳅，在脑子里钻来钻去，很难一把逮住。

一连几天，杏儿都在想盲肠变香肠的问题，盲肠如同一粒种在心田里的蓖麻子，处在破壳前的发育期，一时还看不到嫩叶。当领导的不能随便讲话，往往说者无心，听者有意，领导随便一个笑话、一句调侃往往就会在群众心里留下深痕烙印。

杏儿坐在楸子树下，一口气写下一首名为《盲肠》的短诗：

成为别人的累赘

你怪谁

积攒消化的糟粕

你怨谁

　　变成利刃的对象
　　你恨谁
　　化作干瘪的标本
　　你想谁

　　杏儿觉得这首诗没写完，但又不知怎样往下写，盲肠这个概念变幻着模样在脑子里旋转，她忽然觉得如果把这些设问都倒置过来，做一篇反其道而行之的文章呢？娘发来短信让她回家吃饭，她吆喝了一声，五只白鹅聚拢过来跟着她回家。坐在饭桌前，娘把一根鸡肉肠夹到她碗里道："香肠这种东西，越小越有味道，大了反而不好。"杏儿愣了一下，忽然想起网上介绍的胶囊旅馆，据说生意很火，她脑海里如同有一只海鸥掠过，划出一个充满新意的店名：盲肠客栈！

　　"我要开一家盲肠客栈！"她对爹娘说。

　　杏儿娘从没听说过这样一个概念，就问："你的意思是开一家特别特别小的微型客栈？"

　　她点点头，满脸的兴奋。

　　杏儿爹插话："名字好古怪。"

　　杏儿解释说，鹅冠山红色旅游一开，村里就会有游客，有游客就免不了住宿，客栈生意也就有了。至于为什么叫盲肠客栈，她说取这样一个名字能给人一种宁静、慵懒、远离忙碌的味道，现在社会浮躁，都忙着赚钱，如果歇下来躲进盲肠客栈小住几日，会很自在。

　　杏儿娘觉得这是个好创意，尤其对于年轻人有一定吸引力，年轻人喜欢体验稀奇、刺激、与众不同，盲肠客栈可以针对青年人群，老年人不会喜欢钻进盲肠里。

　　杏儿说："对头，客栈服务群体就是那些喜欢结伴旅游的驴友。"

　　杏儿的想法总是能得到两位老人的支持，两位老人知道，杏儿做事走脑子，从来不盲目做决定。

　　吃过午饭，杏儿打电话把彭非叫到书屋，讲了自己想办盲肠客栈的想法。彭非一拍大腿："这个想法好哇！你再配一首诗当广告语，这客栈肯定火！你可以与李青合开。"

杏儿道："我也这么想的，李青是个网红，她加盟肯定是好事。"杏儿打电话叫来李青说了自己的创意，李青说好哇，盲肠客栈要像《龙门客栈》那样做出电影效果来，我可以客串张曼玉演的女老板。三人想法一致，一起来见陈放，陈放正就着糖蒜吃泡面，听杏儿说了要建客栈的事，放下筷子道，快招供，谁给你送的情报？杏儿说啥情报哇？陈放道，你这个丫头啥时候把我的想法窃取到手的？彭非是不是奸细？彭非委屈地说陈书记真冤枉我了，建客栈的事我刚听说，李青也刚决定参与。陈放哈哈笑了，说在柳城建配套旅社和农家乐是开发鹅冠山红色旅游的配套项目，看来英雄所见略同。他问杏儿是怎么想到办客栈的。

"盲肠的灵感，"杏儿说，"我听到领导说柳城是全县的盲肠，开始很不舒服，后来越想越有味道，就忽然产生了办个盲肠客栈的想法。"

"盲肠客栈这个名字好，有一种末梢效应，这回要记得早点注册商标，别让刘秀给抢了去。"陈书记这么一说，大家都笑了。

陈放说："建客栈村里会给予支持，考虑到农家书屋一直借用你家房子，村里原计划在扶贫专项资金里争取经费新建个新农家书屋，这样书屋就不新建了，村里研究一下，就新建一个盲肠客栈，村里以不动产入股好了。"

杏儿笑成了一朵盛开的杏花，自己灵光一现，没想到很快就要变成现实，这是多么让人高兴的事。"太好了！"李青拥抱了一下杏儿，"你怎么总能遇到贵人呢？"杏儿也很激动，心想一旦盲肠客栈建成，真应该请发明这个词的那位县长来剪彩，县长一句不经意的话就给了她灵感。"盲肠客栈，多么令人浮想联翩的名字，恐怕全世界也不会重名。"李青说，"柳城创造了个世界第一。""你们自己设计，不要受任何束缚，可以突出地域民俗特色。"陈放说，"最好在鹅冠山红色旅游揭牌前盲肠客栈先开张。"陈放等于给杏儿下达了时间表，"至于房屋建成后装修投资，你们可以搞众筹。"李青说："陈书记对网络蛮精通啊，我有八万铁粉，将来也许就变成八万肠粉了。"

回到书屋，杏儿陷入了沉思，她在想，要是海奇在就好了，海奇懂设计，当初天一广场就是海奇自己画的图，鹅冠山抗日义勇军遗址开发的第一张草图也是海奇画的，留给六叔后被陈书记的设计充分吸收，成了现在上报的开发规划。陈书记在看到海奇留下的草图时曾说过，海奇是个天才，如果假以时日，海奇在柳城必然会成就一番大业。杏儿知道陈书记曾想见见海奇，托彭非联系过，但未能见面，听说海奇已经不在原单位了。杏儿心里清楚，海奇一定是把柳城的日子封存了，封得密不透风。

杏儿从书架里找出一本关于建筑设计的书，刚翻了几页就合上了，看不懂，那些术语天书一样，令人头脑发胀。杏儿对李青说："设计房子不是写诗，两股劲。"李青道："愁啥？设计个客栈就是小菜一碟。"

杏儿惊奇地看着李青："你懂设计？"

李青说："不是有万能的网络吗？我发一条求援信息，各种设计会雪片一样涌来，你从中选优就是了。"

杏儿笑了，李青真不简单，在网上简直如鱼得水。

八万粉丝，一呼百应，李青的一条求助帖让杏儿感到了什么是号召力。不到一周，几百个设计方案发过来了，一些网友还给客栈里的房间起好了名字，很多有创意的名字让杏儿惊喜，比如"遇见""走心""杏花雨"，等等，她最喜欢的一个名字是"雪白"，她觉得这个名字有诗意，由此会联想到海奇的白夹克。海奇在柳城两年半，穿过两件白夹克，一件白色羽绒服，因为这个原因她开始喜欢雪，每当下雪天她会独自到井台静静地看雪，听雪，雪是会说话的，悄悄话，在耳边絮语。

盲肠客栈临广场而建。陈放在施工现场对李东和彭非说，什么时候天一广场周围能有一圈商铺，柳城的日子就好过了，破咒之路，任重道远哪。

有头脑的人总会抢抓机遇，这是汪六叔从四大立棍身上得出的结论。盲肠客栈开工那天，柳德林就来到汪六叔家，说他想为柳城脱贫做点贡献。汪六叔知道柳德林一定是有求于村里才来的，便说你有啥想法就说，别给自己戴顶高帽子。柳德林说："你知道我有门含而不露的手艺？"汪六叔很鄙夷地说："不就是会做熏鸡吗？村里谁不知道？"柳德林摇摇头说："我的手艺是正宗的鲁菜系，我祖上三代做厨子，到了我爷爷这一代才不做的，但家传的手艺还在。我切的羊肉能隔肉识字，现在哪个厨子有这本事？"汪六叔问："怎么，你想到村委会给驻村干部当厨子？杏儿娘在做呢，没你切菜的墩。"柳德林狡黠地嘿嘿笑了笑，道："鹅冠山开发是好事，你想想，大客车把参观学习的拉来后，中午吃不吃饭？就是自己带干粮也需要一碗热汤吧？"汪六叔忽然站起来，说："怎么，你想开饭店？"柳德林用力点点头道："对，我想挨着杏儿的客栈开个农家乐，在她那里住，到我这边吃，是一条龙也是混对对！"柳德林喜欢用麻将语说事，一条龙是通吃三家的和牌，混对对也是番数很高的和牌。

汪六叔问："你有启动资金？"

柳德林说："我有点积蓄，儿子在城里搞装修也能出一部分，不够就到信用社贷款，我咨询过，信用社会支持，因为国家有政策。"柳德林把汪六叔按回炕沿上坐好，脸上堆着笑说："我求村上在广场边给我批块地，你帮我向陈书记说说情，陈书记知道我名声不好，怕不批。"柳德林深知自己名列四大立棍之首，可谓臭名远扬，担心陈书记对他有成见，他接着说："过去的账就别翻了，李奇和柳传海不也浪子回头了吗？我柳德林吐口唾沫是个钉，办不好农家乐我不姓柳！"

汪六叔心里好笑，道："啥浪子回头，你们四大立棍还能是浪子呀，你们的年纪都能当浪子他爹啦，还不往好道走能对得住孩子吗？"

柳德林瞪大了眼睛道："要是农家乐建起来，我这手柳城熏鸡绝活儿也有用武之地了！别忘了柳城熏鸡当年可是和沟帮子烧鸡齐名的。"

汪六叔知道柳德林年轻时是熏鸡好手，曾经有饭店来聘他当厨子，他嫌烟熏火燎辛苦，不如打麻将逍遥，就没有去，现在麻将没人摸了，他只能重操旧业上灶熏鸡，看来人是需要逼一逼的，就像王铁人说的，井无压力不出油，人无压力轻飘飘。

汪六叔让柳德林先回去，陈书记那边他去说。柳德林千恩万谢地走了。汪六叔望着柳德林的背影扑哧一声笑出来，老娘在炕上问，你笑啥呢？汪六叔说，本来陈书记还让我去动员柳德林，他自己先找上门来了，陈书记真是神机妙算，怎么就想到柳德林会打农家乐的主意？老娘说，德林这小子精灵得很，你要管住他两样东西，一个秤杆子，秤砣上别搞鬼；一个酒瓶子，烧刀子里别掺水。汪六叔很佩服老娘的眼光，说现在借他胆子也不敢做一锤子买卖。

汪六叔回到村委会，陈书记带人上山植树去了，他便折到盲肠客栈施工现场，问杏儿客栈是否经营餐饮。杏儿有些为难，说只能配快餐简餐，因为空间和人手都是问题。汪六叔说在客栈旁边再批个农家乐只经营餐饮不经营住宿行不行，杏儿说这样好，是一种互补共赢。

有了杏儿的态度，汪六叔便直奔山上植树现场。鹅冠山上阳光和煦，天蓝云白，植树场面十分火热，一面大扁杏种植合作社的红旗插在高处，人们栽树、培土、浇水，分工明确，忙而不乱。陈放正在给树苗培土，扶着树苗的老魏看到汪六叔，指指陈放心疼地说："六叔你让陈书记歇歇吧，别累坏了。"陈放直起腰，说你不是在客栈施工现场吗，怎么也来了。汪六叔说了柳德林要办农家乐的事，说真服了你陈书记，你是咋猜到柳德林会办农家乐的。陈放说这很简单，从某种意义上说，做生意也是一种赌博，喜欢赌的人不会错过下注机会，红色旅游要开张这是商机，柳德林那么精明的人不能不考虑下注。

汪六叔道："陈书记，你把四大立棍摸透了。"

陈放摇摇头："四大立棍并非浪得虚名，他们个个精明，不把他们转化过来，柳城难以移风易俗。柳德林开农家乐要支持，要大力支持，至少他会拉动村里种菜、养鸡这些副业。"

汪六叔说："那倒是，柳城熏鸡，最好用本地溜达鸡，肉鸡不成，另外柳德林开始走正道，四大立棍就剩姜老大了，估计他会坐不住。"

"我们等着姜老大上门。"陈放单手叉腰晃了晃，嘴角咧了咧，看出腰很疼。汪六叔劝道："出大力的活儿哪是你干的，你动动嘴就行了，别当战斗员。"

陈放摆摆手说："村一级还有脱产的指挥员？"

十六

——

二元一次方程

　　女人之间没有秘密，杏儿和李青也不能免俗。

　　杏儿问李青，你的未来是什么？李青说自己当老板，哪怕这个老板不是很大，但一定要自己说了算。

　　"我和你不一样，我只想嫁给一个自己喜欢的男人，然后在一所属于自己的大房子里生孩子、工作、写诗。"杏儿说，"其实这是一个很简单的要求，但对于我们这些生在柳城的女人来说，却似乎遥不可及。"

　　李青说："你想嫁的就是念念不忘的海奇吗，我让朋友打听过，海奇去向不明，有人说他调到了外省，你不能因为一个虚幻的存在浪费青春。"

　　杏儿说："海奇是真实存在的一个人，他是我的初恋，那时我才十八岁，我忘不了他对我的好，忘不了他的白夹克，忘不了他自然弯曲的头发和磁性十足的声音，但我有自知之明，一个丑小鸭，家境又不好，人家怎么会爱上我？但这不妨碍我喜欢他，只要我喜欢就足够了。"

　　写诗的女生都感性，像没有掐尖的西红柿秧疯长不止。李青并不赞成杏儿的观点，其实生活用不着那么纠结，喜欢就在一起，不喜欢，哪怕是亲爹也不用迁就，李青说："我老爸要不是金盆洗手戒掉赌瘾，谁去劝我我也不会回来，在银碧辉煌风吹不到雨淋不着，混日子并不难，无非是好说不好听，可是我为

102

什么要为别人说好而活着？那些说三道四的人他们就比我好多少，我不信，自己对得起自己就行了，第一次你们去劝我我不回来，因为我当时有个计划，在歌厅赚够了钱，就在县城盘个小门市开个美发店，自己当老板。"

杏儿很佩服李青，李青从小就敢作敢为，但做事有原则，不乱来。杏儿问她："那么，李东一去你怎么就动心了呢？"

李青眉梢弹了弹，莞尔一笑，道："让我说真话？"

"当然，"杏儿说，"我俩可是闺密死党啊。"

"我喜欢李东，"李青直言不讳，"李东那种幽默和机智让我喜欢，你知道，我一直在劝父亲戒赌，为此都差点断绝了父女关系，却没有效果，可是李东略施小计，就把柳城赌风给刹住了，让我父亲回心转意，这是智慧，是本事，他那么年轻英俊，幽默有趣，歌又唱得棒，说真话，他一首《故乡的云》把我给震了，我在歌厅听过很多男人唱歌，一个个鬼哭狼嚎没法入耳，李东一唱了不得，绝对是一流！当然，我能回来还是恋家，家再穷，也是不能忘记的故乡。"

杏儿愣住了，她想了很多李青回来的理由，唯独没想到李青是因为这个回来的，她对李东印象也不错，但她不喜欢特别聪明的男孩子，和这些脑筋飞转的男人在一起生活会很累，但李青不这样，李青是个喜欢挑战的女孩，她瞧不上比自己还要老实的男孩。

"你的想法跟李东说了？"杏儿问，"用不用我来当红娘？"

李青摇摇头，"我相信缘分，缘分到了，一切水到渠成，缘分不到，空忙碌一通，所以我没向他表白，再说我也不知道人家的想法。"

杏儿觉得李青想问题取舍明确，知道自己该要什么不该要什么，感情这种事情确实无法预料，谁能想到有着魔术师气质的李东会让冷峻傲气的李青入迷？两人聊到了彭非和陈书记，李青打了个比方，说如果把陈书记比喻成唐僧，彭非就是沙和尚，忠厚，可靠，整天挑着担子不知疲倦。而李东很像孙悟空，师徒三人就缺一个猪八戒。杏儿被说笑了："你看上了一只猴子，却对唐僧不感冒。"李青道："对唐僧有想法的那是妖怪。"

说到了陈书记，杏儿忽然止住笑，问李青："我有件事想不通，陈书记从省城来的时候白白净净，很斯文的一个领导模样，现在成了又黑又瘦的小老头，像个土生土长的乡干部，他图啥呢？"

"或许为了前途吧。"李青说。

杏儿摇摇头，海奇当初来驻村确实是为了上进。海奇说过，他们单位领导发出号召，有三个年轻干部报名，结果自己成了幸运儿。海奇来柳城之前领导找他谈话，说知道什么叫触底反弹吗？就像跳水一样，一头扎到最底层，然后用力一蹬，嗖地一下就会冒出头来。海奇记住了领导这个比喻，驻村工作一刻也不敢懈怠，总想干出点成绩来。但陈书记就不一样了，陈书记进村时已经五十有七，三年驻村结束也就退休回家，他还能上进到哪里？杏儿不同意李青的说法，但自己也找不出答案，就对李青说："等找时间请教一下陈书记。"

李青有些不解："你问这个干什么？你又不研究心理学。"

杏儿笑笑，她不知怎样和李青解释。在认识陈书记之前，杏儿是相信因果的，也就是说什么事都不会无缘无故，就像自己没有离开柳城，原因就是照顾父母、依恋故土，而见到陈书记这段时间里，她开始怀疑自己这个认识，陈书记帮助柳城做的一切，似乎没什么功利心，就是为做事而做事。杏儿说："李东、彭非多干活儿可以理解，陈书记为什么这么舍命？这是个二元一次方程，我得先消元，再解开它。"

李青被杏儿逗笑了，指着杏儿说："你呀你，怎么说你呢？咱们客栈别叫盲肠客栈了，就叫二元一次方程客栈好了。"杏儿道："不是我想研究，是这道方程式已经列出来了，不求解就好像被锁在门外一样。"李青说："你的二元一次方程肯定无解，像陈书记这样的人，就是属于上级怎么要求就怎么去做工作的老实人，你还要求什么解？"

"阅人如同读书，最忌讳的就是不求甚解。"杏儿很执拗。

李青摇摇头，说："杏儿啊杏儿，你是写诗写多疑了，其实生活没那么复杂，哪里有人生方程。"

杏儿不放弃，果真就等到了一个求解的机会。

因为植树出汗受风，陈放连续两天两夜发烧，他不肯去医院，汪六叔就请乡卫生院的护士来村里挂滴流（方言，即输液——编者注）。汪六叔让杏儿陪着护士临时照顾一下。陈书记躺在宿舍床上，左手打着吊针，右手擎着一本书在看。杏儿注意到这是一本关于爱国主义教育基地的书，知道陈书记在思考鹅冠山开发的事，没有贸然打扰。陈书记看累了，放下书问护士："身体偶尔发一次烧不算坏事吧？是免疫系统在演练对不对？"

护士三十出头，护士帽下齐刷刷的刘海纹丝不乱，她说："演练有时间限制，您这样两天两夜就不是演练而是实战了。"

护士很幽默，倚着窗台在看手机，看得很慢，不是发微信也不是打游戏，是在用手机阅读，杏儿想，这个开心果还很爱学习。

杏儿问："陈书记，我可以问您一个问题吗？"

陈放说："当然可以，请讲。"

"是一道二元一次方程，我想求解。"杏儿很认真地说。

窗前的护士似乎对这个问题很好奇，抬头看了杏儿一眼，又低头看起手机。

"我不懂数学，"陈放说，"我是学文科的。"

杏儿道："我和李青有件事想不清楚，陈书记为什么对柳城这么好？像是给柳城来扛活儿的一样，在海奇之前村里也有干部驻村，不过是点点卯，可是陈书记您这一批驻村干部真把柳城当家了，您能给我一个答案吗？"

"你这是在夸我们吗？"陈放微微笑了笑道，"我从认识你那天起，就知道你可不是阿谀奉承的人。"

"我不是奉承您陈书记，我实在想不出一个能让我自己信服的答案，就只好来问您。"杏儿很诚实，有一个未解方程在心里，她觉得是个负担。

陈放看着吊针，若有所思地说："不能因为柳城是盲肠，就不善待它，盲肠也是身体上一个器官哪，这是我们领导说的，我也是这么想。"

杏儿似乎被这句话戳到了穴位，心田里那粒蓖麻子似乎破壳而出，露出嫩芽。她问："就是不想让这截盲肠发炎，对吗？"陈书记点了一下头道："这次历史上最大规模的驻村扶贫，大家都知道有一条硬要求，就是不让一户人家掉队，更何况是一个村子。这是承诺，承诺了就要兑现，柳城可以是盲肠，但不能成为尾巴。"

"这肯定是工作上的要求，我能想到，除此之外还有原因吗？这是二元一次方程。"杏儿想问出点新鲜收获来。

陈放笑了笑说："付出是不需要条件的，比如你爱祖国，难道还需要理由吗？那些有充分条件地付出都是经过盘算的，已经变得不那么自然了，无条件地付出才是一种高尚的情感。"

杏儿像个新闻记者一样掏出手机，在备忘录里记下了陈放刚才的话，杏儿觉得这些话应该在李青的朋友圈分享，相信会赢得无数点赞。

"种植社很多人都在议论，当鹅冠山五万棵杏树开花结果的时候，陈书记回到省里很可能官升一级，是这样吗？"杏儿提出了最核心的问题。

"我倒是希望能那样，"陈放摇摇头说，"可惜年龄不允许，驻村结束我正好六十岁退休，回家的人还会提拔吗？你想知道我的真实想法我可以告诉你，如果说我努力工作有什么功利目的的话，还真有两个，一个是自己想做成点事，我参加工作就在省直机关，每天工作是写材料，三十多年写了多少材料我自己都记不住了，几百万字是有的，但这些花费了心血的文字很少在我手上变成现实，为此我心有不甘，我的青春和才智不能只停留在文字上，最终存进档案馆。到柳城就不一样了，我们三人的想法很快就由文案变成了现实，比如种植社、红色旅游开发，有的连文案都省了，突发的灵感直接就变成了现实，比如糖蒜社就是这样，说实话在柳城我感受到了一种由虚变实的获得感，这种获得感让我的人生进入了另一种境界。"

杏儿为陈书记能写出几百万字的材料而震惊，这是多大的工作量，需要耗费多少脑力！

"如果非要再说一个想法的话，那就是爷爷的一句话，我爷爷在辽西参加过抗日义勇军，对辽西有感情，他临去世前嘱咐我不要忘了大庞杖子，要让那里的孩子天天吃上面包。"

方程解开了，杏儿觉得病床上的陈书记变得亲切起来，没有深奥的理由，也没有充满哲理的话语，一切都是那么平常自然。杏儿望着吊瓶，瓶里药液快要滴尽，眼看需换一瓶新的，护士在窗台前看手机，但不时向这边瞄一眼。杏儿说："陈书记您这么一说，还是印证了我的想法，世界上没有无缘无故的爱和恨，一切发生都有某种机缘存在，就像我每写一首诗，总是有一阵风、一片楸子树叶，或井底的一个倒影先触碰了我的心扉，然后那些诗句才会像眼泪一样流出来，心扉不启，诗意不生。"陈放再次翻开那本书，似乎是自言自语："当然，我还有些想法，以后再说吧。"

杏儿目光一直挂在药瓶上，药液滴尽，她轻唤一声："护士，换药吧。"护士收起手机，很麻利地过来换了一瓶新药，换完药，这个看上去很幽默的护士说："有很多事情的发生用机缘去解释太牵强，不如归结到巧合更贴切，比如一个患者，就因为吃了一个鸡蛋，抢救不及时，没了，听起来是不是匪夷所思？"

杏儿傻傻地望着护士，不知道护士忽然冒出这段话想说什么。陈放毕竟见多识广，说："这位护士姐姐想告诉你，凡事不一定都能找到原因，即使科学如此发达的今天，有些病还是查不到原因的，既然有不明原因的坏事，那么也就会有找不出理由的好事，护士姐姐已经告诉了你二元一次方程的答案。"护士说："是这个道理，能说清楚的爱就不是爱了，我长得不出众，但我老公就是死心塌地爱我，问原因，老公说不知道，爱就是爱，所以我想告诉这个小妹妹，人生的幸福不在于揭开谜底，而是在于欣赏谜面。"

"大姐简直是哲学家呀！"杏儿忽然有点崇拜这个护士。

护士有点羞涩，道："我就一个卫校毕业的护士，平时喜欢读点闲书而已。"

"我也喜欢读书，但都是文学，读不懂哲学。"杏儿说。

护士说："你刚才说的二元一次方程挺新鲜的，有人一生在设方程，有人一生在解方程，这位领导就是在设方程，一切等人来解，我说得对吗？领导。"

陈放说："这是一个不需要等待的时代，能做的事抓紧做。"

护士打完针告辞的时候，杏儿加了她的微信，护士昵称叫闲云，很超脱的一个名字。

护士走后，陈放不愿意在宿舍躺着，就来到糖蒜社看生产情况。糖蒜社的工装是白大褂、白水靴、白帽子和白色橡胶手套，进到车间，恍若进到一个白雪世界。女工见到陈书记来了，都停下手里的活儿围上来问长问短，她们听杏儿娘说了陈书记发烧的事，挤在人群前面的姜老大媳妇汪小晖摘下橡胶手套，从衣兜里掏出一个封好的小塑料袋说："陈书记，这是一点羚羊角粉，你回去冲水喝，很快就会退烧。"杏儿娘也说："偏方治大病，有些偏方比青霉素管用。"陈放接过塑料袋，手有些颤抖，他知道羚羊角粉很金贵，是难得的中药，汪小晖能拿出来很不容易。他本不想接受，但此时若是拒绝，汪小晖会很没有面子。他说："这个偏方我收下了，我知道这是糖蒜社所有职工的一片心意，这个情我领。"大家鼓起掌来。车间里从来没有这么热闹过。

陈放说："姐妹们，你们都知道北京大学吗？中国最牛的大学，咱们的糖蒜在那里很受欢迎，我为你们骄傲，是你们把柳城这个本来不起眼的地名送进了北大。"

女工们又一次鼓起掌来。

回到村委会，陈放很疲惫地坐在办公桌前，看着桌上一摞报纸发呆。杏儿问："陈书记，是不是又烧了？"

陈放摇摇头："我刚才看到了这些女工大都腿脚不利落，穿水靴拖着地，像戴着沉重的镣铐，我百思不得其解，破咒的密码到底在哪里？"

十七

——

软肋

就像习武之人必有死穴一样，再强大的人也有软肋。陈放作为柳城第一书记，给人的印象沉稳、智慧、胸有成竹、处乱不惊，但细心的杏儿却发现了陈书记的软肋，一旦触及软肋，陈书记甚至会选择躲避。

柳城唯一的小卖部是金嫂开的，就在杏儿家隔壁。杏儿早晨从家里出来去盲肠客栈，遇到金嫂在院子里喂鸡，她习惯性地打了个招呼，金嫂却招手让她停下，快走几步过来拉住她的手道："杏儿啊，我看陈书记有点不对头，他不抽烟，今早却来买了一盒金桥，那烟特冲，陈书记咋还抽烟了呢？"金嫂是个热心肠，因为腿有病不能久站，在家里开小卖部。

"陈书记买烟了？"杏儿觉得不可能，陈书记、彭非和李东都不吸烟，三个人的业余爱好是打羽毛球。

"陈书记买了一盒金桥，我看他脸色发青。"金嫂对陈书记印象很好，经常在村民面前夸赞这位第一书记，说陈书记是当县长、市长的材料。

杏儿听彭非说过陈书记最近工作压力大，身体状况不大好，血糖血压都有问题。杏儿想，抗日义勇军遗址红色旅游基地落成在即，许多问题需要协调，陈书记要跑县里市里省里，忙碌是肯定的。李东有一次发牢骚，说明明看着简单的一件事，却偏偏办起来不顺当，一个接一个的麻烦像沙包一般垛在面前，能把你的力气和耐心全给吸了去。

离开金嫂的小卖部，杏儿想去村委会看看陈书记，走到喇嘛眼时，发现陈书记坐在楸子树下的长椅上独自吸烟，楸子树叶将落尽，枝干斜出，井台周围有一种凋敝的秋意。

"早，陈书记。"杏儿打了个招呼。

陈放点点头，问："客栈生意怎样？"

"生意还可以，有李青在网络上招揽驴友拍客，入住率能达七成，要是鹅冠山红色旅游一开，生意会更好。"杏儿说。

陈放道："鹅冠山项目遇到了一点小麻烦，需要进一步协调。"原来，鹅冠山旅游开发项目被一个媒体记者写了篇稿子发出去，说柳城破坏自然生态搞形象工程，这结论可是捅破天的大事，上面已经有好几位领导做了批示，电话、传真如一道道金牌传下来，乡里村里有些吃不消。陈放感到了问题的严重性，单位领导专门打来电话，问他干工作怎么不长记性。陈放说这个记者是暗访，我没见到人报道就出去了。领导的指责是有原因的，几年前，有一次陈放就新农村建设接受记者采访，他准备很充分，成绩不足、优点缺点一样不少，打印好的材料有八千字，没想到报纸报出来他傻了，只有短短四百字，成绩和优点只字没提，单把不足和缺点罗列了出来，领导看后气成了河豚，把他叫到办公室，说老陈有你这样接受采访的吗？怎么都是不足和差距？他蒙了，说自己谈成绩很充分哪，记者怎么一笔没写呢？领导说人家记者不是来写表扬稿的，他们的长鼻子只嗅新闻点，这些缺点和差距是不是人家虚构的吧？他说不是，都是自己提供的，他提供了 AB 两面，但记者只用了 B 面，这样效果就相反了。领导的脸上满是毛刺，又绿又皱，说我们做了那么多工作，一篇报道全给抹去了。这件事让他对媒体心有余悸，再有媒体采访时，他就安排别人去，他想惹不起总还躲得起吧。"我不愿意和媒体打交道，脑筋转不过他们。"陈放说，"有些记者是选择性报道，人家有人家的道理。"

"既然报道与事实不符，我们想办法澄清就是了。"杏儿觉得这件事似乎不难处理，身正不怕影子斜。

"有些事一旦进入程序，简单的事也会变得复杂，程序是讲工序的，不到最后一道工序，结论出不来。"陈放说，"村里为此已经写了好几份情况汇报。上面还是不满意，计划派调查组下来，调查组一来，第一件事就是停工整顿。然后再从头开始查，那样恐怕今年开业计划就泡汤了呀！"

"这就是您抽烟的原因？"

陈放愣了一下，掐灭手里的香烟，道："或许抽烟有利于思考吧，尝试一下。"

"那么，有没有不让调查组下来的可能呢？"杏儿问。

陈放说："办法倒是有一个，解铃还须系铃人，只要让这个记者再写一个后续报道，对原来的质疑做出解释，也就是正面回应一下，调查组就没有进驻的必要了。不过，方案有了，却找不到人去实施。"

"李东不行吗？他点子多。"杏儿提出建议。

陈放摇摇头："李东去了，人家不给面子，问李东说你们是不是挖山了？是不是在山上修路了？有照片在，铁证如山，你们还有什么说的？李东被人家给怼回来了。"

在杏儿眼里，李东是个十足的小诸葛，这是李青暗恋他的最大优点，李青说能把柳城赌风刹住的人，天下没什么事能难倒他。真没想到李东在一个记者面前却败下阵来。

"彭非呢？"杏儿又问。

陈放摇摇头道："记者说自己是正常舆论监督，不见当事人，彭非联系了几次，后来人家电话都不接。"

杏儿第一次看到陈书记也会有无可奈何的时候，心里涌上一股酸楚，仿佛又看到了当年的海奇，海奇在遭遇猪瘟时那副无奈的愁容让她印象深刻。"这里面有误会，那个记者来采访，都采访了谁我们一概不知，我们根本没有解释的机会。我在想，不行的话我去会会他，尽管我不愿意和媒体打交道。"

陈放从长椅上站起来时，身子晃了晃，说："我回办公室了。"杏儿看到陈放走路裤腿好像灌了铅，抬脚很低，鞋底几乎拖着地面。

杏儿来到盲肠客栈，心想，陈书记很显然是要去做一件自己不情愿做的事，所以才很痛苦。杏儿给李青打电话，说陈书记被一个记者难住了，你能不能替陈书记出一回头。李青说我和你一起去，你文我武，一张一弛。杏儿说我想听听你的建议，我们去应该打什么牌。李青想了想道："以柔克刚，当然是打文艺牌了，你谈别的他不会动心，少女一谈诗，男人心扉就开了。"杏儿也想到了这个切入口，对于男人来说，诗是女人最好的武器。

杏儿给陈放打电话，说她和李青准备去见见这个记者。陈放听后沉默了许久，才有些歉疚地说："难为你俩了。"

杏儿说："我俩去试试，不行您再调兵遣将。"

陈放把记者的单位和电话给了杏儿，嘱咐杏儿说话留心，防止对方偷拍。

发难记者叫盛忠，是晨报政法部记者，常年在外面跑，他喜欢以图片形式配以简单文字做概要报道，因为照片角度好，给人很强的视觉冲击力，在新闻界颇具影响力。杏儿和李青见到他的时候是在县委宣传部会议室。彭非通过个人关系将盛忠请到宣传部，然后由新闻科的同志介绍他们相见。盛忠头发稀疏，青色毛衣外套着一个浅色的马甲，马甲上有数不清的口袋，脖子上吊着一个尼康相机，看上去十分专业。盛忠见到她俩微微愣了一下，问："你俩找我有事？"杏儿说："我叫杏儿，她叫李青，我们冒昧来找您，是想请您帮个忙。"盛忠点点头，作为政法记者他几乎天天接待上访群众，已经习惯了陌生人来求他帮忙。他拿出采访本，做出记录的姿态道："说吧，我没猜错的话是举报有关黑恶势力的吧？"李青摇摇头："不是，我们知道您是摄影大师，想请您拍几张风景照。"盛忠睁大了眼睛，问："做什么用？"李青道："杏儿准备出一本诗集，想配几张家乡风景照片，我们那里没有摄影家，朋友说盛记者厉害，说您拍的照片常常见报，请想您来拍，出版社一定会满意。"盛忠朝着杏儿问："你是诗人？"杏儿道："就是喜欢写诗。"李青从包里拿出一袋糖蒜递给对方。

盛忠接过包装袋，惊讶地问："你是这首诗的作者？"

"是呀，这个商标就是我的名字。"杏儿回答说。

盛忠观察了杏儿足足有半分钟，变得警惕起来，问："是柳城村干部来攻关的？"他看过包装袋知道面前这个姑娘来自柳城，职业的敏感让他意识到这或许是个圈套。

"没有谁派我来，我俩是开盲肠客栈的个体户，对了，您知道盲肠客栈吗？"李青问。

"知道，"盛忠说，"我在柳家大院吃饭看到了盲肠客栈，当时我想为什么要起这样一个名字呢？国外叫胶囊旅馆，胶囊和盲肠可不是一回事，我们学习国外的东西往往囫囵吞枣，学得不伦不类。"盛忠心直口快，想到什么就说什么，丝毫不留情面。

"盲肠客栈不是学国外的名字，"杏儿解释说，"是县长来村里检查工作时打的比方，您知道盲肠还不如鸡肋，我们起这样一个名字就是为了知耻而后勇。"

"好样的！"盛忠夸赞道，"都是国家身上的肉，凭什么就成了盲肠？"

"也难怪，柳城村民命苦。"杏儿神情有些黯淡。

盛忠把相机摘下放在桌子上，摊开采访本对杏儿说："到底是怎么回事？你完整地介绍一下，你知道，最近我刚刚曝光了柳城一个破坏生态的项目，你们村领导来找我，我没有理，想用拉拉扯扯的手段来躲避舆论监督，恰恰是欲盖弥彰！"

杏儿放慢了语速，从三百年前鹅冠山的麻栎树开始，讲到蛤蜊河、喇嘛庙，讲到红衣喇嘛、喇嘛眼、喇嘛咒，讲到了前任驻村的海奇，讲到陈书记、彭非、李东怎样治赌，怎样办糖蒜社，怎样开发四色谷和鹅冠山，这些事一桩桩都在杏儿脑子里，她讲得很动情，讲到大黄被误解的村民打死时，她流泪了，盛忠眼眶也有些红，能看出来他被杏儿的述说感动了。杏儿讲到从来不抽烟的陈书记因为报道的事甚至抽上了烟，一下子苍老了好几岁，村里金嫂说陈书记脸色发青。

李青接话说："您知道陈书记多大年纪吗？驻村那一年他五十七，今年已经五十九，驻村结束也就退休回家了，他干事没啥可图的，就是为了破除柳城的魔咒。"

盛记者一直在听，杏儿讲完后，想了好一会儿才问："你是说，如果没有鹅冠山项目，柳家大院和你的盲肠客栈就办不起来，对吗？"

杏儿点头称是："陈书记不但没破坏生态，他还带领村民在山上栽了五万棵杏树，不出几年，鹅冠山将是一个杏花盛开的世界，很多驴友拍客都期待着春天来柳城看杏花呢！盲肠客栈线上已经有明年春季的订单了。"

"那么，是我误会了这个项目？"盛忠若有所思，盯着桌子上的相机说，"镜头不会欺骗我，我当时确实拍到了鹅冠山那种开肠破肚的样子。"

杏儿道："那是施工期，您现在去看看就不一样了，相信您的镜头里会出现一幅幅美丽的画面。"

"我要去亲眼看看。"盛忠说。

杏儿和李青几乎同时站起身，隔着桌子向盛忠鞠了一躬，这个记者并不难处，他身上那种疾恶如仇的气质令人敬佩。"您是个很爷们儿的记者，"李青说，"说实话，见到您之前我还怀疑您会不会敲竹杠，现在我明白了，您是讲理的。"

"我这个人有挑刺的毛病，但从不鸡蛋里挑骨头，我有职业操守，不瞒你俩说，因为我的监督，已经有四个实权人物丢掉了乌纱帽，他们恨我就恨吧，我要对得起自己的良心，就像你刚才说的那个陈书记是为了破除魔咒一样，这是觉悟，破一层魔障，就上一层境界！"

"你和陈书记是同一类人，有大德。"杏儿接过话说，"我娘说过，大德之人心肠都是热的。"

盛忠没有肯定杏儿的说法，他智商没有到听几句恭维话就不能自持的程度，他猜到这俩姑娘不是为了拍照片而来，但在对方详细介绍了柳城的情况后，凭感觉，他断定两人说的不是假话，因为年轻人背书无论怎样伪饰都会漏洞百出，而这俩姑娘不是这样，她们是带着感情在诉说，能听出她们话语后面的心跳。他想，自己应该重新采访鹅冠山，如果一切真像两人所说，应该给柳城、给这位五十九岁的驻村第一书记正名，尽管他从没见过这个从省直大机关下来的第一书记。

"那么，照片就不需要我拍了吧。"盛忠调侃说，对面毕竟是两个涉世未深的年轻姑娘，小伎俩瞒不过他这个老记者。

李青的脸腾地红了，有些羞赧地说："对不起，我只想找个说话的由头，这不算欺骗您吧？"

盛忠笑而不语。

杏儿解释说："不过我真有一本诗集在出版社，因为是自费出版，还在那里压着，什么时候能出来还不一定。"

"这是真的？"盛记者有些怀疑。

"这个不能说谎，是驻村干部彭非帮助联系的，出版社肯定了作品，但因为效益问题迟迟没有印刷。"杏儿如实交代，她不希望对方怀疑这件事。

十八

——

复活的合同

　　盛忠言而有信，在重新采访了鹅冠山之后，很快写了篇报道《被误读的鹅冠山》，报道一见报，陈放单位的领导就打来电话，说老陈你真行啊，啥时候学会善待媒体了，软肋不软啦！

　　陈放道："农村可真是一所大学校，我研究了一辈子，还是盲人摸象，只是了解了局部而已。"

　　领导说："基层工作关键是个'实'字，老百姓不糊涂，是不是真心干活儿他们很清楚，驻村工作一定要实打实，心换心。"

　　陈放很敬佩这位从基层干起来的领导，接地气，善亲和，不像有些干部官升脾气长，拒人千里之外，这位领导还有一个优点，就是能把虚活儿做实。"实打实，心换心"这句话在他下乡之初领导就叮嘱过，陈放把这句话也说给彭非和李东，要求三人把这句话作为座右铭，时刻提醒自己。

　　好事多磨再次应验在鹅冠山。

　　村委会办公室里，大家正在商量应该邀请的参加落成典礼的嘉宾名单，汪六叔匆匆忙忙走进来，大嗓门吆喝道："坏了坏了坏了，半路上杀出一个程咬金来。"

　　陈放问："哪里来的程咬金？"

汪六叔一腚坐在凳子上，喘着粗气说："陈年旧账，老黄历！"汪六叔从头到尾讲了事情的原委。

原来，鹅冠山旅游项目有了眉目后，一个叫冯义的人找到了汪六叔，说要兑现协议，汪六叔问什么协议，冯义拿出一份三十年前村委会和他签的协议，是一份承包鹅冠山的协议，签着当年村委会主任柳大年的名字，村委会大印明晃晃盖着，骑年压月，丝毫不差。协议承包期是五十年，每年承包金二百块，一次性交齐。柳大年是六子的父亲，汪六叔的前任，已经去世多年，当时收了这一万块承包金都做了什么谁也不清楚，这个冯义从哪里冒出来的谁也不知道。协议摆在这里，五十年承包期还余二十年，这就成了官司。

陈放觉得头好像不断充气的皮球，有一种要裂开的感觉。这是怎么了，一波刚平，一波又起，还有完没完了？但此事非同小可，如果协议合法，鹅冠山这个项目等于建在了别人的承包地上，很多事情就会纠缠不清。陈放说："李东你抓紧去办两件事，一个是摸清这个冯义的来路、底细，再一个就是找个明白人仔细研究一下当时的协议，要快。"李东走后，他问汪六叔："对方诉求是什么？"

汪六叔道："肯定是狮子大开口了，要占项目一半的股份，最少不低于百分之四十九。"

陈放一阵眩晕，眼前幻化出一张油漆斑驳的旧餐桌，原本餐桌空空如也，突然间有了酒肉，便一下子围上来成群的食客，个个眼露贪婪，嘴流馋涎。他定了定神，眼前的旧餐桌不见了，一切恢复平静。这个承包商三十年没有出现过，现在鹅冠山项目马上落成了，跑出来摘桃子，投机者真是无处不在。陈放让汪六叔不要轻易答复什么，就说等鉴定了协议的真伪后再给说法。

汪六叔打开卷柜，开始翻陈年老账，因为年代久远，关于鹅冠山承包的事村两委记录里一个字也没找到。汪六叔说这个冯义怎么看怎么不像好人，鹅冠山上啥都没有他承包干什么，难道说三十年前他就料到会有旅游项目开发？陈放估计这是资源型投资，属于长线运作，低价收购，涨价时再出手，是典型的大手笔。

陈放和汪六叔去找六子，也许六子能知道一点父亲的事。

六子在家里烧制陶瓷香瓜，这是一种瓜型乐器，能吹奏简单的乐曲，上了黄釉烧制成型后可做旅游纪念品出售。陈放不知道六子还有这一手，便问他怎么想到了烧制陶瓷香瓜。六子说这是杏儿给他的任务，杏儿把制作技术资料给他，说你光种柳城香瓜不行，还要烧柳城香瓜，把柳城香瓜当纪念品卖。我觉得杏儿讲得有道理，就买了电炉和转盘，学着做陶瓷香瓜，烧制的柳城香瓜就在盲肠客栈出售，现在盲肠客栈每间客房里都摆着柳城香瓜，我在网上也小有名气。汪六叔拿起一枚陶瓷瓜端详了一番，说你小子真有两下子，这东西又叫埙吧。六子点点头，拿起一个香瓜，果然就吹出声音来。

就在六子烧制陶瓷香瓜的屋子，陈放问起鹅冠山承包的事，请他回忆一下他父亲生前是不是提过这件事。六子想了想，说似乎记得有这么一件事，父亲是个谨小慎微的人，用现在的话说就是个"吃瓜群众"，当了村主任也心里盛不下事。父亲说自己稀里糊涂签了一张卖身契，把鹅冠山给租出去了。说当时有个南方企业家想在鹅冠山开水泥厂，定好了要签两份协议，一份是承包鹅冠山的协议，一份是水泥厂利润分成的协议，结果第一份签了之后，第二份没签成，后来水泥厂也没办，但这份协议却让父亲如鲠在喉，到咽气时还记着，说自己做梦老是梦到那张卖身契，担心哪一天有黄世仁上门逼债。

汪六叔说："黄世仁果真就来了。"

陈放却不这么想，也许当年这个冯义真想建水泥厂，后来因故没有建成，第二份协议就没有签。

六子问："冤有头债有主，看来我父亲的预感有道理，陈书记，这事我来处理吧。"

"你怎么处理？"陈放问。

六子伸出右手，做了一个砍刀的动作："我能种瓜，当然就会切瓜，这个当年欺骗我父亲的人，我要找他算账，他让我爹少活了多少年。"

"你可不能胡来，"汪六叔说，"冯义是个糟老头子，和他拼命也不值。"

六子笑了笑，"我是靠脑子做事的，不会搞打打杀杀那一套。"

陈放说："算了，这件事还是由村里来处理吧。"

冯义住在盲肠客栈已经三天，每天喝茶，到天一广场散步，很是悠闲，他散步时对杏儿养的五只白鹅产生了兴趣，因为这些鹅见到他总是叫个不停。他建议杏儿养几只狮头鹅，能卖好价钱。杏儿说自己养鹅不是为了卖钱，是把它们当伙伴对待。杏儿对这个老头并没有不好的印象，只是他一口闽南话听起来很吃力。

陈放打电话让杏儿领冯义来村委会，正式谈谈鹅冠山承包协议的事。

陈放见到冯义，没想到对方竟然是个白发老人。

冯义很有派，穿一件红色灯芯绒衬衣，麻布裤，登山鞋，左腕上戴着蜜蜡手串，颗粒大如鸽子蛋。李东已经摸清了冯义的底细，冯义是晋江人，不常住辽西，在晋江有一家运动服企业，他在辽西投资主要是矿产，当年选择鹅冠山不是为了建水泥厂，而是奔着玛瑙去的，他在考察了周边玛瑙矿产后，断定鹅冠山一定有玛瑙，就承包下了这座荒山，谁知他走眼了，鹅冠山真的没有玛瑙。好在本钱不大，他就一直等着，等着鹅冠山出头那一天，现在他终于等到了，据说他知道鹅冠山红色旅游开发的消息后，每个月从晋江来辽西一次，了解开发进度，等到项目基本建成、马上就要举办落成仪式时，他山猫一样出现了，带来那份受法律保护的协议。李东说，这个冯义能沉住气三十年，这是何等功夫？

陈放对眼前这个老人并没有过多反感，陈放甚至想过，要感谢这个承包者，他至少保持了鹅冠山的完整，如果真的办成水泥厂，鹅冠山就彻底毁了。

"谈谈条件吧。"冯义慢条斯理，这如同打牌，大鬼小鬼都在他手上，自然底气就足。

"您可以投资入股，享受柳城村民待遇。"陈放说，"本来，旅游基地是不接受外来入股的，它的目的在于富民，但您不同，您毕竟有一份承包协议，所以我们商量，允许您投资。"

冯义冷笑一声，道："我想提醒你书记同志，你这个所谓的富民项目是建在我的承包山上。"

"我从来不怀疑你持有承包协议，"陈放不温不火地说，"可是，我也知道这个协议签署的背景。"

"法律不保护背景，法律保护的是协议。"冯义言辞变得犀利。

"看来您是一个守法奉公的企业家，这很好，我们的交谈就有了基础，我想问，明显低于市场价格的协议或合同，法律是怎么认定的？"

冯义跷起二郎腿，拍了拍膝盖处一点土灰，道："三十年前的一万块，并不是小数目，这一点书记同志不会不清楚吧。"

陈放道："这个不难算，有人算过，大概相当于现在二百多万元，对吧？不过，如果通过法律渠道，那只能按银行利率换算了，也就是说您一万元存了三十年，连本带利一并还您，你算算是几个钱就知道了。"

冯义眼睛一亮，他知道眼前这个第一书记是备过课的，便放下二郎腿问："你既然知道，为什么还要提出明显低于市场价格这个问题呢？"

"一座山，一年两百块，您认为这是一个能让人接受的价格吗？"

冯义笑了，露出精致的烤瓷牙，他说："这是没办法的事，周瑜打黄盖，愿打愿挨，双方自愿，谁也没有胁迫谁。"

陈放连续两个晚上没有睡好，血压有点高，他努力控制住自己的情绪，保持一种淡定。杏儿看出了他的不适，给他和冯义各倒了杯水，坐在一旁听他们谈话，她之所以坐下来，是担心陈书记出现状况，因为陈书记这几天脸色像烟叶一样萎黄。

"冯老板，您也年纪不小了，承包一座荒山三十年，可见这条线放得有多长，不过我想提醒您，我国法律对合同追诉期是二十年，而且合同签订的前提一不能违法，二不能损害公共利益，这个您应该清楚，您的这份协议没有经过村民代表同意，当年的柳大年也已经过世，如果我们认为这个是一个无效合同，您就必须举证它有效，而举证的关键证据是这个协议是村民代表同意过的，我们问了村里几乎所有五十岁以上的村民，大家都说不知情，您认为法律怎么支持您？"

"这个，我不好说，但这个协议的确是自愿签署的。"冯义有些紧张。

"当然是自愿签署，不过签了这个协议只是完成了协议内容的一半，后来却没了下文，具体原因我们不知道，但有一点可以断定，您签了这份协议就离开了，没想接下来办水泥厂。"

冯义脖颈有些充血，道："不是我不想办水泥厂，是当时辽西水泥生产过剩，办厂就会亏，没法办。"

陈放知道对方按着自己的思路来了，心里的一匹奔马渐渐放缓了速度，开始悠闲地漫步。"我们不是埋怨您不办厂，但是您可能不知道，和您签协议的柳大年直到临死还惦记着这件事，他本来想通过联合办水泥厂，让村里有一些利润来改变村民的贫困状况，可是这件事没了着落。鹅冠山承包权也没了，他去世前说了句什么话您知道吗？"

"说了什么话？"冯义脱口问道，他担心柳大年临死前会咒他。

"柳大年说自己遭遇了鬼打墙。"陈放说，"鬼打墙是红衣喇嘛的魔咒，你知道吧。"

冯义不再说话，拿出电话用闽南话打了几个电话，然后说要回盲肠客栈想一想，但同时又说自己是有底线的，旅游基地的股份他必须有，当然份额可以再谈。

陈放让杏儿送冯老板回去，同时告诉冯老板，晚上请他吃顿饭，不管怎么说，冯老板是到柳城来的第一个投资商，辽西人从来不慢待客人。

晚饭安排在柳家大院，陈放叫上汪六叔和杏儿作陪。

杏儿说冯老板下午没在房间休息，一直在天一广场遛弯儿，看来在盘算什么。汪六叔说这个人很精明，和刘秀有一比。陈放却在想一件事，但不能和大家说，冯义回客栈后他一直在想这件事，晚上这顿饭是做成此事的重要一步。他问汪六叔："我们的底线要明确，那就是拿出一定比例的股份，但这是有条件的。"具体什么条件他没有说。汪六叔说："谈判我听你的，我一觉得理亏说话就不硬气。"杏儿道："六叔你这么说不合适，难道陈书记理亏就嘴硬？"几个人都笑了。陈放说："在冯老板眼里，我肯定是个难缠的主，其实我也不想当凶神恶煞，我写了一辈子材料，要退休了，却串演了一回手持大板的王朝马汉。"

柳德林的熏鸡提前做好了，四个人在雅间坐好，柳德林捧出一坛烧刀子，对大家说这可是陈年高粱酒，本来想等基地落成那天招待贵宾，今天就先贡献了吧。汪六叔问今天你怎么舍得出血？柳德林说，我开柳家大院这么长时间，陈书记是头一遭来这里吃饭，我这心里一直激动着呢，没有陈书记哪里有我柳家大院？吃水不忘挖井人嘛。陈放摆摆手："老柳不会说话了吧，我知道你为啥把好酒拿出来，是因为冯老板，冯老板保护了鹅冠山，又是来柳城第一个投资商，自然是贵客。"

冯义有些不好意思，道："我虽然是第一个投资商，却没做成什么企业，惭愧惭愧。"

烧刀子一开启，顿时雅间里溢满酒香。"好酒！"冯义说，"这酒不输金门大高粱。"陈放给冯义倒上酒，杏儿接过去给每个人斟上。陈放说："冯老板，我一见到您就有一种亲切感，因为我爷爷所在的部队就在晋江驻扎过，在一个叫围头的地方。"

"是吗？我就是围头湾人哪！"冯老板兴奋起来。

陈放介绍了自己的爷爷，尤其说了爷爷对辽西的感情，他还拿出脖子上挂的那块玛瑙扣给冯老板看。冯老板接过去摩挲了好一会儿，他当初之所以承包鹅冠山就是为了玛瑙，谁知老天爷偏偏让鹅冠山不生玛瑙，自己的玛瑙梦落空了。

陈放和冯老板越说越近，连着喝了三杯酒，两人酒量都不大，烧刀子酒劲足，酒红飞到了脸上。杏儿说："陈书记你俩少喝几杯，多吃点熏鸡。"陈放挥挥手道："冯老板是来投资的，来投资就是柳城的福星，绝不可慢待，我就破例多喝几杯吧。"汪六叔道："书记发话我来喝。"陈放说："这不是拼酒，是感情所致，让我们杯酒释前嫌！"

冯老板虽然久经沙场，但还是被陈放感动了，他端起酒杯说："陈书记，我敬您一杯，不过我想问您个问题，听说驻村结束您就要退休了，政绩再大上级也不会提拔您，您吃苦遭罪图啥呢？"

陈放也端起酒杯和冯老板碰了一下杯，道："我不认为这是吃苦遭罪，想想看，什么是成就感？一辈子能做几件让别人难忘的事，不就是成就感吗？计利当计天下利，求名应求万世名，名和利在自己身上很快就消失了，只有融进社会才能久远。"

冯义点点头："有所开悟，有所开悟，我喝了这杯酒！"他果然喝了一满杯酒。

接下来陈放不再劝酒，而是向冯老板介绍了柳城未来发展的一些想法，他说了两件事，一件是辽西沿海的葫芦岛，因为一个加工泳衣的青年人从外地回来创业，带动了当地泳装业发展，现在葫芦岛已经成为世界著名的比基尼之乡；再一个就是辽西这么大一个地区，却没有成规模的运动品牌企业，这里劳动力资源丰富，工业用地价格低廉，又是东北和华北的第二通道，正应该大力发展劳动密集型的服装加工企业。

陈放这番话说完，汪六叔和杏儿相互看了一眼，原来陈书记用意在此。

果然，冯老板表态了，道："如果柳城不弃，我来投资办个运动服装厂怎样？"

"我就是想请您来投资呀！"陈放给自己倒上酒，端起杯说，"您来办厂，我亲自给您跑手续。"

"可是，我需要你们的诚意，三十年前这份协议怎么办？"冯老板不愧是生意人。

陈放早就有了方案，他一直端着那杯酒，双目真诚地望着冯义道："说实话，我咨询过省里一位有名的律师，您在这个协议上能得到的最大利益是承包金加三十年利息，而且不是利滚利，想必这个数字您是清楚的。"陈书记停顿了一下，看到冯义的眉梢跳了跳，仍然端杯接着说，"为了表示诚意，只要您来投资办厂，在鹅冠山项目上我们拿出百分之十的股份奖励您！是奖励，也是三十年前那份协议的补偿，您看怎样？"

冯义低着头，沉默了好一会儿，从陈放面前拿过酒壶，也给自己的酒杯斟满，然后端起杯和陈放一直举着的酒杯对碰了一下，道："我记住这酒的名字了，烧刀子！"

冯义回晋江后第三天，一个漂亮的女助理来到柳城，和村委会签署了相关办厂和接受赠股协议，这是第一家外埠来柳城独立投资的企业，省报和电视台闻讯来做报道，又触动了陈放的软肋，他便把汪六叔推到了镜头前，好在江西汉子从来不怯场，汪六叔面对镜头侃侃而谈，第一次出镜就得了高分。杏儿和李青都认为，如果退回去三十年，汪六叔绝对和电影明星王心刚有一比。

十九

——

一波三折

"这是我参加的最简单的开业仪式，"白乡长说，"陈书记是省里的处长，按理说邀请个厅级干部来剪彩不难吧。"白乡长觉得鹅冠山这样一个标志性的项目，落成仪式应该隆重一些。"你看看，你看看，"白乡长说，"最大的领导才是个处级。"这是在基地落成仪式搞完后，白乡长上车离开前对汪六叔说的话。白乡长还说，搞仪式不是搞形式，是为了宣传，也是为了引起上下重视嘛！

媒体报道了鹅冠山红色旅游基地落成的新闻，报道是盛忠写的，单位领导又给陈放打来电话，说老陈你低调是对的，可为什么不通知我呢？我去给你站站台也好哇！

陈放解释说柳城接待能力有限，大领导来了怕接待不周。

主任说现在谁还讲究什么接待？无非就是台上站那么几十分钟。陈放只好做检讨，说下次还有运动服加工厂要开业，到时候一定请主任来站台。

旅游基地刚开始接待客人就赶上消防大队依规进行检查，带队的是个女中尉，身材笔直，军装得体。女中尉不凶，有一种冰冷美。她对陈放说："消防大队考虑到这是一个事关扶贫的爱国主义教育项目，在施工时一路绿灯，现在开始接待游客了，消防工作必须完善到位，因为消防是关系到游客生命财产安全的大事。"陈放理解女中尉的话，消防检查是职责所系，不检查就是失职渎职。

他内心已经很感激消防大队，至少在施工阶段一次也没有来，工程结束消防验收这是必走的程序，都怪自己忙着赶落成仪式，没有去请消防部门来把关核验。陈放赔着笑脸道："你们按要求检查，有什么不足我们立即整改。"

消防大队的同志检查后，列出十二项存在的问题。女中尉看过后摇摇头对陈放说："陈书记，基地必须停止接待游客，消防不合格，我们要依法查封。"

陈放拿着这张消防整改通知单一项项看过，查出的问题的确是问题，他暗暗后悔，如果开业前请消防大队的同志来预检一次，这些细枝末节的事情就会被解决掉，现在可好，就像一艘新造的船，刚一试水，熄火了。

消防的事谁也不敢开口子，陈放明白这个道理，他表态马上整改，等整改到位后再请消防大队来验收。

女中尉表情严肃地说："我们也在开展优化营商环境活动，但优化环境不等于在消防工作上不作为，停业是无奈之举，也是你们不重视消防工作的代价，抓紧照单整改吧。"

消防检查刚走，林业局的就来了，他们一行六人没有进屋，而是拉着卷尺在建筑周边丈量，然后拿出计算器计算，最后，一张单据递给汪六叔：该项目毁掉槐树幼树一百二十余棵，依照《中华人民共和国森林法》（指 2009 年修订版——编者注）第四十四条第一款进行处罚。处罚的标准是补种一到三倍的树木，或处占地每平方米十元的罚款。

汪六叔捏着单据急了："啥？我们毁林？你们睁眼看看鹅冠山上哪里来的树？荆条能算树吗？"

对方并不客气："大树生来就是大树吗？哪棵树不是树苗长成的？"

汪六叔辩解道："鹅冠山三百年来就是兔子不拉屎的荒山，在你们眼里怎么就成了林地？"

林业检查人员把本子一合，和颜悦色地说："不服处罚你们可以申请行政复议，执法通知今天就算正式下达。"

检查人员走了，连屋都没进，李东给沏好的茶也没用上。刚才，恰好杏儿来山上找李东，想商量在基地大厅摆设六子瓷瓜专柜一事，看到了汪六叔与检查人员争执这一幕，杏儿站在陈放身边一句话没有说，她看到陈书记脸色很凝重。

汪六叔走过来有些愤愤不平，说："这是拿着鸡毛当令箭哪！我们栽了五万棵杏树还抵不上一百来棵荆条子？"

陈放不让汪六叔再说，他知道林业部门也是依规执法，执法过程并无瑕疵。

红色旅游基地的主任由李东兼任，陈放让李东打电话把彭非叫来，然后同汪六叔、李东、杏儿五个人就在李东的办公室商议对策。李东说："带队的女中尉是个冷艳美女，眼神刀刃一样寒光闪闪，这样的女人不好通融，很难打交道。"李东怕陈书记让他去公关，先用话堵死这条路。杏儿说："你想推脱不行，这件事只能是你出面。"彭非也说："你可以先联络一下感情，熟人好说话。"李东几乎要哭了，问杏儿："怎么一有和女性打交道的事就想起我。"汪六叔说："你是基地主任嘛，这是你分内的工作。"陈放说："李东也别推脱了，在抓紧整改的同时，争取尽早解封。"

关于林业的事大家一时没有好主意，因为房子之前到底有没有树说不清楚了。陈放说我们没有经验，在山上搞建筑怎么能忽略林业部门呢？要是施工前请人家来看一下就没有这个麻烦了。

汪六叔说本来就没有树嘛，这不怪我们。

陈放摇摇头："你们知道在我国西部一些戈壁，一平方米有四棵草就算草原了，鹅冠山上不是有荆条吗？荆条理论上是幼树这没错。"

"罚款我们没有钱，让他们看着办吧。"汪六叔情绪很大，他感到莫名其妙，即使有一千个罚款的理由，也不该是毁树这一条哇！鹅冠山上没树是明摆着的，怎么能这样罔顾事实？

消防问题的处理交给了李东，陈放说林业上的事他亲自去办，他想起单位有个副主任在林业厅工作过，想请他给通融一下。

陈放说："消防和林业检查给我们上了一课，我们办事总是考虑不周，这其中有经验不足的问题，也有调查研究不够的问题，同样的错误不能再犯，我们要从方方面面对基地项目进行一次自查，把问题解决在自查阶段，切实做到有备无患，同时，彭非在协调运动服装厂相关手续时，不能再犯这样的错误，学费不能重复交。"

李东去消防大队，那个女中尉礼貌地接待了他。坐在接待室，女中尉标准的军人坐姿让李东无法幽默，他像一个被抓来审讯的小偷一样不敢与对方直视。女中尉猜到了他来的目的，不动声色地说："有什么事，请讲。"

李东说："鹅冠山项目，能不能先解封，我们边接待游客边整改，因为落成仪式搞完后，慕名而来的游客很多，来了却无法参观，我们压力很大。"

女中尉没有表态，似乎在欣赏李东这副局促的样子。

李东接着说："其实，基地那些项目不会发生火灾，都是砖石水泥结构，除了门窗几乎没有木材，地面也是瓷砖，我们考虑了防火问题。"

女中尉的目光从李东的脸缓缓上移，剃刀一样在收割李东的头发。李东发型不错，只是两个鬓角剃得过短，显示出某种新潮。

"是我们工作考虑不周，检查指出的问题，我们尽快整改。"

"说完了？"女中尉问。

"说完了。"李东说。李东本想找点轻松的话题，看看女中尉正气凛然的姿势，知道说不得。"不行！"女中尉站起身，"先整改到位，检查合格再启封。"

李东站起身："您还是通融一下吧。"

"是法规不给你面子！"女中尉转身离开接待室，走到门口，头也不回地说，"请回吧，我能理解你，但你我必须依规办事。"

李东注意到女中尉的军装显然熨烫过，挺舒展，他下意识地看了看自己的上衣，因为着急，穿着一件半新不旧的运动装就来了，应该穿西装系领带，才能和对方匹配。

与李东相比，陈放则有所收获。

陈放回单位找了在林业厅工作过的那位副主任，说明情况后，这位副主任说这件事县林业局执法没问题，上级干预基层执法也不对，我给你出一个解决办法，我向省林业厅打招呼，请他们帮助解决一些侧柏、黑松树苗，你们回去搞绿化，等于补种了三倍树木，问题不就解决了吗？陈放一听乐坏了，这可是个一举两得的好主意，本来项目当中就有绿化，只是资金紧张，还没有落实，如果能解决树苗，组织村民栽上树，就等于接受了执法部门的处罚。

陈放想自己还是经验不足，不会迂回，领导就是领导，再难的事兜个圈就化解了。

侧柏和黑松树苗很快送到了柳城，省林业厅在送树苗的车厢上还贴了标语：实施精准扶贫，建设美丽乡村。

陈放率领村民接受了捐赠，为了表示感谢，汪六叔给来送树苗的人员每人回赠了一只六子制作的瓷瓜。

侧柏和黑松栽好后，没等去请林业局的人来验收，县林业局就先打来电话，说你们栽了一千多棵侧柏和黑松，已经超额完成了补种树木，我们已经暗访过了，你们可以正常营业。

汪六叔问陈放："陈书记你是怎么把这坏事办成好事的？"

陈放道："我哪里有这本事，是领导办法多。"

陈书记解决了林业问题，李东感到了压力，想来想去就想到了杏儿和李青，便去盲肠客栈找她俩帮忙出主意。

听了李东讲的会见女中尉的经过后，李青说："打苦情牌肯定不行，女人最看不起男人悲悲戚戚，让人后背起痱子。"

这个时候，鹅冠山方面打来电话，说有一批抗日义勇军老战士后代来参观，因为进不去很有意见，怎么解释也不通，情绪很激动。

李青说："机会来了，军人最讲战友情，你还是要打军人牌，就说当年在此战斗过的抗日义勇军老战士后代组团到山上参观，因为基地被封无法参观有意见，要去消防大队请愿，让女中尉看着办吧。"

李青俨然是个女诸葛，想想看，一大群抗日义勇军战士的后人涌到消防大队来，会产生多少不良影响。

"行啊李青。"李东对李青简直佩服得五体投地。

李东再去消防大队，穿着那件湖蓝色夹克，带着消防整改时间进度表，他把消防上存在的十二个问题一一做了整改计划。女中尉再次见他，仔细看过整改清单后，说了一句肯定的话："态度不错。"

李东趁热打铁，就说了抗日义勇军后人组团来鹅冠山参观受阻的事，说有的抗日义勇军战士遗孀已经耄耋之年，颤巍巍被家人扶着前来，因为参观不成，情绪很是激动，嚷嚷着要到消防大队上访，被我们好歹给拦住了。

女中尉听到这个情况变得有些不淡定了，眉头蹙了蹙，说："这是一个新情况，作为军人我能理解他们的心情，这样吧，我去请示一下首长。"女中尉起身离开，李东握紧右拳做了个加油的动作，心里咚咚直跳，李青啊李青，你这主意太妙了，不过话又说回来，你这么聪明哪个男人能驾驭你！

不一会儿，女中尉回来了，告诉李东今天就派人去启封，但有一条，如果到期没有按要求整改到位，不仅要封，而且要重罚。

李东起身向女中尉鞠了一躬，说："谢谢，谢谢！"

他走到门口，忽然转身对女中尉说，"您这身军装真合体，真的，像大型演出的报幕员。"

女中尉礼貌地笑了笑，这是李东第一次见到女中尉笑，笑得很妩媚。

二十一

蛤蜊河

　　世间所有的生命都离不开水，陈放他们培育出来的项目也一样，水，成了必须解决的难题。

　　接通乡里自来水，投资太大，资金无法落实，权宜之计只能是打井。

　　汪六叔与一个叫龙至达打井公司的企业洽谈，开出的条件是：打井成功付全资，失败成本对半承担。

　　龙至达公司在辽西一带打井颇有名气，打井成功率很高。公司老板姓何，秃头，细眼，酒糟鼻。他来柳城看了喇嘛眼之后，对陈放说："打官井，这办议我签。"何老板说的官井是指公家所打，为民所用，这种工程不愁信用。

　　听说村里要打井，柳奎提醒说，当年生产队打了几次，结果都打在干石上，白白费了力气和资材。柳奎的话不能当耳旁风，陈放专门请了水利专家来看，专家在测量了喇嘛眼井深和出水量后认为，柳城有一道水线经过，如果打在水线上成功率蛮大。专家这样说，陈放就决定拼上一回，打几口机井，把柳城靠一口喇嘛眼吃水的历史翻过去。陈放认为，龙至达公司的何老板正是看准了这条水线才敢签这个协议。

　　打井队入村时受到了村民的欢迎，何老板被当成给柳城送财神的人，水即财，水多财旺。何老板到柳家大院吃饭时，柳德林专门为他做了熏鸡，说何老板你要是打井成功，就是柳城的福星。何老板说不就是打几眼井吗，有啥难的。柳德林说，柳城地下水线是活的，像马蛇子一样，不好捉。何老板笑了，道："莫说是马蛇子，就是条地龙我也能打到它七寸上。"

之前，为了筹措打井资金，陈放不得已去找了中学同学于海。

于海在叶柏寿开铁矿，铁矿粉好卖的时候，几乎是日进斗金，于海到省里找过陈放，说老同学有事就打电话，咱班同学都找过我，就你不联络，当个处长老是绷着。陈放开玩笑说我也没啥事，有事会找你，去你那里吃大户。

这次打井，陈放忽然想到了于海，他本不想去求于海，听说于海的铁矿与当地村民关系紧张，曾怀疑于海的铁矿是不是有环保方面的问题，问于海，于海拍着胸脯说自己是守法开矿，证照俱全，绝对没啥问题，那些村民无非是眼红自己赚了钱。陈放犹豫了很久，最后决定舍上老脸求一回。

于海的办公室特别阔气，足有一间中学教室那么大，老板台烤漆铮亮，桌面上除了电话、台式电脑和一本台历加笔筒外，再无其他，整洁得有些过头。棕色真皮沙发，巴西花梨古董柜，古董柜里摆着各式各样的玉器、玛瑙摆件，古董柜旁有一个很大的包铜地球仪。陈放在这个地球仪前看了许久，于海为什么要摆这个？难道他想全球挖铁矿？

于海很热情，特意泡了一壶大红袍，告诉陈放这一壶是几百块，一般客人他不泡，你是贵宾，要高客高待。

陈放的目光在四面墙壁上转了一圈，欲言又止。于海问："你看啥呢？"

"你这办公室少幅字，"陈放说，"等我回省里请书法家给你写一幅。"

于海很高兴，道："那我要付钱的，听说名家书画很贵。"

"你不用付钱，但想请你做件善事。"陈放说出了来意。

于海是个聪明人，已经猜出这位老同学今天来肯定有事，但他不点破，等着这位傲气的同学说出来。于海说："啥事？你说。"

"你知道我到柳城驻村当第一书记，既然是书记，就总该为柳城做点事情吧，要不来当这个第一书记干什么？人家柳城也不缺一个无所事事的第一书记来坐堂吧。"陈放说。

"那当然。"于海很赞成陈放的说法，又补了一句，"老百姓最讨厌那些占着茅坑不拉屎的官。"说完，觉得有点不对，就解释说，"老同学你可不是，我听说你到柳城后栽了五万棵杏树，那是功德。"

陈放摇摇头，说："栽树算不上功德，有一件事要是办成了，那才算功德。"

于海两眼一亮，问："什么事，要真是功德，也算我一份。"

"打井。"陈放说，"柳城几百年来就靠一口井吃水，这口井是当年一个红衣喇嘛挖的，因此得名喇嘛眼。你想想那么多户村民就用一口饮用井，多不方便，鹅冠山山坳里倒是打了一眼机井，不能喝，只能滴灌新栽的杏树。"于海眼睛飞速转了几圈，道："修桥、铺路、打井的确是善举。"

"可是，做善事也需要资金哪，这是我来向你求助的原因。"陈放望着于海，于海坐回椅子上问："需要多少？"

"三眼井，至少六十万。"陈放没有多要，担心一下子把于海吓住。

于海站起身在办公室转了一圈，像电影中大人物那样做思考状，好一会儿，他背着手停下来说："这个钱我可以出，但有个条件。"

"什么条件？"

"就是将这三口井命名为于海井，怎么样？"

"这样合适吗？"陈放皱着眉头问。

于海嘿嘿笑了几声，道："喇嘛挖井叫喇嘛眼，我出资打井也该叫于海井。"

陈放摇摇头说："你知道朱子家训里有一句话吗？善欲人见，不是真善，你明明做了件善事，受人敬佩，若这么一来就打折扣了。"

"可是，钱不能白出哇。"于海将两手一摊。

陈放胃里一阵涌动，他喝了口茶，吐掉一截茶梗，道："那就依你吧。"

龙至达公司打的三口井都失败了，和生产队当年打井一样都打在干石上。何老板那双细成一道缝的眼睛变得红肿，几乎睁不开了。何老板来找汪六叔，说柳城这地方犯邪，我赔惨了。汪六叔说，要是好打还能等到今天。何老板说，这井我不打了，你们另请高明吧。汪六叔说，你这么走不行，耽误了我们工期，这个责任谁负？何老板几乎要哭了，那怎么办？汪六叔说，接着打呀，一直到打出水来为止。何老板想不干都不行，只好硬着头皮接着打下去。

事情的转机出在杏儿身上。

杏儿尽管忙，放鹅，每天到喇嘛眼给鹅洗澡却从不间断，在楸子树下杏儿见到了满脸愁容的何老板，何老板捧着一个罗盘正围着喇嘛眼转来转去。小白大概觉得何老板可疑，便扑过来啄他，何老板蹦了个高，跳到井台上，道："好凶的大鹅！"

杏儿说："它不凶，是误会了你，这鹅通人性。"

何老板道："它要是通水性就好了，可以帮我找水源。"

杏儿说："大鹅当然通水性，找水比你的罗盘管用，鹅是活的，罗盘是死的。"

"这话怎么讲？"何老板小眼睛瞪圆了问。

"有一天早晨，鹅群赶到这里我只顾看书，抬头时发现五只大鹅不见了，你说后来在哪里找到的？蛤蜊河。"

"蛤蜊河就是那条干河床？"何老板歪着头问。

"是的。"杏儿说。

何老板捧着罗盘去了蛤蜊河。

当日下午，何老板找到村里，说要把钻机调到蛤蜊河试试。陈放说选址你定，村里不干预。何老板说，站在蛤蜊河河床往北看，喇嘛山山势正好符合一句古谚："两沟夹一嘴，下面有泉水。"

钻机隆隆开钻，村里人都觉得跑到干河床上打井，这不是死蛇身上抽血吗？柳奎老人也来到河边，对汪六叔说，生产队时期没在这里试过，是谁点化的？汪六叔说，听说是杏儿养的鹅给了何老板启示。柳奎点点头，要真是大鹅所示，说不定能成。

汪六叔愣了一下，问："三舅你怎么这么说？"柳奎望着远处，喃喃地说："有些事，人不如动物灵。"

何老板成功了，在钻机打到八十米深时，果然出水了，虽然水质有些泛红，但出水量很大，化验结果显示是可以饮用的。何老板接下来又打了两眼机井，盖了泵房，总算兑现了协议。何老板在离开柳城时，神情黯淡地对陈放说："栽在柳城，我服了。"

陈放说："有些胜利是不计成本的。"

何老板摇摇头，带着打井队走了。

蛤蜊河打出井来，喇嘛眼也安了水泵，汪六叔的老娘有一天对儿子说，我想给陈书记送点礼，中不中？汪六叔一听就笑了，您老人家有啥礼要送的？老人家就起身从箱底里拿出那条叠好的毛围脖，道，就这个。汪六叔急忙把毛围脖小心放回去，这可使不得，老县长给爹的纪念品陈书记怎么会收？

过后，汪六叔把这件事告诉陈放，陈放先是愣了一下，然后转过身摘下眼镜，默默擦了擦镜片，想说什么却没有说。

二十一

你等一树花开

你等一树花开
用满腔心血
苦菜刚刚生出蓓蕾
一场倒春寒
鬼旋风凭空而降
天地混沌如夜

在一个啄木鸟藏身的树洞
有只沉溺梦想的松鼠
在注视你
用星星一般的眼睛

不为秋天的果实
只为你伤心的背影
不为雨季的彩虹
只为那抹永远的洁白

这是杏儿在海奇离开柳城那天夜里写给海奇的诗。海奇被搀上车的那一刻，她看到海奇往喇嘛眼这边看了几眼，似乎在寻找什么。杏儿就在楸子树后，她侧身看着海奇，但她不能过去，海奇脸上的血渍如同红色的月晕，把她屏蔽开。她知道自己一旦过去肯定会哭的，她不想在六叔、老魏，还有白乡长面前流眼泪。次日清晨，在收拾海奇物品时她把叠成千纸鹤的这首诗悄悄放入了海奇的衣兜里。

后来，这首没有标题的诗收入《杏儿心语》，彭非给加了一个标题《凝视》。

海奇掉入山洞时左腿骨折，眉角撕裂，需要住院治疗。白乡长说，咱们乡可不想出有影响的负面事件，海奇你抓紧养伤，养好伤就正式回原单位工作，驻村工作到此结束。海奇很清楚离正式结束还有三个月零七天，但白乡长这么说了，他也不能再坚持，白乡长之所以让他提前回去，自然有回去的道理。

对于海奇来说，腿骨骨折无所谓，真正担心的是眉骨处的伤，因为眉骨处皮肉撕裂，会留下很大一块伤疤，伤疤连着眉毛，等于局部毁容。

白乡长要求海奇住院的事对外要保密，但汪六叔还是悄悄告诉了杏儿，汪六叔知道杏儿对海奇好，也知道海奇伤好后不会再回柳城，如果这个消息不告诉杏儿，对杏儿未免残忍。他知道，落下埋怨是件很麻烦的事，埋怨是一笔永远无法结清的豆腐账，尤其对杏儿这样一个心地泉水般纯净的姑娘来说，一个埋怨的眼神就够自己喝一壶了。

杏儿走进病房的时候，海奇正在午睡，左腿打着石膏，右侧眉骨处用纱布包着，正午的阳光从窗子照进来，白森森的石膏格外刺眼。杏儿鼻子有些酸，柳城真是个不争气的地方，喇嘛咒罩住本村人就算了，为什么不能放过海奇？海奇还是单身，如果眉头上留下一处伤疤，会失去许多女孩子的青睐。

临床一位老者看了她一眼，微微点了点头。

杏儿买了两只木瓜，她本来想买橙子，因为橙子寓意好，但想了想，觉得橙子缺少诗意，最后挑选了木瓜，在第一眼看到木瓜时，她脑子里忽然就蹦出几句诗：

投我以木瓜，报之以琼琚。匪报也，永以为好也。

她记不住这诗的名字，只知道它出自古老的《诗经》，至于诗中的木瓜是不是这种水果，她也没有考证，总之一见到木瓜她就在心里说，非木瓜莫属了。

有电话打来，海奇睁开眼睛，发现杏儿站在床边，愣了一下，目光便受热的糖稀一样软下来，溢出满眼的甜蜜。

"海奇哥。"杏儿轻轻叫了一声。

杏儿在床边坐下来，海奇微微笑了笑："来了杏儿。"

杏儿把网兜里的两只木瓜放在床头。木瓜呈橄榄状，黄里透红，圆润饱满，像抛光后的战国红，她相信海奇能读懂木瓜的含义，因为海奇读书很多。

"怎么买木瓜了？"海奇说，"带一罐糖蒜就行了，真想吃糖蒜。"

海奇这样说，杏儿心里格外高兴，海奇喜欢吃杏儿娘腌的糖蒜，这一点杏儿是知道的，就因为海奇爱吃，杏儿才跟娘学着腌糖蒜，而且技艺大有青取之于蓝胜于蓝的势头。杏儿娘在腌糖蒜一事上看出了端倪，对丈夫说，杏儿有心思了。丈夫是木匠，说话做事丁是丁卯是卯，从来不会云山雾罩，就说，啥心思，人家是干部，杏儿是啥，农民。杏儿娘并不恼，小声说，这个时代身份不是障碍。丈夫叹了口气，都怪我这当爹的不行，杏儿要是有个好爹，也就不怕喇嘛咒罩着了。杏儿看着海奇脑门上的纱布，想伸手摸摸，却没有动，这伤的确位置不好，海奇眉宇最英俊，有希腊雕塑的特点，看上去男人味十足，这个部位受伤，会影响面部整体效果。

"你也不小心点，"杏儿说，"挺机灵一个人怎么会掉到陷阱里？"

海奇说："洞口长满杂草，像故意做好的伪装。"

"亏是干井，要是有水还了得。"杏儿说。

"洞里黑黢黢的，我掉进去的时候大脑瞬间黑屏了，好一会儿才恢复信号，但这信号全是乱码，脑子里胡思乱想，知道我想到了什么？想到了喇嘛咒，喇嘛咒里不是有一句壮丁鬼打墙吗？我研究过鬼打墙，是一种很神秘的意识模糊状态，我在洞里就是这种感觉，四面什么也看不见，周围死寂无声，连虫鸣鸟叫都没有，我想，红衣喇嘛为什么会把柳城的未来说成鬼打墙？他想给后人什么启示？我在洞里思考了许久，我发现死寂中的思考很有效果。""你伤得那么重，还在思考。"杏儿望着海奇，她喜欢海奇思考时的状态，成熟，深沉，充满磁性，"你还想到了什么？"

"想到了你，你成了大诗人，在镁光灯照耀下光芒四射，我就想，真要丑死在这洞里的话没有别人知道，知情人只有你，你一定不会向组织说我是为了寻死才上山的，我不想背一个自杀的坏名声，再说了，人生还有好多事要做，我为啥要寻短见？总之，那个时候大脑好像不属于自己，什么念头都会浮上来。"

"人是有第六感觉的，你走出村子时，好像把影子留在了我心里。"杏儿很感动海奇掉进地洞后想到自己，往床头靠了靠说，"我看你上山我的心就一直悬着，你身影从山坡进入山坳，看不见了我的心就吊起来，见你很久没回来我觉得不对，山坳里光秃秃的，没啥风景，你一个人待那么久肯定有事，我就去找六叔。"杏儿说，"通过你这次遇险我印证了一件事，那就是女人的直觉很灵，心和心有感应。"

"是你救了我，杏儿，"海奇有些沮丧地说，"可惜我没有能力报答你，还成了伤兵。""海奇哥，不管别人怎么看你，在我心目中你永远是英雄！"杏儿很激动。

海奇说："有些事，我想得过于简单了。"

杏儿看到海奇唇上竟有黑黑的胡须长出来，以前没有见到海奇有胡须，她也不喜欢男人不刮胡须，总觉得胡须很长不卫生，但今天看到海奇的胡须仿佛看到了一道风景，神秘，俏皮，优雅，她想了许多词，都不能很好地表达这种感觉，忽然就想起了一句诗："明明复夜夜，胡子即成翁。唯是真知性，不来生灭中。"

窗外阳光照进来，聚焦在临床那个老年患者脸上，老人面无血色，像床单一样白，他在假寐，腿上也打着石膏，正做牵引，看上去挺恐怖的。海奇小声说："这位大爷骨折很意外，他过去是生物老师，已经退休多年，那天在社区广场活动，小朋友踢的足球滚到脚下，他抬脚给踢回去，谁知这一脚就踢了个胫骨骨折。"老人听到后睁开眼睛，很是惭愧地说："我平生第一次踢球，结果出了洋相。"

老人做过教师，带有一种教导的口吻说："你们年轻人哪，多尝试些体育运动，别像我除了研究生物，连点其他爱好都没有，人不能在一棵树上吊死。"看来老人虽然没有后悔自己所选择的专业，但因为没能让自己的人生有宽度而感到遗憾，人大都如此，不到油枯灯灭前夕，不明白某些事理。

海奇说："老先生的话有道理，人生要有多种尝试。"

杏儿道："这也是海奇哥去柳城的原因吧。"

海奇转过脸看着杏儿，杏儿也望着他，两人对视了片刻，海奇把目光扭向天花板，说："这两天我在思考一个问题，柳城若无改变，你怎么办？"

杏儿目光垂下去，看着自己的脚尖说："变与不变，柳城都是我的家。"

"柳城会好起来的，你是旺村相。"海奇这样一说，把杏儿说笑了，有说女孩子旺夫相的，没听说还有旺村相，看来海奇是想着法子让自己高兴，她笑着说："别担心我，至少我还有鹅和诗。"

"有诗就有梦。"海奇说这段话的时候仿佛又回到了柳城，语气十分坚定，但很快，语气就软下来，目光中掠过一丝茫然，"可惜我找不到破解喇嘛咒的办法，我在楸子树下画画的时候，其实不仅在画画，更多时候在思考破咒之法，说实话我的修为不到，不但没给柳城带来富裕，而且还让每家每户背上了赈务，每每想起这些，我都有一种无颜见江东父老的感觉。"

"这不怪你，你已经尽力了。"杏儿劝慰海奇。

"对了，你的鹅好吗？"海奇说，"昨天夜里我还梦到了那五只白鹅，它们像洁白的天使在天一广场上悠闲地散步，小白对我很友好，还朝我扇动翅膀，你知道，鹅是我油画的模特，我曾经想过，如果不是出了猪瘟这个意外，我想在驻村工作结束时到县文化馆举办一次柳城五鹅油画展，把我几十幅关于鹅的油画集中展示一下，届时请你来做嘉宾，并介绍养鹅的故事，我给你起了一个名字，叫牧鹅女，正好借此宣传一下柳城，宣传一下喇嘛眼。"

杏儿没想到海奇还有过这样一个策划，要是真能实现该是多好的一个场景，那样，小白率领的鹅队就会成为网红，游客们一定会慕名而来。杏儿相信小白有担负这个荣誉的实力，因为小白形象、气质和气场都无可挑剔。杏儿想到了一个问题，她看过海奇画鹅冠山，画砾石岗，画楸子树、喇嘛眼和鹅，还画了民房、街道，就是没有画过人物，自己常常站在海奇身后看他作画，海奇除了那一张以她为模特的侧影画，再没有正面画过人物。

"五只鹅各有禀赋，"海奇接着说鹅，"小白很有责任担当，始终保持警惕，凛然不可侵犯。四只母鹅，鹅冠上有个褐色斑块那只最有母鹅范儿，与小白几乎寸步不离，对于其他三只母鹅来说有一种母仪天下的风度。脚踝上系着红皮筋的那只有很强的好奇心，喜欢东张西望，结果总是掉队。胸脯上有凹陷的那只胃口出奇地好，几乎总是吃个不停。体型相对纤细的那只很腼腆，像个少女，走路蹑手蹑脚，很少发出叫声。"

　　杏儿听得呆了，五只鹅由她精心饲养，但能如此区分她没有做到，海奇的观察与众不同，特征也抓得准，比如母仪天下的那只，其实是另外三只母鹅的妈妈，而体型像少女的那只则是晚一年孵化的，这一切海奇是不知道的。

　　海奇说完，临床那个老人主动搭腔道："鹅这种家禽不能小瞧，《禽经》说鹅鸣则蜮沉，养之围林则蛇远去，蛇你们知道就不用说了，知道蜮吗？就是水怪呀，在水里能口射毒沙，只要射到人的影子，此人轻则生疮，重则致死。所以古人多喜欢鹅就是这个道理，姑娘你养鹅是养对了，家禽里只有鹅能和鱼和平相处。"

　　杏儿第一次听说鹅还有这么大的本事，这位老人真是博学。"我要把您的话记下来，过去只听说鹅是黄鼠狼的天敌，还不知道鹅有这么大的本事，能辟邪驱蛇。"

　　海奇叹了口气道："仔细想想，我还不如小白。"

　　杏儿推了推海奇的肩膀："海奇哥，与小白相比你是天鹅，是雄鹰。"

　　海奇不再说话，从床头拿出一本书递给杏儿，说："这是我给你的，猜到你要来，就带来了。"

　　杏儿接过书，是那本《徐志摩诗选》，她知道这位才子诗人，但只读过他的《再别康桥》，其他诗还没有读过。翻开扉页，上面用钢笔字写着一首短诗，题目叫《少女与井》：

　　　　少女，将花容寄存在井里
　　　　不担心，有风打扰
　　　　渴望有个背着行囊的游子走来
　　　　摇响，打着铁箍的辘轳

　　杏儿知道这是海奇写给自己的赠语，短诗写出了海奇视野里的自己。

　　接着顺手翻到一篇，杏儿情不自禁地轻轻诵读起来：

　　　　假若我是一朵雪花
　　　　翩翩地在半空里潇洒
　　　　我一定认清我的方向

——飞扬，飞扬，飞扬

这地面上有我的方向

不去那冷漠的幽谷

不去那凄清的山麓

也不上荒街去惆怅

——飞扬，飞扬，飞扬

——你看，我有我的方向

在半空里娟娟地飞舞

认明了那清幽的住处

等着她来花园里探望

——飞扬，飞扬，飞扬

——啊，她身上有朱砂梅的清香

那时我凭借我的身轻

盈盈地，粘住了她的衣襟

贴近她柔波似的心胸

——消融，消融，消融

——融入了她柔波似的心胸

　　真是一首好诗！杏儿合上诗集，把诗集贴紧胸口，闭上眼睛享受刚才诗中的意境。

　　"杏儿，不管我在不在柳城，我都像粘在你衣襟上的雪花，慢慢地消融。"海奇也被刚才的诵读感动了，脸色变得十分红润，"将来，你写诗，我画画，我们合作一本诗画集。"

　　"谢谢你，海奇哥。"

　　"回去吧，杏儿，好好照顾那些鹅，保持她们的洁白、干净。"海奇不想让杏儿坐得太久，从县城回柳城还有很远的路。

　　杏儿向海奇告别，也和临床的老人挥了挥手，老人对海奇说："你好福气，小伙子。"

　　杏儿感到心里一阵奔马腾跃，赶紧带上门走了。在走廊里她停下脚步，捧着《徐志摩诗选》轻轻地吻了一下。

二十二

——

退缩的代价

隐匿往往是猜测的缘起，消失则代表所有的退却。

两周后杏儿再次去医院，海奇出院了。

伤筋动骨一百天，上次来医院时海奇说要住很长时间，怎么才一个月就出院了呢？

杏儿给海奇打过几次电话，电话关机，第六感觉告诉她，海奇开始躲着她。

杏儿到海奇的工作单位农业局打听，农业局的人说海奇调走了，好像去了卫生局。杏儿去卫生局，人家说海奇根本就没来报道，据说辞职了。

海奇为什么要隐匿起来，杏儿想不明白，没听说海奇有下海经商的想法，海奇除了画画也没有其他爱好，难道说因为驻村工作没有达到预期目的，海奇就转不过弯将柳城屏蔽在外？

回到柳城，杏儿心里像窝着一团麻，杏儿娘看出来女儿有心事，劝她说，人生随缘，有缘自会相遇，无缘擦肩而过，遇事要想开，别在心里系疙瘩。

杏儿从来没有对娘隐瞒过自己喜欢海奇，她告诉娘，喜欢海奇是一码事，和海奇谈婚论嫁是另一码事，自己从来没想过要嫁给海奇，海奇也不会喜欢一个初中毕业的农村姑娘，自己只是把海奇当兄长看待，去看海奇也是觉得柳城亏待了海奇。

杏儿娘说："我也替海奇难过，多好的小伙子，热情，有才，心地又善良。"

"其实，我是担心海奇放不下，他太要强，伤没痊愈就出院，说明他太顾及面子。"杏儿说。杏儿娘很肯定地道："海奇一定另谋高就去了，估计在没有足够的自尊前，他不会回来。"

"真会是这样？"杏儿有些不相信。

"海奇雄心勃勃来柳城，却没有实现自己的目的，这对他来说是个不小的挫折。"

"其实，男人的自尊很多时候是自我折磨。"杏儿实话实说。

"不要再去联系他了，听娘的话，如果他好了，一定会来找你；如果他不好，也许你们就一生无缘了。"

杏儿点点头，娘的话在理。

海奇走后杏儿依旧到井台放鹅。小白率领四只白鹅在广场上雄赳赳地走过时，她就会想起海奇，海奇每天早晨都来小广场跑步。晨曦中海奇穿一套白色运动服，精神抖擞，步伐矫健，围着小广场跑圈。杏儿想，柳城的年轻人要是能坚持跑步就好了，海奇算得上是柳城跑步第一人了，在此之前，村里没有谁晨跑，海奇开始跑步后，就有几个年轻人也来跑了，是汪正、六子、柳信佳和李贵四个年轻人。汪正头发自来卷，眼睛有些凹陷，长得很洋气，他贷款买了一台小型挖掘机，在柳城算是生活富裕的。汪正来跑步时对杏儿说，天天开挖掘机身体都走形了，跟着海奇跑跑步，是很好的锻炼。六子是个喜欢钻研的青年，他爹当过村主任，在村民看来六子也算是干部子弟，六子爹喜欢种柳城香瓜，过世后六子接手了这门技术，并立志要当辽西瓜王。六子种瓜之前，村里多年没人种瓜了，虽然柳城香瓜是地地道道的辽西品牌，瓜脆而甜，易储存，但因为产量低，人工成本高，种瓜效益并不好，六子不服气，一门心思研究柳城香瓜的改良。杏儿很佩服六子这股劲头，每次柳城香瓜上市，她都到六子的瓜田买瓜，目的就是支持六子。六子给杏儿发过一次微信，问杏儿将来要选择一个什么样的男朋友，杏儿回短信说还没有准备好，三年之内不考虑。六子很识趣，便没有再发此类微信。柳信佳生在皮影世家，他本人从小就会刻驴皮影，也会掐嗓唱上几段，柳信佳托媒人来杏儿家提过亲，没成，但柳信佳不死心，总是站在自家门口远远地看着井台上放鹅的杏儿。李贵是李青堂兄，二十二岁，平日喜欢看很潮的书，说话常常夹杂"引力波""量子纠缠"等最时髦的词，他有个自己的论断，说互联网时代没有偏僻不偏僻之别，网络可以消弭几乎所有的差距。李青说这个堂兄天生架子大，长得乌烟瘴气，也不知道有啥可骄傲的，要是生在王侯之家也就罢了，偏偏生在柳城，高不成低不就却整天像个领导似的，真是愁人！汪正、六子、柳信佳和李贵本来没有量子纠缠，但因为杏儿的存在，他们相互之间生出一股比劲，都想在杏儿面前呈现最美丽的羽毛、最矫健的跑姿，所以一跑俱跑，海奇身后便出现了一个小阵型，四个人一路纵队转圈跑步，跑过井台时每个人都会向杏儿做出个剪刀形手势，好像杏儿是他们的裁判一样。五个小伙子在广场上跑步，无意中影响了五只白鹅，人和动物有相互趋同性，杏儿发现，或许受海奇跑步的影响，每天清早那五只白鹅也喜欢排成一路纵队，围着广场转圈，走过井台时小白也会呱呱叫上两声。

　　跟着海奇跑步的四个小伙子在猪瘟出现后，便不约而同地退缩了，村里出现一些传言，说这一切都是动了喇嘛台的缘故，喇嘛台是坍塌的喇嘛庙，庙虽塌，威力在，大鬼小鬼都镇压在瓦砾下，海奇一动土，牛鬼蛇神就解放了，要不这猪瘟哪里来的？人怕夸，话怕传，三人成虎一点不假，一个晚上工夫，海奇成了给魔鬼打开枷锁的罪人，村里所有的意外突然间找到了根据，村民看海奇的目光发生了变化，狐疑、怨恨、不解、怜悯相交织，令海奇如芒在背。传言出自哪里没人知道，杏儿猜测或许与柳德林有关，柳德林骨子里极迷信，当年他家里加工熏鸡时，一直供着昴日星官——一只人样的大公鸡，据说是为了赎罪。后来，柳德林不再熏鸡，一心扑在打麻将上，家里的昴日星官也就不供了，换成了韩信爷。在杏儿看来，这些传言都是无稽之谈，但村民不这么认为，汪正、六子、柳信佳先后停止了跑步，有着领导做派的李贵又坚持了几日，见大家都不来，也跟着放弃了。

　　杏儿明白，这几个人原本也不是为了健身而跑。她私下对李青说，我差点被这几个大男孩给感动了，谁料想他们跑个步都能半途而废。李青道，他们不外出打工原因虽然很多，但肯定有一条，都以为自己在你这里有机会。杏儿摇摇头："三岁看大七岁看老，直觉已经告诉了我一切。"

　　杏儿回家对娘说她要买一双运动鞋，跑步。

　　杏儿娘问："怎么想起跑步来了？"

　　杏儿说："心里想跑。"

　　杏儿娘沉默了，杏儿娘心情很复杂，她为女儿的痴情担心，但她还是给杏儿买了一双白色运动鞋。

杏儿开始跑步，心情随之好起来，跑步是能获得快乐的运动，人在跑步时是不能胡思乱想的，像那些马拉松运动员，奔跑时肯定心无旁骛，一心只是跑。记得看过一部美国电影，表现一个奔跑的小伙子，这个越战后退役的小伙子奔跑没有目的，就是为了跑而跑，但他的确从奔跑中获得了快乐。杏儿觉得海奇这个小广场建对了，听娘说过去生产队有打谷场，那是社员们最开心的地方，男女社员打情骂俏，小孩子们在谷垛里藏猫猫，公社放映队来村里，露天电影就在打谷场放映，银幕反正面都能看，现在打谷场没有了，这个小广场本应该变成村民消遣的乐园，但因为那个放出许多小鬼的传说，村民不愿意来，倒是鸡鸭鹅狗没有顾虑，常常光顾这生出了许多蒿草的天一广场。

杏儿跑步累了，会靠着楸子树歇一会儿，她在楸子树下远眺鹅冠山，会想到海奇掉进去的那个洞，她很想去那个洞看看，看看里面有些什么东西，看看是哪一块石头割伤了海奇的眉骨，每次想到海奇眉骨处的伤口，她便猜想海奇之所以不辞而别，会不会是这个伤口的原因呢？海奇是个爱美的小伙子，一般人在乡下不会穿白衣服，因为尘土大，洗不起，但海奇一直穿白色的衣服，连运动鞋也是白色的，白色成了海奇的符号。

汪六叔来井台挑水，看到杏儿的五只白鹅在石槽边梳洗羽毛，就说："这鹅好干净。"

杏儿说："鹅比人还爱干净。"

汪六叔说："像德成家的，叫男人头疼。"

杏儿说："那倒是，不过德成婶家里家外活儿多，哪个女人也不是天生爱埋汰。"

"有机会还是出去吧，"汪六叔劝她，"柳城土薄，养不起你这枝牡丹花。"

"谢谢六叔关心，"杏儿说，"我不是牡丹花，充其量算棵苦菜花。"

汪六叔叹了口气："是呀，生在这旮旯，怨天尤人也没用，俗话说子不嫌娘亲丑，人不嫌家乡穷，咱都得好好待见这个穷村子。"

"海奇也这么说过。"杏儿道。

"也真难为海奇了，"谈到海奇汪六叔很是惋惜，"咱村就像一盘不争气的倭瓜秧，只开谎花不结纽。"

"六叔你说海奇会调到哪里去？"杏儿问。

汪六叔道："傻孩子，海奇是躲着柳城这你还看不出来？他的心被伤透了，就说那条黄狗吧，他对那只黄狗感情深着呢，我看他给大黄梳理毛发，大黄像个孩子一样蜷在他怀里，大黄被打死那天晚上不是去你家吃饭吗？回来海奇没回宿舍，独自去了埋葬大黄的地方，在那个土包前坐到半夜，我担心出事就去把他拉回来了，海奇一夜没睡，第二天我见他两眼是红肿的。"

杏儿埋怨道："都怪姜大爷，那天喝了酒。"

"姜老大第二天下午就来我家道歉了，说自己喝多了，说了什么、做了什么一概记不住，还说想去抱只小狗给海奇赔罪，叫我给骂走了，他这一套我太熟悉了，就没让他再去烦海奇。"汪六叔临走时又缀了一句，"记住杏儿，再别找海奇了，给他留点面子。"海奇是个极自尊的人，这一点从他的油画里能看出来，海奇的油画充满一种浓烈明艳的色彩，从来不见晦暗，哪怕是画村民灰砖老宅子，他也会用阳光把画面的明亮体现出来，杏儿知道，这是一种自尊的创作心态，就像自己写诗，从来不悲悲戚戚，即便是朦胧的东西也要写得清爽。

杏儿又试着拨打海奇的电话，这回电话通了，但没人接听。杏儿还想继续拨，想想又放下了。过了一会儿，手机"滴"地响了一声来了条短信。杏儿打开来看：杏儿，最近心如乱麻，原谅我的不辞而别，原谅我没和你联系。我需要一些时间，当我觉得时机成熟时，我会联系你。

杏儿没有再去找海奇，想海奇的时候她就写诗，她那个粉色塑料皮的日记本已经写满，每次翻开，她就觉得海奇隐身在这一道道格子里，正微笑着注视她。

汪正知道柳信佳提亲不成，委托汪六叔保媒。汪六叔本不想来，但汪王是他侄子，侄子的事叔叔不好袖手旁观，汪六叔说去提亲可以，但十有八九会像柳信佳那样碰钉子，杏儿想找一个能读懂诗的，你会背几首诗？汪正说我哪里会背诗，但杏儿看见我的时候总是笑，笑得很甜。汪六叔说杏儿见到村里男女老少都会笑。汪正说叔你就去试试吧，不成我也不怪你。

汪六叔来到杏儿家。杏儿爹不表态，说这件事由杏儿自己拿主意。杏儿娘说汪正不错，但汪正在猪瘟之后不再跑步，杏儿对他有了看法，没想到汪正是第一个跑步打退堂鼓的人。杏儿从书屋过来，并没有提跑步的事，只是淡淡地问："汪正读诗吗？我俩要是在一起，说什么？"

汪六叔回去把杏儿的回话告诉了汪正，汪正沉默了，汪正是个能看开亨理的小伙子，身上有辽西汉子的豁达，他说："杏儿除非不在柳城找对象，若是找，我肯定是首选。"第二天他专门去了一趟县城新华书店，买了唐诗宋词和一摞新诗选，回来对汪六叔说："我要背几首诗，至少将来可以教育下一代。"汪六叔把汪正的表现告诉了杏儿，杏儿说："六叔，请你转告汪正，虽然我们不能恋爱，但就凭他买书这件事，我为他点赞！"

　　李贵托李青探杏儿口风，李青说你还是死了心吧，跑个步都不能坚持，还能做什么？李贵不服气，说我是善于动脑的人，跑步只是简单的肢体运动而已。李青说你到天一广场晨跑吧，说不定会得到杏儿夸奖。李贵想了想，那样我不是很没面子。李青说想求婚又想顾忌面子，你就留着面子打光棍吧。

　　四个人都被杏儿拒绝，却没有一个人埋怨杏儿，柳信佳在杏儿生日那天，冒着初冬的寒冷请来凌源的皮影戏班在天一广场演了一场《凤还巢》。演出那天，来看皮影戏的人并不多，除了一些裹着皮大衣的老年人外，年轻人只有杏儿一个，杏儿一直坚持到皮影戏唱完，戏班子收场时杏儿过去向他们道谢，说你们是冬天到天一广场演出的第一家戏班，谢谢你们。杏儿说话的时候，柳信佳就站在一旁，对杏儿说："杏儿，有你这句话就够了，说明我的心没白费！"

二十三

——

换届前夕

一张空置三百年的旧饭桌，忽然间摆上了美味佳肴，引起食客关注再自然不过。

三年一届的村委会换届开始了，原本书记主任一肩挑的汪六叔提出辞去主任职务，汪六叔的想法很朴实，过去一穷二白，村主任没人愿意干，现在不一样了，村里有了经济实力，自己一个人再坐两把椅子，就会有人眼热。再说，村里工作多，整日忙得不可开交，汪六叔明显感到精力不济，柳城总要后继有人，现在不培养，到退下来时就会抓瞎。陈放觉得汪六叔的想法有道理，人无远虑必有近忧，是应该培养个年轻村主任。陈放向乡党委做了汇报，乡党委同意在换届中实现村委会的新老交替。

汪六叔不兼任村委会主任的消息一出来，古老的柳城就有些暗流涌动。最先提出要参选的是六子。六子脑瓜活泛这是公认的，但他的活泛没成就，多表现在嘴上，六子口才好，这一点连杏儿都不得不佩服。六子的柳城香瓜没火起来，烧制的瓷瓜却在鹅冠山和盲肠客栈受到游客追捧，但这并没有改变大家对六子的看法，瓷瓜毕竟是玩具，无非糊弄孩子的小把戏，一个摆弄瓜的年轻人当村主任行吗？六子真名叫柳枝，人们叫来叫去就叫成了六子，倒把他真名给忽略了。六子找汪六叔说了自己的想法，说自己不为权，就是想试试，自己关于柳城未来发展有许多点子，不当主任就没机会实现。汪六叔说这事他做不了主，换届由换届工作领导小组管，小组组长是陈放。六子就来找陈放，六子不怯场，再大的干部他也敢说话。他来见陈放时，陈放正和彭非、李东一起研究运动服加工厂的规划问题，没注意六子已经站在门口，六子说："陈书记能接见我一会儿吗？"陈放抬头见是六子，就笑着说："什么接见不接见的，你又不是外宾，快进来坐吧。"彭非李东知道六子找书记有事，就打了个招呼离开了。

"什么事？说吧。"陈放对六子印象不好不坏，六子种香瓜没得济，烧瓷瓜却不赖，这让陈放感到很滑稽，他和六子谈过，希望他做大柳城香瓜种植，做出个国家地理标志产品来，六子也很努力，只可惜不见效果。

"我想参选村委会主任。"

陈放说："好哇，说说你为啥要参选。"

六子说："我想改变别人对我的看法，很多人说我只会耍嘴皮子，空谈，其实，我最了解自己，只要给我一杆枪，冲锋陷阵不会犹豫。"六子说话语速很快，"在柳城的年轻人里除了杏儿，我不服任何人，我想如果我当了村主任，会把驻村工作队抓起来的项目好好办下去。"

六子参选动机不错，至少前提合乎要求，陈放表示："换届领导小组欢迎每一个具备资格的村民参选，所有登记在册的村民都有这个权利，但必须明确一条：不得拉票贿选，不许搞非法违规活动，一旦发现有这些问题，取消参选资格不说，还要追究责任。"

六子保持着立正姿势，连连点头说："您放心陈书记，丢人的事六子不做。"

六子没有做非法违规的事，他知道该去找谁。

他来到柳奎家，本来想去买两瓶烧刀子，想想陈书记的话，便打消了这个念头。六子很清楚在柳城选主任，如果柳奎反对，几乎没有胜算，倒不是柳奎干预，而是很多村民出于信任，投票前会来问柳奎态度，柳奎的威望足以左右柳城选举。六子每年香瓜上市时，会给柳奎送一筐香瓜来，六子说您老和我爹是前后任，我爹不在了，您老就是我爹，刚摘的香瓜不孝敬您孝敬谁？柳奎认为六子仁义，办事不差礼数，柳奎对六子高看一眼还因为六子是重瞳，柳奎认为重瞳能穿透鬼打墙，是能做大事的人，为此，他几年前就向汪六叔推荐了六子，正是柳奎的介绍，六子才与杏儿一批入了党。

六子说明来意后，老人问："陈书记啥意思？"六子说了陈书记的态度，柳奎道："中，你够格。"六子说："这件事该怎么做？"柳奎道："你别到处勾连了，我来找几个有头有脸的说说。"六子连连称是，说陈书记嘱咐自己不能搞拉票贿选，自己要老老实实待着。柳奎道："你回去等着吧，会有人三顾茅庐。"六子有点惊诧，怎么会有人上门请自己？"有些事，要学会抬高身价。"柳奎接着说。六子明白了，老人家派人上门请，这是一步妙招。

柳城所谓有头有脸的当属四大立棍，四大立棍虽然不再赌博，有了自己的营生，但是，像村主任选举这样的事还是有话语权的。柳奎把柳德林叫到家里，问他怎么想换届这件事。柳德林说自己年纪大了，全力以赴操持柳家大院，对参选没兴趣。柳奎就问他谁当主任好。柳德林说没谁行，村主任不能矬子里拔将军，还是六叔兼任好。柳奎就问六子怎样，柳德林摇摇头，六子连自家瓜地都没侍弄出个样子，怎么能经营好全村。柳奎说，有些人你不给他机会，不会知道他本事有多大，依老朽的经验，六子是块好材料。

柳德林聪明，一听就知道是六子做通了老爷子的工作，便卖了个顺水人情："您老发话，德林听您的。"

柳奎说："你方便的话做做大伙的工作。"

柳德林半开玩笑道："六子给您老多少香瓜，您这么替他说话？"

"你错了德林，我是看六子真能行才帮他，他来找过我，连一包果子都没拎。"

"我明白了，就照您老吩咐办。"柳德林拍拍屁股走了。

柳传海来到柳奎家时，发现老人眼睛格外有神，好像打了吗啡一样，他问："老爷子有啥兴奋事，两眼这么放光！"柳奎说："我发现了一个人才，想动员他参加村里换届选举。"柳传海很惊讶，他知道汪六叔不想一肩挑，也想过主任的人选，但没想到已经退出柳城政坛几十年的柳老爷子还关心换届的事，便好奇地问："哪一个人才？"柳奎说："六子，种瓜的六子。"柳传海扑哧一声笑了，道："啥人才，只怕是纸上谈兵的人才吧，六子是没装药的拉炮，也就崩出个瓷瓜来。"柳奎道："传海呀，当干部最怕没点子，有点子才是好领导。"柳传海止住笑，老人家说得有道理，当领导就该有点子、有主意，陈书记要是没有点子，柳城哪来这么多项目？领导和群众的区别就在点子上。柳传海想，六子没有劣迹，不赌不嫖，唯一让人议论的就是好说，但能说会道对于当干部来说并不是缺点，人的长处短处全在身份转换上，六子要是当上了村主任，好说就变成了有口才了。

柳奎直接说出了用意："传海，我今天请你来，是想请你出面去动员六子，让他出来参选。"

"为啥让我去？汪六叔去不是更好吗？"柳传海很不解。

柳奎嘴角一撇："他去的话别的参选人会有想法。"

"要去也该德林去，他是我们哥四个的老大。"柳传海还是想不通。

"让你去是有道理的，一来你当过村里的调解委员，说话有分量，二来你还是四色谷合作社的领导，代表村办企业，你去做工作比较合适。"

柳传海暗自佩服老爷子，离开柳城政坛这么久，还有如此强烈的角色意识，这是多么不容易的事！八十多岁的年纪，对于一般人来说早就在鬼打墙里躲猫猫了，可这老爷子不甘寂寞，第一个加入种植社，第一个站出来支持治赌，柳城定盘星的角色名副其实。"听您老的，我这就去找六子，"柳传海说，"他要是不愿意干，我就薅他脖领来见您。"

柳奎道："你会说服他，鼓捣了那么多年奇门遁甲，该有点用处了。"

柳传海有些不好意思："啥奇门遁甲，我现在配合李奇一门心思抓四色谷，没闲工夫琢磨那些东西了。"

柳传海去找六子，巧遇杏儿从盲肠客栈回农家书屋，便拦住杏儿问："杏儿你告诉叔，六子这人咋样？"杏儿被这没头没脑的一问给问愣住了，道："挺好哇，传海叔想给六子保媒？"

柳传海说："不是，有件更重要的事想让六子做。"

杏儿道："六子人不坏，也不笨。"

有了杏儿的评价，柳传海心里有了底，便径直登门找六子。柳传海一点不磨叽，一进门就开门见山："你小子要交好运了，六子。"

六子正在做瓷瓜坯子，抬头问："传海叔来了，请坐吧，我有啥好运？"

"老爷子让我来告诉你，村里换届，他要你参加村主任选举，"柳传海道，"你抓紧准备，好去村里报名登记。"

六子暗自佩服老爷子的办事智慧，便故意说："传海叔你看我行吗？我就会种香瓜烧瓷瓜。"

"老爷子还能看走眼？"柳传海说，"你答应还是不答应，回个话。"

"传海叔，您是长辈，您屈尊来转达老爷子的意思，我六子敢不服从吗？就是担心选不上，光腚推磨——砢碜一圈。"

"这就不用你操心了，老爷子会做安排，不过你这些日子别张牙舞爪的，那张破嘴勒着点。"柳传海说完背着手走了，走出院门时还哼起来京剧，"我正在城楼观山景，耳听得城外乱纷纷……"

柳奎找到李奇时，李奇没有像前两位那么痛快地答应。

为什么是六子？李奇想，这个村主任的合适人选是杏儿和李青，而杏儿是个文静低调的姑娘，不喜欢抛头露面，那么这个最佳人选只能是李青。

李奇说："不是我驳您老的面子，我觉得六子和李青比起来差远了，孔夫子说过，内举不避亲，我要替自己的女儿说句话，论本事，李青当主任最合适。"

李奇说完，柳奎说："李奇你真是白活了，连自己女儿都不了解，李青志向远大，绝不会做柳城这样的村干部，不信你回去问问，若是李青愿意干，我老头子第一个投她票！"

李奇当即就给李青打电话，说了竞选村主任的事。李青在电话里说："爹呀，女儿虽然身在柳城，但心还在城里，女儿想成为一棵玉兰，不想做一棵萱草，欲为大树，不与草争。"李奇放下电话问："您老是怎么看出李青不想干的？"

柳奎捏着下巴道："李青和杏儿虽说都在为村里做事，但我觉得她俩总会有化蛹为蝶那一天，若是陈书记破除了喇嘛咒，天晓得她俩飞走多远。"老人松开捏着下巴的手，话归正题，"而六子就不同了，六子祖祖辈辈种柳城香瓜，离开柳城能到哪儿去种？六子和我外甥一样，活着是柳城人，死了是东老茔鬼，这是命数。"

李奇觉得人一老，想问题就有点神，心想，六子就六子吧，反正总得有人干，但他提出一个问题，如果陈书记有人选，他会按照陈书记意见办，陈书记在柳城没私利，人不能不讲良心。

柳奎道："那当然，我老头子毕竟当过大队干部，原则还是懂的，我问过六子，是陈书记同意他参选的，我也估摸过，除了六子真找不出其他人选来。"

李奇说："只要陈书记同意我就没话说了。"

李奇回来和李青说起此事，李青说六子还可以，但柳城未来需要一个会经营懂管理的村主任，这方面六子不是强项，六子比汪正差一点，汪正、六子、柳信佳和李贵这四人，汪正是最有经济头脑的，家里条件也好，如果汪正出来竞选，估计会压过六子。

李奇叹了口气："要是李贵争气，可以出来试试嘛。"

李青说："算了，别让李贵添乱了，李贵除了架子大，其他什么都不大，小鼻子小眼，看着没劲。"说完李贵，李青忽然想起了什么，"这件事我和杏儿商量一下，看看杏儿同意哪个。"

李青来找杏儿，她觉得柳城搞了这么多项目，如果没有一个合适的人来接续，就有前功尽弃的可能。

杏儿在井台边放鹅。无论多忙，杏儿每天都会把五只白鹅领到这里，让鹅在石槽里洗洗羽毛，让白鹅保持洁白、干净是海奇的嘱托。蛤蜊河打出机井后，打井队给喇嘛眼也安了水泵，合上电闸，水管就汩汩往外流水，这样石槽里的水更能保持常满长清。

李青问杏儿换届的事怎么想。杏儿说："选村主任不是选男朋友，关键看有没有为村民出力的意识，私心太重不行，言过其实不行，官威十足也不行，去了这三点，汪正是个人选。"

兴奋的李青和杏儿击掌相庆，道："真是英雄所见略同，我也认为汪正行。"

两人手拉手去向陈书记推荐汪正。

二十四

——

砖坯之用

　　汪六叔给汪正打电话，说了希望他参加换届选举的事。没想到汪正一口回绝，理由很简单，有杏儿在，别人掺和就是胡闹。

　　李青对杏儿说，汪正挺公道的，按理说他求婚遭拒，该记恨你才对，没想到他还这么夸你。杏儿说，汪正、六子、柳信佳和李贵都不坏，包括老雷家没主意的那个小秋，我常想呀，柳城是穷，可是在这里做女人安全，在柳城从没听说有男人打老婆的事，换个地方行吗？李青说，就凭汪正这觉悟，当选村主任八九不离十。

　　陈放决定找汪正聊聊。

　　汪正在院子里擦洗自家挖掘机，见陈书记来访，急忙洗了手让到屋里。汪正说："陈书记，我们全家都感谢您，要不是您给柳城引进这么多项目，我家这台挖掘机可养不起。"

　　整整一个夏天汪正的挖掘机都在满负荷运转，收入自然不会少，对此，村民也都看在眼里。汪正家中的陈设让陈放心生好感，正屋电视机旁立着一个崭新的两节书柜，里面摆着不少书，他走过去看了看，有四大名著和唐诗宋词，还有不少外国文学作品，他没想到在一个农村青年的书柜里竟然摆着《霍乱时期的爱情》。陈放不知道汪正喜爱书，也不知道他向杏儿求过婚的事，他对这个小伙子有一种朴素的印象：勤劳、有公益心。陈放在汪正身上寄托了一个小想法没有和别人说，那就是希望汪正能开一个迎娶外村姑娘的先河。据他了解，柳城已经很多年没有外村姑娘嫁过来了，陈放觉得汪正能改变这个局面，因为汪正自身形象、家庭条件都不差。

"听说你推荐杏儿参选村主任？"陈放问。

"六叔找过我了，我觉得柳城年轻人没有谁能比过杏儿。"汪正有点紧张。

陈放说："杏儿当然不错，可是杏儿没有这个意愿，强扭的瓜不甜，我们不能逼着杏儿参选哪。"

"反正我觉得杏儿能行，一定会高票当选，杏儿是柳城的穆桂英。"

陈放道："你可别这么说，穆桂英出征是因为家里的成年男人大都战死沙场，柳城不是这样，柳城的男人是被鬼打墙挡住了，一旦冲破这道魔障个个都是好样的，你、六子、柳信佳，还有李贵，你们跟着海奇跑步时在村里挺威风嘛！杏儿说过，都是帅小伙。"

汪正脸红了："我们四个都没坚持住，让杏儿笑话了，这也没办法，当时村里有一种说法挺吓人。"

陈放说："吓唬人的事在柳城并不罕见，关键是怎样才能不被吓住，喇嘛咒怎么就破不了？问题是想不想去破，对于柳城来说，一家富破不了喇嘛咒，全村富才能冲出鬼打墙，就看有没有志气！"

"陈书记是想让我长点志气？"汪正很聪明，知道陈书记为何而来。

"老话说，是骡子是马牵出来遛遛。"陈放直视汪正，看他如何反应。

"如果杏儿让我做我就做。"汪正的回答出乎陈放意料，真是一个傻小伙，这个时候还想着杏儿的态度。

陈放离开汪正家，在喇嘛眼看到了在树下读书的杏儿，对杏儿说了汪正的态度，杏儿笑了笑，说："我给他发条微信。"

与汪正扭扭捏捏的态度相比，姜老大的态度简直就是志在必得。

谁也没想到姜老大会冒出来参加选举，姜老大已经五十有五，这个年纪在辽西农村已经不算年轻了，但姜老大在筹建玛瑙工艺品厂中找到了成就感，他觉得自己是块料。

姜老大的自信来自他筹建的玛瑙厂。

柳城周边一些村都出产玛瑙，玛瑙工艺品卖得挺火，半年前姜老大找到陈放，说我们能不能搞个玛瑙加工厂，到其他村买些原石回来加工出售。陈放觉得这个主意不错，鹅冠山的确需要配套一个旅游纪念品加工厂，辽西玛瑙出名，搞玛瑙加工也算得天独厚，便问他怎么打算。姜老大眼珠一转，说咱们没钱没人，但可以用盲肠客栈的名义招商，互联网时代你的我的都是大家的，这就叫共享。姜老大脑子活，善于接受新鲜事物，毛遂自荐来创办玛瑙厂。陈放问他为什么想出来做事，姜老大挠挠头说，柳城四大立棍，三个有事干，就我一个闲着，我差啥？陈放笑了，姜老大不服输，这是赌徒的最大特征。陈放找来汪六叔、彭非和李东一起商议玛瑙厂的事，大家都觉得好，旅游基地建成了，旅游纪念品一定不能缺，玛瑙是最好的选项。会议做了决定，玛瑙工艺品厂的性质属于村集体，厂房就利用旅游景区配套的闲置房间，聘任姜老大做经理，抓紧谋划建厂。陈放让李东去找杏儿，请她考虑一下以盲肠客栈名义招商的事。玛瑙厂总的原则是以店铺招商形式来解决设备和人才问题，统一宣传推介和销售结算，销售获利后按照协议分成。李东去找杏儿，杏儿问："怎么不去找李青？"李东说："你和李青说吧，我不好意思去找她。"杏儿说："办企业招商李青是行家，你不去找她找谁呀？再说招商也是对李青的八万粉丝，找我我只能给你写几首诗。"

　　杏儿的话在理，李东只好去找李青。李青在四色谷合作社正忙，办公室的门虚掩着，没注意到李东推门进来，李东站在门口停顿了一会儿才轻轻咳了一声。李青抬起头，"啊呀，李东你啥时候来的，也不说一声，我这头发好乱。"李东看了看李青的头发，一头秀发自然下垂，少有的漆黑。李东说是陈书记让他来的，其实他不想给李青添麻烦。李青说："人的价值就在解决麻烦中体现，没用之人谁也不会找，所以你来找我很高兴，至少我对你还有利用价值。"李东急忙纠正李青："打住打住打住，什么叫利用价值，话可不能这么说。"利用价值这个说法太刺耳，也戳中了李东的要害，让李东忽然间失去了平衡。"好，我打住，不过被利用未必就不幸福，有时候明明知道你在利用我，但我还是愿意做，这就是很奇怪的感觉了。"李青让座、倒水，然后给李东递过一份统计报表，"看看今年业绩，我没给你这个伯乐丢脸吧？"李东接过报表，这是一份非常规范的企业统计，上面的数字让他吃了一惊，李青的能力果然不容小觑。李青说与秀秀公司合作非常愉快，秀秀公司像一列高铁，一下子把四色谷合作社从原始社会拉进了信息时代，中间省去了漫长的进化过程。"早上刚好有一件好事，刘总打来电话说推荐我到北大一个培训班进修，还给文凭，你知道我是初中生啊，能进北大是做梦都不敢想的事。"李青说，"我得到这个喜讯后你就来了，正好分享我的喜悦。"李东说："看来这个刘总挺靠谱，要是杏儿也有这样的机会就好了，杏儿也需要一个平台。"

"刘总对杏儿评价很高，会想着她的。"李青眼中含蜜，"刘总说了，下一步鹅冠山杏仁加工销售秀秀公司也想做，这个资源好，开发铁听包装杏仁粥，配上杏儿写的诗，肯定畅销。"李青说起秀秀公司显得很兴奋，让李东觉得秀秀公司派李青去培训太对了，企业做大做强，管理层不提高素质肯定不行，他只是为杏儿感到遗憾，如果杏儿有培训的机会，说不准就会有个人生的飞跃。

听了李东的介绍，李青表示赞同建玛瑙厂，也答应帮助策划，她说："我是看在你面子上才答应做这件事，你欠我一个人情。"李东说："等你去北大培训时我给你饯行吧，再叫上杏儿。"李青扮了个鬼脸，"不仅饯行，还要请我和杏儿到银碧辉煌唱歌。"李东摇摇头："那地方我不敢去。"李青用狡黠的目光审视李东，似乎觉得这话里有话，李东也觉得刚才自己这话不中听，脸红得像国光苹果。李青说："我就是说说而已，知道你们有纪律。"她停顿了一下很严肃地说："我答应帮村里搞玛瑙厂策划，但玛瑙厂不能由姜老大一个人说了算，应该有制衡，姜老大这个人赌徒脾性，给他一道缝能豁出一条沟。"后来，李青这个建议由李东汇报给陈放，陈放就在姜老大上面安排了一个董事长，董事长是汪六叔。

李东离开李青办公室后没有回村委会，而是鬼使神差来到了喇嘛眼，他估计杏儿很可能在这里。果然，井台边长椅上，杏儿正在看白鹅戏水。见到李东，杏儿问："怎么愁眉苦脸的，遭冷遇了？"

李东说了李青答应帮忙的事。然后又说了李青要去北大进修的事。他说："我觉得你要是有这样进修的机会就好了，这对你写诗有好处。"

"我没想过进修，但有时会想诗集出版的事，彭非一直在跑，也难为他了，现在名家出诗集都不易，何况我一个乡下女孩。"

李东也问过熟悉出版业务的朋友，出诗集出版社不赚钱，要想快只能自费出版，但即使自费出版出版社也不愿意，因为挤占出版资源。

杏儿和李东谈起一件事，刘秀最近好像遇到了点麻烦，当老师的女友要和他分手，什么原因不清楚，刘秀也不说，秀秀公司的人都说刘总挺郁闷，那么瘦的人竟然开始吃素，每天米饭就糖蒜，像个苦行僧，再这么下去人就成木乃伊了。

李东却觉得刘秀与女友分手符合逻辑，因为两人同心却不同向，迟早会出现矛盾。再说那个女友如果对他爱得深切，当初就会随他去南方工作，怎么还会回辽西？看来刘秀很可能是剃头挑子一头热。

姜老大筹办玛瑙厂很顺利，招商也不错，厂子有了一定效益，这让他在村里走路开始背手横膀子，柳德林就说，姜老大由庄家变东家，这根棍儿是立成了。因为玛瑙厂是集体企业，姜老大就有机会列席村干部会议，对村里的决策看出了门道，这次换届，当汪六叔不再兼任主任后，他便想来坐坐村主任的交椅。

六子、汪正、李贵和姜老大成了正式候选人。

陈放感到了问题的复杂，六子身后是柳奎，柳奎的影响力不容小觑。汪正是动员来的，没有什么问题。至于李贵，给人的感觉是有一搭无一搭，李贵背着手在村委会门前的公示栏里看了看，当即报名参选，他慢条斯理地对汪六叔说："柳城振兴，匹夫有责，我李贵不能总当隐士，到了出山之时了。"汪六叔被他说笑了，李贵却一脸严肃，道："敢不敢参选是一回事，能不能选上是另一回事，反正我算正式报名了，我要给李青妹妹一个惊喜。"李青总是奚落李贵，说他想事做事不着边际。四个人当中问题大的是姜老大，村民对他当候选人有争议，他毕竟是当年出了名的赌鬼，一个赌鬼当主任，柳城面子往哪里搁？柳奎对汪六叔说，就是找个傻子当主任也不能让姜老大当啊！姜老大鬼头蛤蟆眼，哪里有干部相？但姜老大并没有受过法律惩处，符合候选人条件，不能阻止人家参加选举。让陈放隐隐担忧的是，这次换届选举会不会影响刚刚好起来的村风，在村民中形成分裂。换届本来是提神聚气的，要是搞得分神散气，那就是失败。

陈放的担忧不是没道理，张榜公布候选人后，村里出现了各种议论。首先是对六子，说六子只会耍嘴皮子，是个青瓜蛋子，六子当主任不胜任。还有议论指向汪正，说汪正的挖掘机占了村里便宜，汪正要是当了主任，村里的工程活儿还不得他家包圆。对姜老大的议论还在过去的赌博上，说某年某月某日，姜老大耍钱玩鬼，差点被剁了手，还有一次姜老大串联几个人要去殴打驻村干部海奇，结果被汪六叔给骂回来了。这些话反映到上面，乡里派了调查小组来柳城，对候选人进行考核，换届选举因此耽搁了两周。这次换届用柳德林的话说，一老三小四人都做了一回熏鸡，经受了一番烧烤般的折腾。

最难处理的是人事，一场村委会换届，让陈放深深感受到了这一点。陈放从来没有接触过这种头绪纷乱的人事问题，他找来彭非、李东一同商议对策。

彭非意见是六叔接着干，反正村主任在年龄上不像公务员管得那么死，年纪大点也可以干。李东认为这样选举票数会分散，汪正也不一定胜出，而姜老大如果当选，开展工作会有阻力，因为柳奎不赞成。李东还说柳奎找姜老大谈过，希望他退出，姜老大不同意，柳奎说你的真实想法我清楚，不就是想在四大立棍里当个挑头的吗。你就是当上村主任也白扯，四大立棍挑头的还是柳德林。姜老大为此和柳奎很不愉快，背后说六子的香瓜比大烟泡还管用，这多少就有诽谤之嫌了。种种迹象表明，换届成了柳城最大的一场考验，这个问题处理不好，柳城来之不易的好局面就会毁于一旦。

平心而论，陈放更看好汪正，但柳奎一掺和进来，六子得票不会少。姜老大也不是没有优势，他的玛瑙厂让村民看到了好处，半年，给村里上交十万元利润，这是柳城多年没有的一笔集体收入，姜老大处处讲，天天讲，还夸下海口，明年给村里交二十万，这笔钱可以帮助村民解决新农合问题。应该说姜老大所言不假，玛瑙厂也的确经营不错，村里除了厂房外，没有任何投入，姜老大空手套白狼还真成功了。陈放忽然产生了一种感觉，自己也恍若置身在鬼打墙里，往哪个方向走都走不通。晌午，吃过饭后他独自一人到村里散步，走到老魏家门口，见老魏正在院子里和泥脱坯，他走进去问："现在很少见到脱坯的了，有现成的砖，还结实。"老魏说："那要看干什么用，要是盘炕，什么砖也没土坯好。"陈放有些不解，问为什么，老魏说："砖是经过窑里烧的，土便成了死土，没了土性，坯是晒干的，土性活着，活土养人，睡在炕上有滋养。"陈放将信将疑，蹲下来看着土坯。老魏接着说："盘炕的土坯用了多年，捣碎后还能种出麦子来，砖就不行了，捣碎就成了死渣，老农民都懂这个道理。"

老魏的话让陈放心有所悟，他说："老魏你了不起，是个农民哲学家。"

老魏不好意思地笑了笑，道："我知道陈书记遇到难题了，村里好多人都在吵吵谁谁想当主任的事，这换届好比盘炕，是用砖还是用坯，得掂量好。"

从老魏家回来，陈放坚定了一个想法，这次换届，大胆用一回坯。

在换届举行前一天，陈放和村班子集体找杏儿谈话，正式推荐她参加村委会选举。杏儿没有推辞，态度很平静："我听组织的。"

名单公布出来，六子、汪正、李贵和姜老大四人都表示赞同。

六子说："杏儿当主任，我服！"

汪正说："我早就说应该杏儿当。"

李贵站位更高，他说："举贤让贤是君子之美德。"

姜老大对陈放说："我再不是人，也不能和一个丫头争呀，我要让支持我的村民都投杏儿一票！"

选举结果出来，杏儿高票当选村主任，汪正、六子、李贵、姜老大当选为委员。

事后，柳奎来村委会看杏儿，说他没想到杏儿会参选，要是早知道，他一定帮杏儿说话。

二十五
—

杏儿心语

　　杏儿的诗集出版了，事先一点预兆都没有，直到样书寄到村委会，人们才知道杏儿这回成了名副其实的诗人。其实，出版社一拿到彭非送去的书稿就认为这是一部好书，用那个留着女人一样长发的男责编话说，这些诗是辽西田野里长出的苣荬菜，是纯绿色的精神食品。但评价归评价，出版社是要效益的，现在谁出诗集谁赔钱，社长总编不能不考虑效益问题。彭非找了熟人做工作，社长碍于情面答应了出书，但一直拖着。谁知，在彭非近乎失望的时候事情出现反转，诗集印出来了！

　　拿着带有墨香的诗集，杏儿的两眼盈满了泪花，她捧着诗集紧紧贴在胸口，压抑着澎湃汹涌的情绪，好像一拿开诗集，心脏就会从心窝蹦出来。诗集叫《杏儿心语》，封面设计很抽象，一个白衣女孩的背影立在树下，满地都是耀眼的银杏落叶，整个格调充满了一种惆怅的幸福感。杏儿很喜欢这个封面，尤其是女孩的白衣，这让她联想到了海奇，要知道，这本《杏儿心语》原本就是为海奇而写，但愿海奇能读到这本诗集。杏儿想，这一首首诗，是她放飞的一只只纸鸢，从没奢望它们能飞回来，只要能飞到想去的地方就没有辜负一片真情。

　　杏儿一夜间成了名人。

　　应该好好感谢彭非。她想给彭非送一件礼物，问陈书记，陈放说最好的礼物就是你的诗啊，给彭非写一首诗不就行了吗？杏儿也这么想过，但她给彭非写不出诗来，彭非就是个憨厚的大哥哥。她信任彭非，把彭非当亲人，但诗这个东西很挑剔，需要另一种装置来酿造，就像葡萄酿酒，再优质的葡萄也不会自然而然成为酒，它需要装置，装置的作用是发酵，彭非无法在她这里发酵，她为彭非写不出诗来。

感激之情总要表达，杏儿特意给彭非腌了两罐糖蒜，一手托着一罐送给彭非。彭非抱着两罐糖蒜有点诚惶诚恐，一再解释《杏儿心语》的出版，他所做的工作有限，只是把诗敲成电子版，做了一点校对，然后就给了出版社，其间去催过几次，出版社的答复是若不急就等丛书机会，若着急就自助出版，自助出版就要求作者包销一定量的书，他觉得第二条行不通，结果只能等丛书。杏儿说，能这么快出来我一点没想到，我发现这个世界上没有你办不成的事。彭非说我哪里有这么大的本事，都是杏儿命好，天遂人愿。彭非总觉得《杏儿心语》的出版背后有蹊跷，问出版社，出版社说一切正常，我们一开始就觉得这本诗集不错，读者能喜欢，现在看来这个评估很准。

彭非收下糖蒜，交给杏儿一张表格，是省作协入会登记表。

《杏儿心语》促进了杏儿糖蒜的热销，杏儿糖蒜开始供不应求，这个时候问题出现了。最先发现问题的是彭非，他到县城印刷厂拉包装，发现厂里存有大批杏儿糖蒜包装袋，就问仓库保管员，你们积压这么多包装袋不是占用流动资金吗？现用现印多好。那位保管员是个胖乎乎的老大爷，像弥勒佛一样乐呵呵的，他说，你怎么知道积压？这货明天就出库。彭非心里纳闷，自己用的东西，谁会来拉走？彭非越想越不对劲，知道糖蒜社遇到了麻烦，一定是有厂家冒用了糖蒜社商标销售自己的产品。回村后，彭非向陈书记报告了这个发现，陈书记觉得事情严重，便找来汪六叔、杏儿、李东一起商量对策。

汪六叔一听有人假冒糖蒜社商标就火了，要马上去印刷厂问个明白。李东也摩拳擦掌，说去找工商、公安机关，挖地三尺也要把李鬼揪出来，罚他个倾家荡产。杏儿说还是先找到假冒商品，看看用没用工业盐，如果用了假盐吃出人命来，就不是经济问题那么简单了。

陈放眉头紧锁，听了大家的发言迟迟没有表态，究竟是哪个厂家会做这种事情？从印刷包装情况看，这个厂子一定在本县，而且和印刷厂还有关联，如果兴师动众去问印刷厂，不但不能问出来，而且厂家也就有了防范。恁忖好一会儿，陈放做出安排，让李东偷偷跟踪一下去印刷厂取货的车辆，顺藤摸瓜找到造假厂家，然后联系工商部门，对制假厂家来个突袭检查，人赃俱获，主张索赔。大家都认为陈书记这么安排好，为了避免打草惊蛇，这件事先不外传，控制在参会五个人范围。

突然冒出的假冒杏儿糖蒜让陈放很上火，他知道搞商业诉讼不是简单的事，既费精力又花钱财，而且结果也不好预料。杏儿有些过意不去，说对不起陈书记，哪知道我这个名字还会惹事。陈放被她说笑了，怎么能怪你呢？一个商品有人假冒说明知名度高，反过来说也是好事，看来我们要考虑防伪标识问题了。杏儿说，他们用的是和我们一样的包装，连印刷厂都一样，我们的标识就是他们的标识，消费者只能通过品尝来鉴别。陈放说也是，这家企业是动了脑筋的，印刷厂也是见利忘义。李东的魔术不仅仅用在表演上，实战也相当有效。上次去银碧辉煌一举劝回李青，颇有点虎口拔牙的意味，这次到印刷厂暗访跟踪，也一举摸清了底细，不过结果太令人意外，那些包装竟然被拉到了秀秀公司，也就是说秀秀公司在私自组织生产，而这部分产品的销售不用和糖蒜社五五分成，全部为秀秀公司所有。

李东说刘秀怎么会这么做呢？这样算计合伙人也太缺德了。彭非说，当初看他就鬼怪精灵，是个有空子就钻的人，没想到独家代理糖蒜销售后，又干起了这个勾当，这是欺骗消费者。汪六叔摇摇头，说这方面也许有原因，刘总那么大一个老板，不至于干偷鸡摸狗的勾当吧。

看杏儿不说话，陈放问："杏儿你怎么看？"

杏儿内心很矛盾，刘秀的确聪明，脑筋转速快，他能钻一切可钻的空子，但他不会去撞高压线，因为他很知道如何保护自己，杏儿不敢做出与感觉相反的判断，就说："眼见未必属实，这件事还是先找到造假的糖蒜再说，现在我们谁也没见到假冒商品，只凭包装还不足以说明问题。"

彭非说："不造假他印包装干什么？"

杏儿摇摇头，"如果我们举报，工商介入，调查一番最后不了了之，以后我们两家关系怎么处？糖蒜和四色谷都是秀秀公司负责销售，而且四色谷的商标权是秀秀公司的。"

陈放点了点头，他赞成杏儿的说法，在事情搞清楚之前就让政府部门介入，事情会搞僵。他把目光转向杏儿："那你看怎么办？上次是你去秀秀公司化险为夷，这一次你有什么良策？"

杏儿说我没想好，让我回去想想再说。

杏儿娘做好了晚饭，黑豆饭、蒜泥茄子和烧豆角。三个人悄无声息地吃饭，气氛沉闷，能听到每个人咀嚼的声音。杏儿娘感到奇怪，以往三个人吃饭总是说说笑笑，今天这是怎么了？但她从不过问干部们工作上的事。陈放打破了沉闷的气氛，问彭非："你不是还有半罐糖蒜吗？"彭非急忙起身从冰箱里拿出糖蒜，说："独头的，舍不得一次吃完。"

饭后，彭非说我到广场去走走。陈放和李东都没有散步的心情，彭非就一个人出去了。

彭非看到杏儿在楸子树下坐着，不时仰望渐渐暗下来的天空。广场改造时，为了方便村民夜里担水，井台边安了一盏路灯，橘色的灯光照下来，让喇嘛眼如同舞台一般醒目。楸子树上有只不知名的大鸟，立在枝头不飞不叫，好像在期待着什么。彭非看得出来，杏儿一定在想应对秀秀公司的办法，散会后彭非和李东议论，这件事的确不好处理，就像看到好友在偷你家菜园里的菜，是当场捉住好，还是旁敲侧击提醒一下好，要权衡一番的。彭非说我想得太简单了，还不如一个杏儿成熟。李东说，杏儿不是成熟，是她看重友谊，一旦建立起友谊她不想轻易翻掉。彭非感叹，可惜杏儿心里只有海奇，而海奇却深藏不露，苦了杏儿。

彭非信步闲逛，目光却一直悄悄瞄着井台上的杏儿。杏儿娘从村委会回家路过井台时对杏儿说，你把彭非吓着了，一直在广场上给你当保镖呢。杏儿愣了一下，抬头看见了不远处的彭非，问："彭非是担心我出事吗？"杏儿娘说差不多吧，瞧他脖子抻得像小白。杏儿说："我们都在想如何处理一件棘手的事呢。"

清晨，杏儿来找陈放，说："我去找刘秀，当面锣对面鼓，把事情说清楚。"

陈放想了想，"你自己去？"

杏儿想到了李青，她昨晚给李青打了电话，李青说这是不可能的事，刘总不是糊涂人，不至于这样做。李青建议杏儿直接去问刘总，看看到底是怎么一回事。半夜，李青又打来电话，说这里面可能有点蹊跷，刘总有刘总的难处。杏儿有点摸不着头脑，就问你是不是给刘秀打电话了，李青有些吞吞吐吐，杏儿心里明白了，李青有难言之隐。

"李青在北京，我自己去好了。"杏儿说。

杏儿给刘秀发了条短信说要去拜访他，刘秀很快回信：我在办公室，随时可以来。杏儿便让彭非开车送她到秀秀公司。依然是那个读着报纸的老门卫，从眼镜上方望了望杏儿，什么也没问便放行了。门卫的表现让杏儿心生疑窦，一般来说制假造假的厂家都戒备森严，生怕走漏了风声，秀秀公司怎么会如此宽松？

敲开刘秀办公室的门，刘秀迎上来，很客气地让座、倒茶，然后坐在杏儿对面，道："祝贺你当了村主任。"

杏儿浅浅一笑，道："村主任这个不入品的官不好当，尤其对于女孩子来说到处受欺负。"

刘秀说："社会本身虽说具有复杂性，想不受欺负，关键是把握好趋利避害之规则。"

杏儿对刘秀用了规则一词很感兴趣，就说："规则很重要，但规则往往只对那些重视道德的人有约束力。"杏儿话里有话，她相信李青与刘秀通过电话，希望刘秀能主动解释这件事，如果一问一答未免有些生分。

"从法律角度讲，任何规则都有滞后性和可利用性。"刘秀用词很专业。

"我记得您特别崇尚法治，做事情一切都以不违法为边界，对吗？"杏儿还是提问了。

"当然，违法之事秀秀公司无论如何也不能做，哪怕有百分之三百的利润。"刘秀的回答斩钉截铁。

"那么问题就来了，您已经放弃了杏儿糖蒜商标，再悄悄独自使用是不是涉嫌违法呢？"

刘秀端起茶杯喝了口水，然后望着杏儿说："我没有违法，确切地说，是打了法规的擦边球，这一点我在良心上过意不去，我的做法不合理但合规，就是这么一回事，你如果恨我，我也只能接受。"

杏儿心里好像有一根琴弦绷断了，问："到底是怎么一回事？"

"你知道，杏儿糖蒜供不应求，这是千载难逢的商机，但糖蒜社生产能力有限，不可能满足市场需求，我就想到了扩大再生产，但你知道，糖蒜社的潜能已经挖掘到极限，无论人工还是原料都不可能再扩张，怎么办？我就想到一个以杏儿糖蒜为龙头，带动一个酱菜系列的想法，目前已经开始运作，产品推向市场后反响不错。当然，秀秀公司这个酱菜系列搭了杏儿糖蒜的车，也用了杏儿糖蒜的销售渠道，但没有仿冒杏儿糖蒜，在包装上我们都印上了每一种酱菜的名字，消费者是能区别开来的。"

"对不起，我没有听懂，您是说用了杏儿糖蒜商标，却包装了其他酱菜？"杏儿问。

"确切地说可以这么理解，秀秀公司没有生产糖蒜，只有萝卜条、花生、裙带菜、雪里蕻等八个品种，虽然我们有能力做糖蒜，但我们没有做，杏儿糖蒜加工只能属于柳城。"刘秀的目光很诚恳，他嘴角有点溃疡，眼圈发红，看出来睡眠不是很好。

杏儿明白了，刘秀的确钻了一个空子，而且钻得很高明，因为有杏儿糖蒜做招牌，秀秀公司的酱菜系列一定遍地开花。

刘秀说："为了激励销售，我们规定进货两箱以上的，赠送一本你的《杏儿心语》，这个活动很受欢迎，客观上也帮你促销了诗集。"

杏儿并没有因对方赠送自己的诗集而感到兴奋，她为柳城感到某种悲哀，为什么糖蒜社就没有想到增加品种呢？村里哪一家入秋不腌萝卜、酸菜。要是早把这个空子堵上，刘秀就没得钻。她暗自佩服这个瘦猴似的男人，此人不可爱，甚至有点令人讨厌，但你不能不佩服他的智慧与谋略，他天生就是一个生意人，生活中这样的人虽然少见，但遇到一个就会在你的神经上留下一种彻骨抽筋的烙印，他们如同水蛭和蜱虫，不经意间就会被他将血吸走。

"我可以看看您的产品吗？"杏儿似乎感冒了，说话声音像转数不足的留声机。

刘秀早就做好了准备，起身到办公桌后搬出一个小纸箱，里面是各种酱菜。杏儿拿起一袋，包装和杏儿糖蒜几乎一样，只是在颜色较深的地方印着三个黑体字：萝卜条。其他酱菜也同样，都是在包装上印着"裙带菜""花生"或"豆瓣酱"几个字。这些酱菜中没有杏儿糖蒜。"我的酱菜产品一样不少，都在这里了。"刘秀说，"我说的每一句话都是真话。"

真话不一定就是好话。杏儿这样想，但没有说出来，她感到酱菜包装上自己那首短诗似乎也被腌渍了，没了灵性，海奇知道了会怎么想？海奇只喜爱糖蒜，从没说过爱吃萝卜条。杏儿："柳城百姓一直对您心存感念，是您在糖蒜和四色谷销售方面帮助了村民，我想，如果我把这些酱菜带回去的话村民会怎么想？您神一般的形象会不会瞬间变得黯淡无光？"

刘秀把目光转向别处，李青在电话里也这么说过。"其实，我这么做如果是对别的企业，我会心安理得，但发生在柳城，我就多少有些自责，因为柳城是我的合作方，更重要的是那里有李青、有你，我不想在柳城双璧心里留下污名，我的前女友就是心里对我产生成见才离我而去，这让我不得不考虑一个问题，对那些不违法却违情的事是不是应该重新评估。"

"木已成舟，还评估什么呢？"杏儿深深吸了口气，站起身对刘秀说，"知道一个诗人的感受吗？"刘秀也站起身，等着杏儿说下去。"今天和你交谈，我有一种感觉，好像看到一只优雅的猫为了能吃到一条小鱼不顾一切钻进下水道，待出来时虽然叼着小鱼儿，却一身泥污优雅不再。"说完，杏儿转身告辞，她没有拿纸箱里的酱菜。

刘秀送出门来，杏儿头也不回地走出院门，走到门口，杏儿向那位读报的老门卫打了个招呼，然后径直走向马路对面的汽车，车里，彭非正在不安地等着她。

二十六

——

过山车

坏消息不会永远维持高频率，否极泰来才是真理。懊恼中的杏儿收到一个好消息，北大一个文学社团邀请她参加一个分享会。

李青被秀秀公司派往北大培训，她每天都会把发生在这所校园中的各种信息发给杏儿，和杏儿分享学习的快乐，让杏儿对这所大学有了不尽的向往。当然，进北大的梦想只能寄托在弟弟身上，弟弟很争气，几次模拟考都成绩拔尖，全家人对他充满期待，杏儿娘很会联想，说那次秀秀公司刘总来家里，对于弟弟高考是个好兆头，因为刘总是北大毕业的。

北大读书分享会的通知是李青发来的，用微信发来文字通知后，李青又发来长长一段语音，说校园里几个诗友通过李青介绍知道了杏儿，《杏儿心语》出版后，他们从网上买来，读后评价不错。给经理班上课的一个年轻老师听李青介绍了杏儿的情况后，就提议请杏儿来学校搞个新书分享会，李青觉得这个提议好，就给刘秀打了电话，刘秀当即表态，给杏儿开分享会，经费他来出。刘秀一张支票开过来，分享会的事就成了。杏儿说花刘总的钱我不情愿。李青说，反正秀秀公司要给我开一份薪水，从我薪水里扣就是了。杏儿笑了，说花你钱我没意见。李青说，一辈子一定要进一次北大，这是一个神奇的校园，你哪怕在长椅上坐着什么不做，也能感觉到有强大的信息流往大脑里钻，让你大脑变成快速运转的 CPU。李青给杏儿定了车票，安排好了行程，告诉杏儿，来看看未名湖吧，那是个灵感之湖。

彭非说杏儿很少出远门，是不是安排个人陪她。彭非说得没错，杏儿最远跟海奇去过省城，北京对于杏儿来说是个陌生而遥远的城市，只在电视里看过它宽敞的街道和高大的建筑。

陈放说北京那边有李青，问题不大，杏儿这么聪明伶俐，路上能照顾好自己。陈放对杏儿很放心，从上次杏儿去秀秀公司谈商标一事他就知道，杏儿的成长像麦子拔节，一天一个变化。

杏儿有种坐过山车的感觉，《杏儿心语》像个突然分娩的孩子，在自己还没有做好准备的时候突然面世了，又接到北大分享会的邀请，就更有些意外，她觉得这件事亦真亦幻，有种云里雾里的感觉。父亲对她去北京态度简明扼要：想去就去。杏儿娘的态度全在一脸笑容里：要敞敞亮亮地去！至于理由娘却不说太多，这符合杏儿的思维方式，想做的事就去做，不要刻意去编织理由。杏儿娘从箱底拿出个红布包，一层层打开，里面是一只红玛瑙手镯，这本来是给杏儿准备的嫁妆，杏儿娘说："戴上，涨涨身价。"杏儿说："又不是出嫁，戴这个干吗？"杏儿娘说："走远路，带上辟邪。"

杏儿出发前，刘秀来电话，说恰好他也回母校办事，听李青说杏儿要去北大开会，可以搭伴去。杏儿因为上次的事对刘秀心有芥蒂，但北大是刘秀的母校，有他带路会方便得多，便同意结伴而行。刘秀派车来接杏儿时，特意参观了姜老大的玛瑙厂，看完后对姜老大说，柳城要是出产玛瑙就好了，脱贫致富会很容易。姜老大说，乡里来人上鹅冠山探查了几次，手指甲大小的玛瑙都没找到，玛瑙这东西像牡丹一样嫌贫爱富。刘秀说，你说错了，邻近几个村不是因为富才有了玛瑙，而是因为有了玛瑙才富，你说玛瑙嫌贫爱富这不对。姜老大心有不甘地说，我们虽说建了厂，但玛瑙原料的脖子被人卡着，好料人家怎么会卖给咱？比如战国红，像翡翠一样值钱，咱只能干眼热，我理解当年王铁人为什么宁可少活二十年拼命也要拿下大油田，就是脖子被人卡着，憋气嘛！杏儿知道刘秀去参观了玛瑙厂后心里很警惕，不知道这个刘秀又在打什么主意，但柳城没有玛瑙资源，刘秀无空可钻。

对于杏儿来说，北大恍若一个陌生而又熟悉的城镇，找不到理想中应有的神圣。杏儿有些失望，一个本来应该是琼楼玉宇的殿堂世界，怎么也会有集市一样杂乱的车棚和锈迹斑斑的破旧自行车，杏儿发现，有些自行车似乎半个世纪都不会有人骑了，但还是占据着一个宝贵的车位。杏儿跟着刘秀走过一段街道，发现有临时搭建的小卖店，便过去看了看，刘秀问她要买什么，她说不买什么，就是想看看。其实，杏儿想看看小卖店里有没有杏儿糖蒜，结果真发现杏儿糖蒜摆在很显著的位置，杏儿问这糖蒜卖得好不好，操着东北口音的老板娘说，马马虎虎吧，一天就卖十几袋。杏儿觉得老板娘胃口真大，一天十几袋还马马虎虎，小菜又不是主食，难道还要当饭吃不成？但杏儿还是很高兴，刚才看到破旧自行车棚的情绪被一个简陋的小卖店给冲淡了。

杏儿住进北大院内一个招待所，李青早已在门口等候，见面后两人亲切拥抱，"你火了，杏儿。"杏儿说："连个粉丝都没有，怎么火？"李青说："别急，今晚来的可都是杏粉。"李青告诉杏儿，分享会是晚饭后开，程序也简单，就是请杏儿说说写诗的心得，然后同学们朗读书中的诗篇，再请老师进行点评。现场气氛会很活跃，也很自由，同学们若提问，你想怎么回答就怎么回答，不要紧张。

杏儿发现北大对人的重塑所需时间并不长，李青才来不到两个月，举止言行都发生了很大的变化，以前李青最大的特点是麻利，现在变成了稳健，以前的目光充满了警惕，如今变得柔和，说话时目光里好像有一只手伸出来轻轻抚慰你，让你变得安静。

分享会是在一个叫二院的地方举行，这是一个青砖小院，院墙上的凌霄已经盘成巨蟒，院子里的树也似乎带有灵性，杏儿不知道这是什么树，但她由此想到了鹅冠山曾经的麻栎树，那些大树如果活到今天该是什么样子？杏儿跟海奇去省城，在北陵公园，最让她难忘的是那些大松树，高大苍劲，好像条条立起的巨龙，当时她也想到了鹅冠山，想到了曾经的麻栎树，很可惜，家乡没有大树，唯一大一点的是喇嘛眼边那棵楸子树。参加分享会的学生们很热情，纷纷和她合影，然后发到朋友圈里，一时间，这个小小的分享会被传播到四面八方。

主持分享会的是一个男生，不长胡须，穿白色T恤，一口北京话很入耳，他说："今天这个分享会非同寻常，因为要分享诗集的作者是一个乡下女孩，她没有上过大学，甚至没有机会读高中，以她的才智如果有机会读高中，也许今天就和我们一样在燕园读书了，但她不能，她把读书的机会留给了羊弟，她则在村里照顾身体不佳的父母。她所在的村是辽西北地区一个贫困村，现在还没有吃上自来水，那里的女孩子还在遭受地方病的困扰，可是就在这样一个环境里，依然有生活的希望，有爱情的憧憬，有真正的诗与远方！"

白T恤的开场白很精彩，杏儿被深深地打动了，白T恤讲话的时候，她仿佛看到的是海奇，只有海奇才会如此深入肌理地了解自己。

白T恤接下来用高亢的声音宣布："下面，我们就掌声有请《杏儿心语》的作者杏儿发表创作感言！"

在掌声里，穿着牛仔装的杏儿从座位上站起身，向大家深深鞠了一躬，抬起头来时，在场的人们发现杏儿已经泪流满面。

"谢谢，谢谢大家。"杏儿止住哽咽，双手捧着话筒说，"说真心话，我与你们读书的这所大学有缘，因为我无数次在梦里见到它，梦里的这所学校像月宫一样，到处琼楼玉宇，到处鲜花盛开，到处潺潺流水。当然，梦想与现实就像诗与生活一样，总会有些差别，但这丝毫不影响我的期望，这个期望寄托在我弟弟身上，期望他明年能考到这里来，与在座的天之骄子成为校友，我知道我善良的父母也和我在做着同样的梦。"

同学们鼓起掌来，杏儿毫无矫揉造作之态，像田野里的蒲公英一样真诚、实在、自然，这是北大学子容易接受的一种交流方式。

"我算不上什么诗人，这些诗是我在与喇嘛眼对视时的冲动和灵感，对了，你们不知道什么是喇嘛眼，那其实是一口古井，当年一个红衣喇嘛所挖，距今有三百年了。这口井在养育了村民的同时，也深深地伤害着村民，因为红衣喇嘛离开村子时留下了一个魔咒，这个魔咒特别灵验，村民世世代代都没有逃脱这个魔咒。河水断，井哭天，壮丁鬼打墙，女眷行不远。我问过村里德高望重的柳奎老人，请他解释这个咒语的含义，柳奎老人的解释很清楚：河水断就是指村边一条蛤蜊河会干涸断流；井哭天就是井里会死人，井台边亲人哭号震天；壮丁鬼打墙，是说男人穷困得四方无助；女眷行不远就是指女人腿脚患疾病无法远行。有这样一个魔咒在，这个村怎么会好？我这次到北大来，妈妈特意让我戴上了这样一个玛瑙手镯，目的是辟邪，让我这次远行能平安顺利！"

杏儿抬起左臂，将腕上的红玛瑙手镯展示给大家。现场出现了嗡嗡的议论声，人们被杏儿讲的故事深深打动了，在进入新时代的今天，竟然还有这样被时代遗弃的村庄。当场面恢复平静后，杏儿接着说："我在十八岁那年，被一个驻村的大男孩感动了，原谅我不能说出他的名字，但他确实是我情窦初开后闯入我心房的第一人，像一粒棉花的种子，落到我心田后就生根发芽，开放出一团团温暖的棉花。感动我的并不是他的成就，他在驻村工作上走了麦城，这是他最无奈也是最伤心的事，村民的误解像鬼打墙一样让他无法走出去。但我理解他，他想打破困扰村民数百年的喇嘛咒，为此，他推平喇嘛台旧址，建了个天一广场，他还带着我母亲到省城看腿病，虽然没能治好，但他的善良像一轮明月总是挂在夜晚的窗棂上，我可以坦率地说，《杏儿心语》中绝大多数诗，都是我对这个大男孩的独语。你们不要笑我，我心里有一套装置，无时无刻不在为这个大男孩酿造诗句。我想表达的就是一句话：爱是一种感动！就说这些，谢谢你们！"

掌声再次在二院响起，让这座老宅出现了爆棚的气象。

白 T 恤是个喜欢调侃的学生，他在掌声暂歇后对着话筒问："你能不能介绍一下这位大男孩的形象特征呢？"

杏儿再次站起身，很诚恳地说："我记得第一次见到他，他穿着白夹克，刚才看到您穿着白 T 恤，我忽然就联想到了他。"

掌声再次响起。

接下来，开始朗读和点评，会场十分活跃。杏儿无意中发现，刘秀坐在最后一排，李青坐在他身边不停地给会场拍照。杏儿忽然想起，应该在这种场合说说彭非、李青和李东，也可以说说刘秀，她埋怨自己粗心，刚才满脑子海奇，却忽视了身边的好友。

二十七

——

刘秀的逻辑

　　窗外没有墙，但陈放明显感觉到一堵墙的存在，阻拦目光，压制心跳，时刻有倾倒过来的紧张。

　　秀秀公司已经控制了柳城命脉，糖蒜、四色谷，本来是属于柳城自己的东西，却被刘秀抢了去。陈放很后悔，如果自己能多想一些，早动一步，这些商机本来是属于柳城的。按理说自己和彭非、李东应该在糖蒜商标一事上吸取教训、举一反三，但事情还是耽误了。

　　怪刘秀吗？人家是凭脑子赚钱，没有违法违规之处，虽说胜之不武打了个擦边球，但这件事柳城方面又能说什么呢？

　　看来，与商人打交道还有许多课要上。陈放想，有必要让柳城驻村干部和村干部都上一课，如何不误商机。思来想去，能上好这一课的最佳人选是刘秀。刘秀能不能来讲这是个问题。

　　汪六叔对请刘秀来讲课明确表示反对，他说："陈书记呀，怎么能让他来教育我们呢？刘秀算个啥东西，唯利是图的小人，专门钻人家空子，这样的人连朋友都交不得，还能给我们当老师？"

　　彭非不表态。李东说："让他来讲讲也成，看他对柳城父老如何交代。"

　　李东说看到刘秀就心烦，听他讲课就更恶心了。

170

杏儿却表示了与大家不同的意见，杏儿说："大鹅成群，领军一只，在全县商界，名校毕业的刘秀绝对是个人物，请他来讲课不是坏事，刘秀是个复杂的多面人，很难用好与坏来下结论。"杏儿在表扬刘秀的同时，也说出了自己对刘秀的真实感受。

陈放肯定了杏儿的说法："刘秀不是我们的敌人，是合作伙伴。即使是敌人，来做老师也是有先例的。用一句不太恰当的话说，要师夷长技以制夷，我们向刘秀学习，就是为了不再上刘秀的当。"

大家不再说什么，汪六叔说，做个反面教材也中。

那么，谁去请刘秀呢？

大家把目光集中在杏儿身上。杏儿说："让李青去吧。"这样，邀请刘秀来柳城讲课的事便落在了李青身上。陈放让李东去找李青，落实这一任务。李东挠挠头说这事让彭非去吧，我张不开口。彭非说是你把李青请回来的，还是你去好。李东推脱道，李青从北大培训回来，说话都夹带着英文了，我那点三脚猫功夫在李青那里不好使了。

杏儿说："你们别这么看李青，李青为柳城的事从来没二话，她是个仗剑走江湖的女子，为了正义敢于舍上性命，李东你该高兴才是，让李青欣赏的小伙子还真不多。"杏儿显然对刚才李东的托词有意见，她不希望知心好友被这样对待。

李东脸红了，解释说："杏儿你误会了，我是不好意思去求李青，怕她奚落我。"

陈放拍板道："那就别推辞了，李东去请。"

李东来到四色谷合作社办公室时，李青似乎知道李东要来，新沏了一壶冻顶乌龙在等他，这是一位福建同学送给她的新茶，茶色如田黄，回味甘甜。李东说您培训回来我还没来看您，失礼了。李青为他斟上热茶，打量了一下李东的穿戴，能看出李东来访在衣着上是动了心思的，身上这件湖蓝色夹克就是上次去银碧辉煌穿的那件，便微笑着说："我们的东子盛装出场，说吧，知道你是无事不来。"

李东嘿嘿笑了笑，心想，肯定是杏儿提前通风报信了，便自我解嘲说："我找您的时候，都是有所求。"

"那有什么，只要不是求婚就行。"李青开了个玩笑。

李东反应不慢，马上道："您现在是拿年薪的秀秀公司销售总监，身价看涨，我一个小公务员哪里有资格求婚？"

李青端起茶杯说："说正事吧，别开玩笑了，听说陈书记想请刘总来柳城讲课，让我去请，是吗？"

李东点点头，"这是陈书记的主意，陈书记认为刘总商品意识强，请他来和村干部们座谈一下，听众也不多，驻村干部、村干部、你们四色谷合作社管理层，还有旅游基地管理层，就这么多人，地点就在村委会。"

李青点点头，"陈书记这个人就是有水平，看问题能看到点子上，我们对刘总很多时候是感情用事，其实刘总是个有原则的商人，他的原则就是法律和政府规定，除此之外他不多费脑筋，他认为法不禁止即可为，商海博弈最忌讳的是感情影响理智。"李青对刘秀评价极高，这出乎李东预料，按理说，李青这样侠义的女孩子不应该欣赏刘秀这样的人，可是人的复杂性就在这里，明明看着不可能的事偏偏就会发生，而谁都认为能结百年之好的一对儿却往往南辕北辙。

"您请他，他不会拒绝吧，我们没有讲课费。"李东特意强调说。

李青拿出手机，现场拨通了刘秀电话，说了想请他来给村干部讲课的请求。刘秀问讲什么。李青说没有明确题目，就如何更好地适应市场经济环境这个话题随便说说。刘秀说这个话题你就能讲。李青说，我和您是两回事，您知道县里的年轻人怎么评价您吗？说您是咱们县的马云，这个评价可不是一般人能得到的。

李东暗暗吃惊，县里哪一个青年把刘秀比喻成马云了，自己怎么不知道。

李青说："刘总呀，这次讲课没有费用，但也不白讲，我们柳城女诗人杏儿会给您写一首诗作为回赠，您认为怎样？"

李东听到电话那边很痛快就应下了。

李青一个电话搞定，刘秀答应来柳城讲课。

李青起身送客的时候，和李东握了握手，这一握，李东感到了一层隔膜，因为李青的手很软，是一种礼节性的相握。李东觉得有一升四色谷从额头上方倾泻下来，冲掉了自己所有的伪装。李东知道，这个曾经对自己深有好感的姑娘成熟了，知道了如何进退。忽然间李东内心对北大产生了一种莫名反感，仅仅几个月的时间，李青竟然脱胎换骨了。当然他知道，李青发生这种改变是迟早的事，因为李青与杏儿不同，李青具有很大的可塑性。

平心而论，刘秀的课的确不错，不负母校之名。他对杏儿和李青说，自己这次面对的是全中国最基础的受众了，必须把深讲浅，将高讲低，让村民能听得懂，至于理论和道理，就让它见红衣喇嘛去吧。

刘秀讲了三个例子。

第一个例子讲孔子的学生子贡和原宪。子贡和原宪都是孔子的门生，但两人走了不同的人生之路。子贡学成以后不仅仕途通达，而且善于经商，积累财富，成就了历史上端木遗风的佳话。原宪安贫乐道，住茅草屋，用桑条做门枢，用破瓮做窗，衣衫褴褛，读书悟道，也成就了原宪桑枢的传说。刘秀问，在座各位，你们愿意做子贡还是原宪呢？大多数人的回答肯定是做子贡，因为子贡学以致用了，精神和物质都得到了极大满足。我们从小学到大学，学了那么多知识，如果只是为了学而学，又有什么意义呢？只有学以致用，知识才不白学。当然，我们不能说原宪不好，人各有志，不能强求，原宪的做法也是一种选择，因为他对人生理想和幸福的感觉超出了一般人，他是以深悟得道为乐的圣贤，有点像宗教里的苦行僧，我们不能拿常人的标准去衡量他，每一个有信仰的人都值得尊重。

第二个例子是讲美国人麦克莱恩，麦克莱恩出身贫寒，小时候拎着柳条筐到马路边卖鸡蛋，他高中毕业的时候，恰遇美国经济大萧条时期，失业严重，收入下降，人们需要勒紧腰带过日子。但就在这样一个经济寒秋里，麦克莱恩开始了自己的创业，他一边当杂货工、加油员，一边想着生财良策。机会终于来了，他在朋友的资助下，倾其所有买了一辆二手车开始搞运输，给加油站拉油，运土石方，有了效益后他雇了一个司机，又买了一辆新车，开始扩大再生产，到了一九四〇年，他已经拥有了三十辆卡车，成了一个小有规模的运输公司。这个时候麦克莱恩的收入已经相当不错，完全可以进入上流社会生活，一般来说一个穷小子奋斗到这一步，该打打牌、唱唱歌、泡泡吧了，但麦克莱恩有自己的追求，他认为自己唯一的机会就是壮大、壮大、再壮大，因为唯有壮大，才能抵御各种风浪。就是在这种信念驱使下，他不断创新、不断动脑，终于在一九五五年，他发明了改变历史的现代集装箱，他的"理想6号"集装箱船队由此载入史册，麦克莱恩因为这项发明也被称为集装箱运输之父。集装箱看似简单，但他的发明让码头装卸船时间由数天压缩到几个小时，一艘船的储运量比以前提高了六倍，现在，全世界百分之九十的货物都是通过集装箱运输的。

　　第三个例子讲了犹太人。犹太人在欧洲很长时间不受欢迎，因为犹太人爱钱，而且喜欢钱生钱，犹太人认为钱不是罪恶，钱会祝福人，认为圣经放射光明，金钱散发温暖。正因为有了这种思想，犹太人非常注重投资，他们是天生的金融家，一直到今天，世界上的财富大都聚集在犹太人的手里。美国强大吧，但真正控制美国的是犹太人，犹太人虽然只占美国人口的百分之二，却操纵着美国百分之七十以上的财富，这里面很重要的一条就是犹太人不虚伪，他们不遮不掩，明晃晃地把投资赚钱作为自己的目标，并为此不懈努力，而绝不去搞那些虚里冒套的事情。

　　三个例子讲完，刘秀的课也就结束了，没有掌声，也没有议论，在场的每个人都陷入了思考，直到陈放提议感谢刘总时，大家才开始鼓掌，然后一个个低着头散去。

　　杏儿和李青在后面听了刘秀的课，讲课结束后，杏儿对李青说："留刘总到柳家大院吃顿饭吧。"

　　李青说："应该，不过你要给人写首诗，这是我答应的条件。"

　　杏儿目光有些迷离，喃喃地说："除了海奇，我还没给男人写过诗。"

　　李青摇了摇杏儿的胳臂："就算替我写的，行了吧。"

　　杏儿笑了笑，说："留刘总吃饭吧，吃柳城熏鸡。"

　　刘秀留下吃饭，杏儿安排在柳家大院一个最小的雅间。杏儿邀请陈书记参加，陈书记说他驻村干部身份不便作陪，就委托汪六叔出面，李青说六叔出面就代表柳城二十一响礼炮了。

　　杏儿嘱咐柳德林务必亲自上灶熏鸡，柳德林说，要是讲课前让我熏，我还真得掂量掂量，讲课后不让我熏我也要熏，刘总讲东西实在，不装。

　　四个人在雅间坐下后，汪六叔不知从哪里掏出一瓶酒来，是高度的火狐狸酒。"今天一定要喝点，"六叔说，"刘总你就放开点，今天不谈生意。"

　　李青拿过酒瓶仔细看了看，"啊呀，是高度的。"

　　汪六叔说："当然是高度的，你知道这酒是谁拿的吗？是陈书记，刘总你面子真大，陈书记来柳城快两年，我还没喝过他的酒，你今天这一课，把陈书记感动得家底子都舍出来了。"

　　刘秀说："陈书记一看就像大领导，说话不多，不言自威。"

汪六叔颇为自豪地说："有陈书记他们三个干部驻村是柳城的福分，陈书记威信老高了，连我三舅都服，我三舅谁呀？那是当年公社时期的大队长，在柳城说一不二。"李青接过话说："柳奎老人家可了不得，上晓天文，下知地理，八十多岁了，脑筋还刷子刷过一般清亮。"

杏儿安排的几个家常菜上来了，六叔倒了两杯火狐狸，没有给杏儿和李青倒酒，很威武地说："你俩喝饮料，女孩子别喝酒。"杏儿和李青相互望望，只得从命。

汪六叔端起杯说："刘总，我代表陈书记感谢你，你的课真的很好，要知道，给农民讲课不好讲啊，讲深了听不懂，讲浅了不愿听，讲得没滋味，说你没水平，你这课挺好，像这杯火狐狸，有劲！来，干一杯！"说完，一仰脖，把一杯酒干了。刘秀端起杯犹豫了一下，看一眼李青，一闭眼也干了。

杏儿在大家吃饭时，从包里拿出本子和笔，不时写上几句。汪六叔好奇地问："你写啥呢？杏儿。"杏儿说："我替李青写几句话，怕忘了，就随时记下来。"

刘秀道："灵感这东西像火花，一闪即过，留住它的最好方式就是记下来，当年我在北大时，还是学生诗社成员呢，写了不少诗，都是随时记下的。"

杏儿对这个话题很感兴趣，就问："为什么不写了呢？"

"诗是神圣的，"刘秀说，"我担心亵渎它。"

杏儿似乎明白了刘秀的话，不再多问。李青说："写诗的人应该不食人间烟火，像杏儿这样出世是云、入世是雨的诗人太少了，杏儿是柳城一宝。"

"记得我说过你俩是柳城双璧，"刘秀说，"我常想，你们俩是怎么中破喇嘛咒，出落得如此聪慧伶俐的呢？"

汪六叔将杯中斟满酒，端起杯对刘秀说："来，喝了这杯酒我告诉你。"

这杯酒刘秀没有迟疑，喝酒这个东西很奇怪，开始时大都忸怩推辞，待几杯下去便胆子膨胀，变得来者不拒。刘秀喝了酒，等着六叔说原因。

"柳城曾经流传一句偈语：过江之鲫成百上千，鱼中龙凤一跃超群。啥意思呢？不是说柳城女眷走不远吗？可是一旦能走远的就像越过龙门的鱼，肯定出类拔萃。"汪六叔忽然话中带有文气了，杏儿和李青都知道，这是汪六叔在背柳奎老人的话。

刘秀深深点了点头，朝服务员要来两只酒杯，分别倒了半杯酒，然后对杏儿和李青说："我敬你们这越过龙门的两只锦鲤一杯酒，毫不夸张地说，是你俩让我认识了柳城。"

杏儿没有搭话，李青端着酒杯说："光认识柳城还不行，还要爱上柳城。"

"当然，"刘秀说，"我到任何地方谈生意都理直气壮胸有成竹，只有到柳城，总是感到紧张，我找到原因了，因为爱，所以怕。"

杏儿不喝酒，李青把杏儿的酒倒到自己杯中，和刘秀碰杯后，很爽快喝了这杯酒。

杏儿说："我没喝刘总的酒，这样吧，我把写给刘总的诗读一下，算是补过好吗？"

三个人一致叫好。杏儿拿出本子来，清了清嗓子，开始读刚刚写成的一首诗：

> 那是一片茂密的森林
> 我会因此而迷路
> 似乎有一条神秘的小路
> 连通着诗与远方
>
> 杏儿青涩的季节
> 一个猎人挖下陷阱
> 没有捕获猎物
> 却留下一眼清泉
>
> 柳城没有鲜花
> 却从来不缺少四季
> 春天如约而至
> 送来遗失的爱情

杏儿读完，大家鼓起掌来，举杯共饮。李青逐句逐字向脸色暗红的汪六叔解读这首短诗，汪六叔不时点点头，这样的诗句汪六叔闻所未闻，但李青一点就通，他夸赞杏儿说："你娘就够好的，你比你娘更好。"

"这是我替李青写的。"杏儿说。

柳德林亲自端着熏鸡走进来，说道："尝尝我的手艺，正宗的柳城熏鸡！"

熏鸡端上桌，不见刘秀说话，大伙扭头再看，坐在椅子上的刘秀已经响起了轻轻的鼾声。柳德林很遗憾地说："这个刘总，喝酒挺实在。"

二十八

——

温锅之后

　　喇嘛咒再次在柳城女人身上不幸灵验，厄运降临在柳家大院。

　　柳家大院开业后生意不错，和盲肠客栈一样创造了柳城的历史，因为这是柳城有史以来第一家饭馆。柳家大院房子格局是一正两厢，宽敞的院子，矮墙阔门，小车可以直接开进院子，院门正对着天一广场。盲肠客栈是一个两进的院子，前后两排平房，每排六间客房，院子里搭了铁架，前院栽葡萄，后院种葫芦，房前屋后则是长势喜人的凌霄。

　　按照柳城习俗，新宅落成是要温锅的，在村里有声望的柳德林自然不会差事，只是因为开业忙，温锅一事就一拖再拖，后来柳传海、李奇、姜老大一起来奚落他，说再不安排既坏了村里的规矩，又丢了四大立棍的面子，柳德林这才把温锅列入议程，安排了一次十分体面的温锅活动。温锅，又叫燎锅底儿，是新宅落成启用的第一顿饭，村民对此十分看重，和奠基、上梁并称建房三件大事，讲究的人家要放鞭炮、唱皮影。柳家大院开业后，在外地务工的儿子、儿媳都回到了村里帮助打理生意，柳家变得热闹起来，尤其是一对刚满周岁的双胞胎孙女很是让柳德林喜爱，柳德林每天都牵着蹒跚学步的一双孙女到天一广场看白鹅。这次温锅，柳德林原本邀请了驻村干部和村两委成员，但被陈放婉拒了，驻村有驻村纪律，不允许参加这样的酒席。柳德林也理解，就亲自送了一包瓜子来表示心意。酒席很热闹，因为有音响，李青还被大家起哄唱了一首《九儿》。酒席中，柳德林两个孙女一直在里屋哭闹，怎么哄也止不住。开始，大人没在意，后来儿媳出来告诉柳德林，刚刚会说话的孩子说脚脖子疼，他便心里"咯噔"一下，觉得孙女哭闹不那么简单，应该去看医生。

午宴结束，柳德林就让儿子带孙女去县医院检查。

儿子去了县里，宾客也逐渐散去，柳德林站在杯盘狼藉的餐桌前，心里有种不祥的感觉，脚脖子疼是村中女性发生腿脚病的特征，两个孙女回村不久，怎么会脚脖子疼？难道是中了喇嘛咒？

傍晚，儿子打来电话，两个孩子中的大女儿踝关节的确出了问题。

"老天爷！赶紧去省城！"柳德林给儿子下了命令。

得到消息后，陈放给在省医院工作的夫人打电话，请夫人帮忙尽快安排好孩子诊治。陈放夫人李大夫把柳德林儿子一家接到了家里。

幼儿患病，让陈放对纠结许久的一个问题有了新看法，孩子关节出现问题肯定是环境因素所致，他把两委干部叫到一起，从环境因素一点点梳理。柳家条件较好，没有寒冷之虞，应该与风湿无关；孩子妈妈是外地人，身体健壮，遗传因素也不靠谱，那么能是什么原因呢？水土、水土，土为静态，无非地力减弱，水是动态，容易污染变质，会不会水有问题？汪六叔说喇嘛眼井水在公社时期就化验过，没有问题，新打的于海井也做过检验，符合饮用标准。陈放提出一个疑问：喇嘛眼有眼红的时候，井水会不会是间歇性矿物质超标呢？大家面面相觑，没有谁想过这个问题。陈放说："抓住七寸钉钉子！我们从改水入手，同魔咒决战！"

改水就是引入自来水，这一工程需要从三公里外的乡政府主管道将水先引过来，然后再分户到家，花费可想而知。汪六叔面呈难色："上自来水的事吵吵几十年了，一直没结果，主要是村民不富裕，集资难。"

陈放说："内力不足就要借助外力，大伙都想想办法。"

李东说我去县里试试，自来水公司女会计是个名气不小的京剧票友，我和她很熟，请她看场戏，求她帮忙想想办法。

"又是去求女性。"彭非开玩笑。

李东故意学着大猩猩的样子拍打着胸脯说："为了柳城，我的个人资源全用上啦。"

陈放被他俩逗笑了，道："关键时刻可以变个替身出来。"陈放同意了李东去走走关系，说这件事别都压在李东身上，大家都想想办法，把能用的关系都用上，坚决打赢改水攻坚战。同时，安排六子去县里请专家，连续监测全村四口井井水水质，要一个各种重金属、微量元素齐全的监测报告。

李东要去县自来水公司找京剧票友看戏的事被杏儿告诉了李青，杏儿是无意中说的，说李东肯定也是票友，找机会让他露一嗓子。李青问清了原因，打电话把李东叫到喇嘛眼，劝他不要去走这个关系。

"我不同意你去找这个票友。"李青开门见山。

李东当然知道李青指的是什么，他一副无所谓的样子道："没事，就是想请她帮帮忙，不是彭非戏说的美男计。"

"约一个女人看戏？县城那么小，不怕别人看见？"李青眉头蹙起来。

"看见又怎么了，人家是已婚女士。"李东知道李青想多了。

"姐弟恋，很时尚。"李青来了句风凉话。

"我不是那种人，你是了解我的呀。"李东很委屈。

"非要去的话我陪你去。"李青说。

"那成了啥样子？人家会不自在的。"李东说。

"你的手段用在我身上也就罢了，不许再用于别人。"李青毫不忌讳。

李东有些发蒙："我对你用了啥手段？"

李青舒了口气，说："算了，我觉得你请女人看戏有点不正常，让我想到了你当时去银碧辉煌唱歌那一幕。"

李东一副窘迫的样子，目光有些躲闪。李青不再步步紧逼，放低了声音道："别害怕，李东，我是希望你好才不想让你在男女问题上玩魔术，你要知道，打麻将这么干无所谓，对女人这个手段不行，因为人家会走心的，有些女人像高粱饴，黏上就抖不掉。"

李东从没想过问题会这么复杂，他一直相信自己的智慧，认为自己能摆布好这样的关系，李青这么讲，他顿时有所醒悟，智慧不是万能的，有些简单的一加一关系，智慧毫无用处。他很清楚李青过去所从事的职业，这类问题应该见识很多，自己在李青面前倒有些生涩了。

"你说得有道理，我不去请人家看戏了，"李东说，"入戏容易出戏难。"李东态度很诚恳，他被李青说服了，"人，我还是去见，到办公室去见，看戏就免了。"

李青扮了个鬼脸，"保重，东子。"她叫了声当年李东的微信昵称，扭头走了。

看着李青窈窕的背影，李东愣了半天，他忽然觉得李青才是大智慧，而自己不过是小聪明。

李大夫打来电话，说孩子治病一事都安排妥当，住院手续已经办好。柳德林过意不去，专门到村委会来致谢，他坐在陈书记面前呼吸有些急促，说当初给驻村干部出了不少难题，回过头来看，真该打自己几个耳光，说眼看着柳城一天天好起来，糖蒜社生意红火，柳城破天荒有了旅店饭店，四色谷销路也好，鹅冠山旅游开发人气旺盛，这变化简直就是翻天覆地。桃三杏四梨五年，鹅冠山上五万棵杏树明年也将开花坐果，后年就是盛果期，到时候鹅冠山就成了杏树山了。现在您又抓改水，这是几十年来想都没敢想的大工程，都让您落实了，村民感谢您呀！陈放连连摆手："我也就出出主意，糖蒜是你们女人腌的，四色谷是你们种的，五万棵杏树也是你们栽的，是你带头改掉了赌博习惯，村里风气才好起来的，应该说都是你们在长进，我们驻村干部无非烧了几把火而已。"

柳德林说："水开不开就看怎么烧火，你们这几把火烧得好呀。"

陈放摇摇头："水不改，咒难除，眼下当务之急是想办法集资让柳城通上自来水。"

柳德林说："李奇说四色谷今年刨去成本纯收益有六十万以上，如果村里改水资金不足，可以先用这笔钱垫付，分红放一放，先改水要紧，毕竟是为子孙后代造福的事。"

"四色谷是股份合作，赚钱就是大家的，不能再搞一平二调那一套，家家老少眼巴巴等着呢，让大伙心凉的事无论如何不能做。"陈放不同意这种做法。

柳德林临走时握着陈放的手说："儿子回话了，说孩子的关节能治，感谢陈书记、李大夫周到安排，别怪我以前不懂事理，以后我柳德林要是差了事，我就是牲口。"

陈放说："别说这种话，我们大家拧成一股绳，推倒鬼打墙，破除喇嘛咒。"

"别看我六十了，需要我打头阵的事您就吩咐。"

陈放知道柳德林不是客套，便拍了拍他的肩膀。

柳德林说："陈书记，水土问题，关键在水，引自来水是抓到根子上了，自来水一通，就会一通百通。"

二十九

玛瑙手镯

　　改水项目比预料要复杂得多。尽管自来水公司那位女会计给了李东面子，但解决不了根本问题，两大拦路虎趴在改水路上，岿然不动。一个拦路虎是资金，原定的银行贷款迟迟批不下来，去找，银行的人说他们也没办法，信贷额度县行说了不算，需要上级行来批。另一个拦路虎是村东马路旁的东老茔，一片地势平缓的土岗，分布着数百盎高低不等的坟茔，安息着几百年来柳城所有的亡灵，那是输水管道的必经之地。

　　关于后一个拦路虎，陈放本来想绕过去，但经费有限，如果绕个大弯铺设管道，会增加不少投资，在第一只拦路虎还没有拿下的情况下，再额外增加投资怎么可能？另外，陈放一直想解决村里的乱葬问题，如果能借助改水契机进行墓地搬迁，建一座现代公墓，那将是柳城进入新农村建设的重大标志。

　　东老茔最有名的坟是柳氏祖坟，大小高低有几十盎，其中有一块墓碑是清代同治七年的，是柳奎老人的祖上。柳城虽然穷，但对祖宗从来不敢怠慢，每年清明、中元节、春节和元宵节都要隆重地上坟。陈放见识过村民在中元节上坟，场面令人震撼，那天上午，等于家家户户把一桌桌宴席摆到了坟地里，那些盘盘碗碗摆在荒草萋萋的土冢前，每一双空置瓷碟上的竹筷，都代表一个隐身的亡灵，随着村民的祷告声，那些黑黢黢的影子似乎就蜷缩在坟头的草丛里，目不转睛地盯着地上的供品。走过这种场面，犹如走过晦暗的时光隧道，穿越到长袍马褂的从前，一个个表情木然的人分列两旁，让人感到后颈的风都带有阴鸷的味道。

最先反对自来水管道穿过东老茔的是柳奎。

自来水设计方案通过后，汪六叔担心三舅想不通，便来到三舅家向老人做解释。柳奎一听就火了，这怎么成？祖坟怎么能迁。自来水管道拐个弯不就行了吗？汪六叔说东老茔这道岗横在东面，要想从乡里铺管道过来，东老茔是绕不开的，除非拐到北面或南面，那样的话投资太大，村里负担不起。柳奎说，你三舅不是个糊涂人，鹅冠山栽树我是第一个入社，但挖祖坟就不一样了，我们活人的事没办好，却去折腾已经入土的列祖列宗，我不同意。汪六叔说，这怎么能叫挖祖坟呢？是迁坟嘛，在新建的砾石岗公墓里可以把坟修得更体面一点，而且还不用自己出钱。柳奎眼睛一瞪：迁坟不挖怎么迁？我不糊涂，别拿几个生词套我，我心里透明白，你回去吧，别的事怎么都成，挖坟这件事没得商量，你们想过没有，挖人祖茔是人鬼公愤的大罪，你回去告诉陈书记，不要去犯这个忌讳。

汪六叔回来向陈放汇报了柳奎的态度，说自己是晚辈，有些硬话不敢说，怕三舅扇他耳光。柳奎不同意，其他人家肯定都不会动，柳奎是柳城的风向标。

陈放沉默了，柳奎是个定力如磐的老人，想说服他必须先感动他，怎样才能感动他呢？应该说老人对驻村工作一直是支持的，种植社老人带头。抗日义勇军遗址开发红色旅游他也称赞，尤其是刹住村里的赌博之风，老人亲自到村委会来夸奖李东，可见柳奎是个明事理的老人，但迁坟一事对于老人来说感情上肯定一时无法接受，这件事不仅仅关系已故的祖先，而且肯定也会让老人联想到将来自己的归宿。

陈放想，改水是难题，也是契机，这个机会抓不住，再改造东老茔就会难上加难。把砾石岗这块寸草不生的河床坡地建成公墓，是有百利而无一害的好事，头拱地也要拿下。

东老茔整体迁到砾石岗，至少会腾出十几垧好地。

陈放制定了东老茔迁移时间表，今冬进行坟茔登记，签署迁坟协议，明年春季砾石岗公墓和东老茔迁坟同步进行，明年夏秋之季驻村工作结束前，让村民饮上自来水。

"这就作为我们驻村工作的一个句号吧。"陈放说。

第一只拦路虎难住了所有人。

银行听说这种项目，连眼睛不眨一下就拒绝了；到水利部门汇报，给出的方案是引水不行，能支持的只能是打井。陈放在村委会来回踱步，不知怎么就想到了刘秀，刘秀刚刚伤害了柳城，一个伤害过柳城的人难道就不能做点补偿吗？

"我们需要一个打虎英雄，"陈放说，"这个人就是刘秀。"

大家都愣了，陈书记怎么会有这样一个想法，刘秀是只典型的貔貅，让他出资改水怎么可能。没有人搭腔，谁都知道陈书记接下来会说理由。

陈放说："刘秀是个商人，商人不会放过商机，投资有长线和短线，改水投资是稳定回报，刘秀应该能看到这一点，何况水价可以商量。"

李东自告奋勇："我去找刘秀，给他讲讲长远获益的可能性，动员他买这支潜力股。"

陈放额头上的皱纹抽动了几下，两年下来，陈放脑门上多的几道皱纹，里面好像藏着汗泥，怎么洗也洗不净。他说："这件事还是请杏儿和李青去，刘秀最在乎的是柳城双璧。"

陈放看着杏儿问："怎么样？"

"不是头一次打交道了，"杏儿说，"我让李青当一回孙二娘。"

任务交代下去，李青选在周六下午把刘秀约到了盲肠客栈。李青带了一瓶味美思甜酒和一些干果，就在杏儿的办公室，三个人谈了整整一个下午，谈了些什么别人不知道，但结果是刘秀同意投资改水，而且水价与周边村保持一致。

陈放没想到刘秀丝毫不提附加条件，村里原本想在水价问题上做些让步，他也做通了大家的工作，刘秀嘛，逐利很正常。但杏儿说刘秀表态很明确：柳城改水，他也是受益者，这个价就不加了。

那个下午的情况是在彭非一再催问下杏儿才透露出来的。

刘秀被约到盲肠客栈时，看到开启的红酒和果碟，马上就从包里拿出两个首饰盒，打开看，是两只战国红手镯。刘秀说，一人一只，小心意。杏儿问，刘总为什么要给我们礼物？刘秀说，感谢你俩的邀请啊，你们邀请我，让我很感动，更让我感动的是你们能记住这个日子。李青很聪明，接过话说，刘总见外了，这样一个特殊日子我们怎能忘记呢？我们没有什么贵重礼物，可是，什么礼物能比得上两个女孩子的信任与友爱呢？李青一句话，把刘秀眼圈儿说红了，他感慨地说，以前自己生日只有女朋友记着，每到这个日子，女朋友都会发短信给他，但是今年他没有收到短信，女朋友已经把他忘了。

刘秀说："下午接到你们的电话，我心里暖暖的，我不知道你们是怎么知道我生日的，当然这不是秘密，因为身份证上都有，但只有有心人才会记住啊！所以我在来的时候，就到商店买了这两只战国红手镯，让我们彼此记住这个日子，把它完好无缺地留给未来。"

刘秀显然是误会了，他以为杏儿和李青邀他来盲肠客栈是为他庆祝生日。杏儿和李青也就顺势而为，来了一场假戏真做。

三个人谈《杏儿心语》，谈四色谷销售，最后谈起了人生，谈起了柳戒世世代代无法摆脱的喇嘛咒。刘秀和杏儿都不善饮酒，一瓶味美思让李青喝了大半，李青脸庞似桃花绽放，无比妩媚。李青说："刘总，一个人如果能为最需要帮助的底层百姓做点事，那种成就比赚个几千万要爽得多。我在您的母校培训，一个从事 IT 业的老板说，赚钱对于他来说就是数字的叠加，而他帮西北一个贫困村解决了吃水问题，你知道他得到了什么？那个村的村民为他创作了一首歌，用当地民歌的曲调，填上了赞扬这个企业家的歌词，通水那天，全村男女老少扭着秧歌都唱这首歌，这个老板还把视频分享在朋友圈，同学们都夸他做了一件善事，因为在西北某些地区，送水比送钱有用，钱只能解决一时困难，而水却滋润长远生计。"

刘秀说："这个企业家我能猜到是谁，好样的，有境界。"

李青双手捧着半杯红酒说："将来我要是赚了大钱，一定要实现一个梦想。"杏儿也说："如果能成为那个 IT 老板，我也有个梦想。"

刘秀说："等一下，我猜猜你俩能不能想到一块儿。"他从包里拿出一个笔记本，撕下两张，递过笔，"你俩分别把自己的梦想写在纸上，看看会不会一样。"两人都在纸上写了一句话，然后折上递给刘秀，刘秀打开后，张大了嘴巴半天没有说话，他估计错了，他以为两位女孩写的一定是关于爱情方面的寄语，他甚至想，也许有一位会写上将来想找一位他这样的人生伴侣，但结果不是这样，两人的梦想完全重合，那就是两个字：改水！

"这个，这个不是问题嘛。"刘秀开口说，"实现这样的梦想还要等什么将来，无非是一笔微利回报的投资而已，我来帮你们就是了。"

李青睁大了眼睛，突然起身给刘秀一个大拥抱。

刘秀眼放异彩，嘴角几乎要弯到耳根。

杏儿的眼角有些湿，这个令人恨得牙疼的刘秀此时又让人爱得心软，她忽然想给刘秀写一首诗，便拭了拭眼角说："那个IT老板赢得了一首歌，刘总我可以为你写首诗，你做成引水这件事，就是我心中一座碑，而碑上会永远刻着这首诗。"

刘秀急忙摆手，"别别别，我可不想变成碑，再说了，我做事有自己的逻辑。"

李青和杏儿都觉得刘秀其实很真诚。

晚上刘秀给杏儿和李青发来微信说，这是他度过的最有意义的一个生日。

资金问题解决后，汪六叔感到了压力，因为迁坟的事陈书记让他牵头，他找来杏儿和李青，说六叔求你们了，你们能让刘秀那么精明的人为柳城改水出血，你们肯定有好点子，就帮我出出主意，看怎么能让我三舅同意迁坟。

李青说这事可以先从外围入手，先动员其他村民迁坟，最后剩下三舅爷，他就不得不迁了，因为他不迁，会落村民埋怨，耽误大家吃自来水嘛。

杏儿说咱村人喜欢看风向，三舅爷不迁，怕别人也不会动，我看是不是找四大立棍开个会，先把他们的工作做通，让他们去做做三舅爷工作。

杏儿和李青的建议都有道理，但汪六叔觉得很难见效，他太了解三舅了，想改变他的主意，必须先说服他。

让汪六叔手里忽然多了一张牌的是六子，六子请来的省城专家对柳城的喇嘛眼和另外三口机井里的水进行了全面检验，得出了一个惊人结论，所有的水都氟超标！

氟是个什么东西？汪六叔拿着检验结果不明就里。

在专家做了解释后，汪六叔和在场的人都明白了，喇嘛咒的密码原来在这里。氟中毒对于女性来说，容易损害关节，造成骨头疼痛，这就是柳城女人走不远的致命原因。以往几次化验，忽略了这个元素，在这次化验结果出来之前，村民甚至没有听说"氟"这个词。

陈放、汪六叔带着专家一同来到柳奎家，请专家解释了水中氟元素超标的危害。柳奎听得很仔细，听完后猛地一拍大腿："哎呀呀，当初公社来化验怎就没发现这个问题呢？"专家说："柳城井水氟超标呈间歇性，一次化验很难发现，要跟踪连续监测才行。"柳奎当然知道这三人来家里的目的，在发了那句感慨后不再说话，闷着头不言语，陈放知道再说下去也不会有结果，就告辞了。

大家都聚集在村委会，这份水质化验单像一枚炸弹，在村里引起了不小的波澜。

汪六叔说："咋办？三舅是装睡叫不醒，东老茔难道就成了跨不过的鬼门关？"

"鬼门关也是有门闩的，"陈放摘下眼镜，仔细擦了擦镜片重新戴上，慢悠悠地说，"天无绝人之路！"

三十

—

立事牙

彭非拔掉了一颗牙，一颗最后萌生却最早夭亡的立事牙。

彭非在班子会上做了两次检查，怪自己工作不细导致驻村工作受到检查组批评。陈放、李东、汪六叔和杏儿在彭非做检查的时候，心情像串了烟的米饭，不是个滋味，都觉得彭非有点冤。彭非平时除了忙糖蒜社的工作，还负责组织生活等方面一些文字工作。年底，市检查组来督查驻村工作，柳城被检出了问题。检查组在充分肯定驻村干部在脱贫方面所做的工作后，检查组牛组长——一个眉头几乎连在一起的领导指出了问题所在：会议记录过于简单，有些工作没有记录在案，组织学习记录有错别字且字迹潦草，上报的材料是手写稿而非规范的 A4 纸打印，等等，结论是工作重视不够，有应付检查心理。

这个结论当时就让彭非吃不消，因为自己工作不细导致这样一个结果，这个责任他感到负不起。他向牛组长做了检讨，表示马上整改，但牛组长原则性很强，丝毫不松动，这次检查要打分评级，依柳城的检查情况，只能评第四等。彭非简直要哭了，第四等就是基本合格，这个等级与实际工作相差太大了。牛组长说，按材料看，给你们打末等也是可能的，你看看人家报的材料。组长拿出其他村报的材料，果然规范标准，齐刷刷无可挑剔，都是从印刷厂印制装订，封面还是彩色的，再看看自己的材料，简直一个天上一个地下。彭非知道了差距，羞愧地低下了头，作为负责文字工作的支部委员，他有些无地自容。牛组长说，之所以没给末等，是考核中村民反映陈书记为驻村工作呕心沥血，做了大量工作，这才照顾了一下，但下次如果考核还不重视相关材料，结果就不好说了。

检查通报还没有下来，陈放把大家叫在一起商量该怎么办。村委会办公室研究过许多棘手问题，这一次是最难的，因为谁也没有好主意。李东提议让杏儿把李青叫来，李青在北大培训过，或许能有锦囊妙计。陈放没有同意，李青不是村班子成员，这样的事情要按规矩办，不能扩散出去。

彭非说："祸是我惹的，我愿意接受任何批评，我对不起大家。"彭非一直在自责，他没想到检查组会如此看重材料，他有个同学也是驻村干部，因为条件所限村里没有上什么项目，只是从上面要了些扶持资金，但汇报文字材料准备得十分到位，已经内部传出这个村被评为优秀的消息。

陈放说："这事不能怪彭非，我们确实重视材料不够，两委班子重项目、轻材料，导致这个结果，我们还是要吸取教训，当下，是研究有什么补救的办法。"

汪六叔有些情绪，粗门大嗓地说："按理说，驻村工作好不好，最有发言权的是我们村民，找几个秀才来检查，只能看材料写得好不好。"

"检查、督查都是必要的，"陈放说，"是我忽略了这个问题，其实，过去我在单位下去检查也是这套路子，我怎么就会忽视呢？想想看，人家不看材料看什么？这一点我们要理解检查组，更何况人家已经照顾我们了，如果凭材料打分，我们就会评末等。"

大家都不再说话，陈书记说得有道理，牛组长已经说得很清楚，评四等是照顾。

其实，陈放并没有多么看重这个结果，他感到内疚的是这个结果会影响彭非和李东的积极性，彭非和李东还年轻，这个结果会导致对他俩工作评价失准，召集大家来商议，就是想办法补救一下。他看杏儿一言不发，就问："杏儿你说说吧，你现在是村主任了，你的看法很重要。"

杏儿说："我觉得检验爱情不能只看情书写得好坏，关键是看行动，情书写得再好，一件实事不办，这就是形式主义。"

"问题是他们决定着驻村工作的评价。"李东说。

"那只是他们的标准，你们三位驻村干部能让柳城村民竖大拇指，这才是最高的评价，驻村毕竟是为村民来办事的，不是来做文章的。"杏儿看问题有自己的角度，她没把检查组的意见看得比村民的评价更重。她的话让汪六叔双眉绽开，大声道："明年驻村结束，我保证给你们送锦旗，一人一面！"

陈放摆摆手，"群众满不满意的确是我们驻村工作的最高标准，好了，这件事就由它去吧，彭非不要有负担，明年检查时吸取教训就是了。"

大家的安慰并没有让彭非感到放松，他像一个犯了大错的孩子，不敢与人对视。他开始牙疼，三天三夜，无法吃饭，也无法安睡，陈放让他回城看医生。彭非没有龋齿，这颗立事牙在他最闹心的当口犯了病，他决定到医院把它拔掉。他把想法告诉了杏儿，杏儿劝他，不到万不得已不要拔牙。彭非认为这颗牙留着也没用处，还这么疼，索性拔掉算了。他到医院牙科检查，医生是个年轻女性，检查一番后说是牙神经出了问题，把神经切断就可以了，彭非狠了狠心道："拔掉！"女牙医看出这个患者有些赌气，就说拔掉立事牙会导致牙龈萎缩。"不管它，拔！"他说，"拔了省心。"女医生为他拔掉了这颗智齿，问这颗牙是不是要留着做个纪念，他接过已经清洗干净的立事牙，眼里忽然就泛出泪花，把它用纱布包好，小心放到衣兜里。

彭非拔牙后没有回柳城，他在家里住了一段时间，给陈书记打电话，说想提前结束驻村工作，让单位换个人去，还说糖蒜社已经能正常生产经营，不需要他在那里负责，村里可以选个年轻人来管糖蒜社，比如汪正、六子，都能胜任。

陈书记没有料到彭非拔了一颗牙如同拔了脊梁骨一样，会变得萎靡不振，他知道彭非是解不开心里的扣，认为自己连累了大家才产生这种想法。他让彭非好好想一想，放下包袱，重整行装再出发。彭非说他也不知怎么突然就想打退堂鼓了，本来很喜欢柳城，也喜欢柳城的村民，但拔掉立事牙之后他忽然觉得这个世界上没有什么不能放下的，没有立事牙，对于一个人来说并不影响什么，自己就像这颗立事牙，要重新掂量自己的价值。

人生如舟，本来顺风顺水，往往一场突如其来的疾病会改变一切，轻则转向，重则颠覆，而这种变化并无明晰的原因，只需要一个微小的引爆点，彭非这颗立事牙便是如此。陈放觉得，想劝回彭非，只有杏儿能做到，因为他隐约感到彭非很在意杏儿的看法。陈放这样想，马上找来杏儿，说了彭非的情况。

杏儿没想到彭非也和海奇一样,因为委屈而选择离开,难道驻村干部也会被鬼打墙困住?不行,海奇的悲剧不能重演,柳城也不是三年前的柳城,一定要把彭非劝回来。

杏儿接受了陈书记交代的任务,她说自己去试试,毕竟彭非那颗牙已经拔掉了,即使镶回来也不是原来那颗了。陈放说难为你了杏儿,上任伊始就连续遇到难办的事,这本来不是一个女孩子去做的事。杏儿说:"我娘说过,柳城女人十人九不全,大都腿脚不利索,全的这一个就要担起另外九人的担子,这是天意,如果选择逃避,就是违背天意,陈书记,你知道我娘说的天意指什么吗?"

陈放摇了摇头。

杏儿说:"天意就是民心,违反天意,必遭天谴。"

陈放点点头,道:"这话说得通。"

杏儿和彭非见面是在一个叫富山小厨的餐馆里,因为正赶上午饭时间,彭非请杏儿吃炉包。小厨临街,窗户上有米色的雕花窗帘,座位也雅致,两人找了一个靠窗的座位坐下,杏儿说:"李东说过两次要请我和李青吃饭,到现在也没兑现,倒让你抢先了。"彭非说:"应该请你去个大一点的饭店,但我知道你一向节俭,就选了这家小店。"杏儿问:"只吃包子?"彭非把菜单递过来,"你随便点,想吃什么就点什么。"杏儿接过菜单,仔细看了看每道菜后面的标价,点了两个青菜,然后说:"你喝点酒吧彭非,我还没见过你喝酒的样子呢。"彭非就点了两瓶啤酒,话也不多,开瓶倒了两个半杯,然后望着窗帘出神。杏儿说:"我知道你委屈,很多话憋在心里又没法说,是不是这样?"

彭非收回目光低下头,小厨里的背景音乐婉转动听,是一支叫《神话》的曲子。彭非道:"我们不是大侠,创造不了神话。"

杏儿也注意到了这首歌,她说:"创作不了神话,我们可以创作诗,你们三人,对于柳城来说,正在创作一部史诗。"

"可是,这是一部发表不了的史诗,我本人文笔不够好,脑力、笔力都不够。"

杏儿没有正面劝说,这时恰好两个青菜也上了桌,她主动端起杯道:"我敬你一杯,为了糖蒜社,我娘说每次看你吃糖蒜都有一种酸甜到心里的感觉。"

彭非笑了笑:"我心里一直感激阿姨,糖蒜社若是没有阿姨把着质量关,说不准会出什么麻烦呢。"

"那么，你就忍心撂下糖蒜社？"

"我向陈书记推荐了汪正，汪正人不错，也会经营，再说这些项目最后都要由柳城的人来管，我们三个就是一个过渡。"彭非的分析也有道理，糖蒜社、四色谷合作社、玛瑙厂、大扁杏种植公司，还有旅游基地，最终都要移交柳城村民来管。

"彭非，你知道你离开这些天最伤心的是谁？"杏儿问。

彭非摇摇头，他心里猜想一定是杏儿娘，因为在村里他和杏儿娘交流最多，杏儿娘像母亲一样关心他。

"是那五只白鹅，"杏儿说，"你走了以后，那五只鹅常常在井台边翘首望着村口的方向，不去石槽里戏水，也不去广场边吃草，就那么久久地站着。我知道它们在等你，因为你在村里的时候，几乎每天都来喂鹅。我就想，这五只鹅怎么这么可怜，海奇在的时候，给它们画画，它们和海奇成了好朋友。海奇走了，把这些鹅闪了一下，抑郁了很久。你又不回去，这些鹅像丢了魂一样，那个小白无缘无故就大叫几声，叫得像秋空掠过的大雁，让人心里发凉。"

杏儿一番话打动了彭非，五只白鹅恍若浮现眼前，这是五只讨人喜爱的白鹅，开始，他对这些白鹅的喜爱有爱屋及乌的成分，但后来就不一样了，鹅通人性，有一次他坐在楸子树下的长椅上看书，小白竟然走过来，用喙给他梳理头发，他好感动。后来，互联网上流传一幅摩托车后两只鹅生离死别的照片，一只鹅被主人绑在车上马上要去自由市场，另一只站在地上与其吻别，这幅照片感动了上亿网民。听完杏儿一席话，彭非马上就想到了这幅照片。

"你可以不牵挂柳城任何人，但柳城人却不能忘记你，包括五只白鹅。"杏儿望着彭非那双有些湿润的眼睛。彭非很有男子汉气概，一般难题难不住他，但这次不一样，检查组一锤定音，柳城驻村工作全县打狼（方言，落到最后的意思——编者注）在所难免，彭非由此产生的山一般的压力可想而知。

"不要过于看重这个结果，男子汉要拿得起放得下。"

彭非被说动了，就是为了那五只白鹅也应该回去。

彭非倒满一杯啤酒，端起杯对杏儿说："为了小白和他的姐妹，我回去！"说完，自己干了一个满杯。

杏儿浅酌一口，放下杯，心里有些难过，她知道彭非这杯酒的含义，白鹅不会抱怨他，在白鹅眼里，只有好友而没有等级评比，哪怕你衣衫褴褛，这些鹅该围着你还是围着你，从这个意义上看，有时候人不如鹅。

"你想得太多，彭非，大家都认为你很优秀，我尤其对你心存感激，没有你就不会有《杏儿心语》。"

彭非肩头抖动了一下，又一次倒满酒，然后看着酒杯中溢出的泡沫道："我必须告诉你杏儿，在诗集出版上我只是做了一半工作，不能把功劳全归于我，我问过出版社，怎么后来就能顺利出版？出版社先是不说，后来我托朋友打听才知道，有人资助了这本诗集的出版，至于这个人是谁，出版社一直保密。"

这是一个全新的消息，杏儿愣在那里，原来《杏儿心语》的出版还有这样的背景，是谁做了好事不留姓名呢？杏儿在脑海里一遍遍过着熟人，她无法确定，她认识的每一个都有可能，但又都不能确定。

"所以，杏儿你不要只感谢我，我也不能贪天功为己有。"彭非很诚实，不是他的成绩，他不会领走。

"这个神秘的人会是谁呢？"杏儿问，她想也许彭非会有些合乎情理的分析，但彭非摇摇头，说："无法确定是谁，既然这个人不想让别人知道，便是真心做善事，善欲人见，不是真善，此人一定是个品德不错的人，毕竟资助数目不菲。"

杏儿隐隐地想到一个人。

杏儿说道："不管谁资助了后期出版，但前期工作都是你做的，首功应当归你。"

接下来，两人探讨了如何挽回检查不利局面的问题。杏儿说出了另一个思路，绕开检查组，去找晨报的盛记者，请他详细报道一下柳城驻村工作成果，这样一来，上级领导会通过媒体了解实情。

彭非觉得这个办法可行，嗔怪道："你有这么好的主意为啥那天开会不说？若早说我也不至于牺牲一颗牙，那可是立事牙。"

杏儿开玩笑说："撂挑子的代价就是拔牙，所以，再遇到难事一定要咬紧牙关。"

"一颗立事牙，让我立事了。"彭非深有感触。

杏儿道："事不宜迟，我给陈书记打个电话，我们下午就去省城找盛记者。"

陈放在电话里同意了他俩的建议，只是嘱咐说不能夸大其词，有一说一，有二说二，不着边际的事不要说。杏儿说不用我们多说，盛记者是个有正义感的媒体人，不会像检查组那样钟情打印稿，一定会亲自来采访，盛记者只相信自己的相机和录音笔。

　　杏儿和彭非当天下午赶到省城，找到晨报的盛记者，盛记者说你俩来不是上访的吧，彭非说和上访差不多。站在报社走廊里，彭非把相关情况告诉了盛记者。盛记者说："现在上级不让事事处处留痕，形式主义害死人嘛，检查看成果，不能只看材料！"他当即表示明天就去柳城，写一篇关于柳城精准扶贫的报道，争取在检查结果公布前见报，相信能引起领导重视。

三十一

东老茔

彭非被杏儿劝回后，陈放没有一句批评，他让彭非参与到东老茔动迁和砾石岗公墓建设中来。他对大家说，改水是当前头等大事，必须集中力量打攻坚战。其实，砾石岗公墓是陈放久蓄于心的一个项目，之所以选址蛤蜊河边的砾石岗，是因为砾石岗非耕地，审批相对简单，通过建设公墓将废地绿化起来，置换出东老茔十几垧好地，正好可以增加四色谷种植面积，柳城世世代代乱葬东老茔的习俗也会因此发生根本性改变。砾石岗公墓设计合理，规格统一的黑色大理石墓碑，专门开辟了纪念植树区，汪六叔在看过效果图后惊呼，柳城的列祖列宗有福啊！陈放说，活人奔小康，故人也要安置好，慎终追远，民德才能归厚。村里研究通过了这个方案，上报给乡政府，白乡长很有经济头脑，看过报告后特意打来电话，说公墓可以开辟一块商用区对外销售，为村里增加些集体收入。陈放和村两委干部反复商议后认为，白乡长虽然是好心，但柳城再穷也不能赚死人钱。

李贵去柳奎家做动员，回来摇着头说，老爷子一枝不动百枝不摇，没辙。

六子认为老人一定心里有疙瘩解不开，人老多疑，树老多杈，有些弯儿拐不过来，需要对症下药才成。

彭非问："老人会有什么心结呢？"

六子说:"我父亲在生产队时期和老爷子搭班子,一个书记,一个大队长。听父亲说,当初鹅冠山梯田被山洪冲毁后,老爷子曾考虑重修,而且公开讲,咱柳城人哪能遇到一次困难就熊了?不行,要打着红旗重上鹅冠山!说话的第二天,父亲发现老爷子像霜打的茄子一样蔫了,告诉我父亲说他晚上做了个奇怪的梦,梦到什么他没有说,总之重修梯田的事没了下文,这说明老人内心里有堵鬼打墙。"

彭非觉得李贵这个分析有价值,想做通柳奎工作,关键是消除老人心里的鬼打墙。彭非让六子再去试试。

友谊这种东西永远在同盟者的语境里方能展现魅力,柳奎在助推六子参选村委会主任时不遗余力,但在迁坟问题上却表现出另一副面孔。"东老茔的事,免谈。"柳奎说,"六子你来我给你面子,不骂你,要是我外甥来,我不会这样客气。"柳奎说话斩钉截铁,吓得一边的小女儿直吐舌头。

六子碰了个软钉子,用微信回复彭非一句话:"老爷子着魔了。"

彭非决定去见柳奎。他带着一张砾石岗墓园规划效果图,想向柳奎介绍一下砾石岗墓园的种种益处。他让李贵陪自己去,李贵说,和柳奎这样的老干部打交道要顺茬而不能戗茬,你一定要示弱。彭非笑了笑,李贵当上村委会委员后,俨然成了大干部。

彭非和李贵来到柳奎家,老人开着那台老式录音机听评剧,还是那出《刘巧儿》,戏中新凤霞的唱腔淳朴自然。柳奎正闭着眼睛欣赏,听到脚步声,睁开眼,关掉录音机,看着彭非说,小伙子糖蒜社搞得好呀,小糖蒜大生意,帮助村里做了件好事。彭非心里暖暖的,老人并不糊涂。柳奎说完糖蒜,又开始说秀秀公司开发的酱菜,说糖蒜社可以搞蘑菇酱、辣酱,因为辽西人口重,喜欢咸口……彭非几乎插不上话,李贵抽了个冷子打住柳奎的话说:"搞辣酱很好嘛,东老茔迁移后闲出来那片地正好种辣椒。"一句话,老人与彭非的对话戛然而止。柳奎扭过脸问:"你说什么?要在列祖列宗头顶上种辣椒?"彭非掂了掂手上的图卷对柳奎说:"三舅爷您看看,这是咱们新规划的砾石岗公墓。"陈放等三个驻村干部对柳奎叫法不同,陈书记称呼他老队长,李东和彭非叫他三舅爷。

柳奎没看彭非,仍然盯着李贵说:"你知道你们老李家最早的坟是啥时候的?我告诉你,是同治年间的,同治离现在多少年了,是老物件了。"

李贵不敢和柳奎争辩,低着头不再说话。

柳奎还是对着李贵说："当年，修梯田需要条石，有人提议扒掉东老茔取条石，你知道你爹咋说的，你爹说动阴宅那是缺八辈子大德！"

彭非知道再坐下去没有意义了，便起身告辞。柳奎故意不和彭非搭话，是在给彭非面子，既然话不投机，再坐下去也是尴尬。

柳奎还是讲礼数的，送他们出来，握手告别时说："以前我们毁了许多东西，都是教训啊！"

彭非来找杏儿，心事重重地说："总感觉柳奎眼神后隐藏着什么，这是老人家的任督二脉，打不通这个穴位，柳奎这一关过不去。"

"能是什么呢？六子应该清楚呀。"杏儿说。

"问了，谁也说不准，我想知道柳奎老人最在意谁。"

杏儿说："我回去问问娘。"

杏儿对娘说，柳奎是个通情达理的人，为什么如此固执己见，他最在乎谁呢？娘的回答让杏儿脑洞大开，杏儿娘说："老爷子心硬了一辈子，可也有软的时候，那就是对他死去的老伴儿。他老伴儿是个很宽厚的女人，特有人缘，上过初中，和我一样腿有毛病，也是村小学民办教师。老爷子对儿女们说打就打，说骂就骂，但对老伴儿说话却总是慢声细语。老爷子七十多岁时老伴儿患骨癌去世，他很伤心，花了几乎所有的积蓄在东老茔造了一盔坟，是双人墓，虽不大，却用了不少水泥和上好的青石，老爷子当着村民面说，老婆子你在这里安睡，百年之后我就来陪你。老爷子当时老泪纵横。那天也是奇怪，老人落泪的时候有一声雁叫传来，村民发现天空中有一只孤雁正缓缓飞过。当时有人就说，雁贞像人，大雁孤飞，一定是另一只落难了。"

杏儿把娘的话告诉了彭非，彭非明白了，柳奎是放不下那盔精心打造的水泥墓。

杏儿想到东老茔去看看，心里有些怕，就拉着汪正一起去。

汪正问："去东老茔干吗？那地方怪吓人的。"

杏儿有些不高兴："女孩子怕也就是了，你一个男人胆子也这么小？"

汪正挺直了胸脯说："我不怕，我开挖掘机迁过无主坟，除了挖断一条蛇外，再没见过活物。"

杏儿打了个寒战，她怕蛇，只要听到"蛇"字就浑身有反应，她之所以养鹅还有一个原因，因为鹅是蛇的天敌，鹅粪驱蛇最有效，有鹅的草丛蛇会远离。

听汪正说他挖断了一条蛇,她马上想到了小白,如果去东老莹,应该带上小白。

东老莹对于杏儿来说是一个神秘而恐怖的地方,那里总是与哭泣、鬼火和荒草萋萋的土家联系在一起,她写过一首短诗描述心中对东老莹的感觉,彭非很赞赏这首诗,说有魔幻色彩,是后现代作品,杏儿不懂什么是后现代,她只是写了自己真实的感受:

> 你是没有未来的未来
> 像暗无天日的黑洞
> 鸽哨和驼铃,划不破你的忧伤
> 因为层层叠叠的旧痕与新迹
> 都化为四季之外的月光

两人来到东老莹,杏儿特意带着小白。到了坟地,小白好像不适应这个陌生的环境,一直跟在杏儿脚后不离左右。在密密麻麻的坟莹中,杏儿找到了娘说的属于柳奎老伴儿的那一盏。这是一盏镶了砖裙的水泥罩顶坟,周边杂草不生,朝阳的一侧立着一块花岗岩石碑,石碑上有柳奎夫妇的名字,只是柳奎的名字尚未涂漆,石碑前是长条青石祭桌,上面放着一个陶制的香炉。"这是柳奶奶的坟,"汪正说,"当年柳奶奶下葬,我们小孩子都来看光景,场面挺大,来了不少人。"

祭桌前有一块圆石,这是蛤蜊河河床常见的一种石头,浑圆如冬瓜,可以想象老爷子坐在石头上独自一人抽烟的情形,这一定是一个耄耋老人寄托思念的独有方式,如果老人有文化,可以诵读一首悼亡诗,想到这,杏儿忽然有了一种冲动,以柳奶奶的口吻写一首怎么样?会不会打动心如磐石的柳奎老人?汪正看杏儿在坟前发愣,后背有些发凉,这里不是游玩的地方,还是早点离开好。他说:"回吧,这地方阴气重。"杏儿四处看了看,问:"小白呢?"

汪正转到坟后去看,发现小白正高昂着脖颈瞭望远方,汪正顺着小白瞭望的方向看去,看到的是蛤蜊河边的砾石岗。汪正对杏儿说:"小白在看远方呢?真是奇怪,诗人养的鹅也喜欢远方。"

杏儿拍了拍小白的翅膀,说:"我们回去吧。"小白听后,竟然张开翅膀扇动了几下,然后带头走在前面。

从公墓回来后，杏儿很快写了一篇短文，请李东帮忙找人朗诵、配乐，然后用微信发给她。李东读后眼泪差点流下来，说："杏儿，你这是要让老爷子哭啊。"

杏儿说："但愿能打动心如磐石的老爷子。"

李东颇有感慨，觉得驻村收获不仅仅在于扶贫，重要的是发现了底层蕴含着诸多可能，生活最底层永远有挖掘不尽的矿藏，杏儿的成长简直是个奇迹，陈书记不止一次说过，我们这些人早晚要回去，柳城的未来是柳城人的，能把杏儿这一茬年轻人培养起来，比上几个项目还重要。杏儿收到李东转来的音频后，决定去拜访老爷子，独自一人。

事先杏儿让汪六叔去通报了一下，柳奎对外甥说："杏儿来就来吧，她是新上来的村主任嘛。"柳奎对杏儿印象极好，他对杏儿的评价是四个字：懂事，仁义。四个字含义丰富，几乎能囊括所有人情世故，柳奎这个评价也得到了村民的认可，普遍的看法是杏儿牺牲了自己，顾全了家庭，因为大家都能看到，依杏儿的才貌进城发展并不难，嫁到城里也在情理之中，但杏儿选择了留下，有人就说，连杏儿都不走，我们还走什么？

柳奎站在门口迎接。柳奎说："杏儿来啦，进屋坐。"在此之前，不管是六子一个人来，还是彭非李贵两个人来，柳奎都没迎候，他给了杏儿很高的礼遇。

杏儿说自己刚当村主任，工作缺少经验，想请三舅爷指点一下。汪六叔称柳奎三舅，杏儿只能叫老人家三舅爷。

柳奎似乎早就想好了这个问题，他也是诚心想提示杏儿，便不假思索地说："当干部，要过好三关，一个是政策关，就是吃透上面政策，办事不由东，累死也无功；一个是群众关，要团结人，身后有四梁八柱支持你，一个篱笆三个桩，一个好汉三个帮；再一个就是作风关，作风无小事，我们那个时候叫人别上错炕，钱别揣错兜，这两个都是毁前程的事。"柳奎言简意赅，说出了当村干部的基本经验。杏儿听得很认真，把柳奎的话逐字记在本子上，她这个动作赢得了柳奎数次点头。杏儿很清楚，能记录对方的讲话，是对讲话者最大的尊重，她听陈书记说过一个例子，一个县长就是因为市长讲话时不做记录，结果被那个市长撵出了会场。

柳奎讲完后，忽然主动对杏儿说："东老茔的事你和陈书记说说，还是改一下设计吧。"

杏儿合上本子，并拢两膝抬起头说："三舅爷既然提到了东老茔，我想和您老探讨一下可以吗？"

柳奎点点头："别人来说我不听，你除外。"

"三舅爷知道，三舅奶和我娘曾经是同事，两人坐对面桌，我听娘说过，三舅奶知识面很宽，她常常说这样一句话：富润屋，德润身，觉得日子改善了，修修屋子也在情理当中。您老果真按三舅奶的想法做了，我到东老茔看过，密密麻麻的坟头只有三舅奶的最齐整，那是您当年精心打造的，而其他的都坟上荒草连片。我想，如果一个富人站在一群乞丐里会是什么感觉？一是恐慌，没有安全感，二是被怜悯裹挟，只能不停地施舍，是不是会这样？三舅奶是个有文化、有同情心的善良人，置身在荒郊乱葬岗，一定不会安息，三舅爷您想过这一点没有？"

柳奎张大了嘴巴听杏儿讲，杏儿这番话他从没听过，这是从一个全新视角看东老茔，看老伴儿的坟。停顿片刻，柳奎咽了口唾液，道："不瞒你说杏儿，在知道要动迁东老茔时，我连续三宿做同样一个梦，梦见你三舅奶，她只是哭，扑到我怀里哭，一句话不说，醒来后我就想，一定是你三舅奶不想迁坟，所以才托梦给我，我不迷信，可是三个晚上做同样的梦没法解释，你这么说也有道理，我要再圆圆这个梦。"

杏儿说道："三舅爷您别圆了，我替三舅奶写了一篇短文，播放给您听听。"

柳奎有些莫明其妙，疑惑地点点头。杏儿打开手机，开始播放李东录制好的那段音频：

我知道，此刻此时你一定坐在我的墓前抽烟，烟味从土的缝隙飘进来，让我闻到了一丝香暖。你是在担忧我住处的潮湿与黑暗吗，我不敢告诉你，因为我知道，为了这座屋子，已经花光我俩所有的积蓄，当然，我希望屋顶有瓦或者苫房草，那样，雨水不会漏进来，蛇和老鼠也不能入侵，我会在梦里送你一脸微笑。我不会怪你，真的，你不要为我四周的乞丐们劳神，我会倾其所有，安抚好他们，我知道，他们都是穷苦人。我多么想你能再年轻一次，带着可爱的村民们，把我的街坊邻居这些透风漏雨的房子都修一修，让他们少一些哀号，多一点安静，只有那样，将来你我同眠时，才不会委屈、哭泣，才能安然入睡……

　　李东选择的背景音乐是那首著名的二胡独奏《二泉映月》，随着二胡幽怨的曲调，朗读者很充分地表达出文章的情感。音频播放结束，柳奎抽泣起来，他听出了文章的含义，随着女声饱含深情的朗读，他仿佛看到了老伴儿在幽暗的坟墓里正忍受煎熬，是啊，东老茔太乱了，没有管理，没有规划，几百年来坟压坟，棺椁摞棺椁，数不清的孤魂野鬼聚集在那里，老伴儿如何能安息？

　　"我看到了您老坐着抽烟的那块圆石头，想替三舅奶说说心里话，就写了这篇短文。"杏儿并不隐瞒创作意图。

　　"杏儿，你们规划的砾石岗公墓条件好吗？"柳奎问。

　　杏儿点点头："是陈书记找省民政厅免费设计的，城市公墓标准。"杏儿包里有公墓效果图，她展开给柳奎看。柳奎戴上老花镜，趴在效果图上仔细看了好一番，抬起头摘下花镜对杏儿说："你回去吧杏儿，这事容我再想想。"

三十二
——

爱情是某种偶然

　　杏儿的预感得到验证是在秀秀公司将改水经费打入柳城村委会账户那一天。这个消息是李青打电话告诉她的，李青在电话里说："我想见你，杏儿，马上。"

　　杏儿来到盲肠客栈，看到李青正坐在办公室里发呆，就问她到底发生了什么事。李青让杏儿坐下，问了一个让杏儿惊讶的问题：如果她想嫁人，在李东和刘秀之间应该选择谁？

　　这是一个很难回答的问题，凭印象，杏儿倾向李东，而不是刘秀，柳城人对刘秀是又爱又恨，心情矛盾，当然这不算问题，问题是刘秀人特瘦，瘦削如猿，却还在吃素减肥，也不知他怎么想的。但杏儿不能说李东，她知道李东并没有追求李青的想法，李东因为职业的关系，做什么事都带有一种戏谑，让人很难摸清底牌。

　　"这只是你的想法吧？"杏儿问，"问题是你想嫁谁就能嫁谁吗？"杏儿和李青无话不谈，她觉得有必要让对方清醒，因为处于恋爱季的女性容易做傻事。

　　"我必须做出选择。"李青说，"这事刻不容缓。"

　　"为什么？"杏儿吓了一跳，她想，不会是李青未婚先孕吧，看样子并不是这样，李青是个有分寸的姑娘，就是再喜欢哪一个也不会逾越雷池。柳城虽然男人盛行过赌博之风，但妇女却比较守规矩。李青翻看手机，把一条微信打开给杏儿看，微信是刘秀发来的：

青儿：我正式向你求婚，你若答应，我就安心在此发展；你若拒绝，不日我会将公司迁回故乡，因为在辽西，我时刻感到是一个被抛弃的外乡人。当然，与柳城的合作会继续，我绝非以此要挟你，千万别误会。刘秀

杏儿明白了，这是刘秀求婚引出的一道方程题，与李东关系不大。刘秀对李青有好感，这从刘秀派李青去北大培训就能看出来，刘秀办事有自己的逻辑，做什么总是环环相扣，在对李青的感情培养上也是如此，这一点，敏感的杏儿已经有所察觉。

"你能接受刘秀吗？"杏儿问。

李青看着地板，目光有些迟疑，好一会儿才说："说实话，我不讨厌刘秀，刘秀的聪明远在我之上，我觉得他脑子里有核能量，像那个阿里巴巴的马云，说不定哪一天就会一爆惊天下。"李青停顿了一下，抬头望着杏儿，"可是，从神经感觉说，李东身上是带电的，上次听说他要陪女票友看戏，我竟傻乎乎去阻拦，真是鬼使神差。"

"这很正常，"杏儿说，"毕竟是李东把你请回来的，说实话，从帅不帅角度看，李东当然比刘秀强，但李东有自己的选择，不知道他在城里有没有心仪的女友，不像海奇，很明确地告诉我他没有女朋友。"

"我该怎么回复刘秀？"李青有点不知所措。

"据我观察，李东并没有把你当成女朋友，你们之间的友谊是正常的情感。"杏儿说，"当然，我听陈书记说过，驻村有驻村工作纪律，李东就是喜欢你，也不会公开示爱。"

李青闭上眼睛沉默了许久，杏儿刚才一番话，让她有所清醒，爱情是一种互动，自己对李东也许是一种错觉，而刘秀却是实实在在地站在眼前等她回答。

"我答应刘秀，让李东伤心去吧。"李青终于下定了决心，"但是，不能用一条短信就草率决定终身大事，刘秀必须隆重地安排一个求婚仪式。"李青露出笑容，变得释然。

"我赞成你的选择，"杏儿说，"你和刘秀很搭。"

从盲肠客栈回村委会的路上，杏儿下意识来到井台，围着喇嘛眼转了一圈，因为安了水泵，井底那面熟悉的镜子已经不再，这已经不是昨日的喇嘛眼了。寒风阵阵，楸子树发出嗖嗖的声响，她忽然想起有几天没来放鹅了，家里的白

鹅该洗洗羽毛了。

没过几天，又一个好消息接踵而至：汪正订婚了，对象是汪四营子村一个做玛瑙工艺品生意的姑娘，叫晓丹。汪正突如其来的姻缘要感谢姜老大，晓丹要去鹅冠山设点销售自己的玛瑙工艺品，李东没有答应，柳城有自己的玛瑙厂，为什么要销售外村的？晓丹通过熟人介绍找到姜老大，请他帮忙说情。姜老大接待晓丹时，发现这是一个模样俊俏的姑娘，就半开玩笑道："你要是还没有成家的话这事就好办了。"晓丹不明就里，说我设摊卖货和成没成家有啥关系？姜老大说："过去柳城穷，我们穷则思变才上了这个旅游项目，村里因此做出规定，鹅冠山旅游项目实行本村村民优先政策，你若是没成家，在柳城找个对象，这事就不是问题了。"晓丹是个见过世面的姑娘，谈论这个问题并不腼腆，也半开玩笑说："那你就给我介绍一个男朋友吧，我正好没有对象呢。"姜老大一听乐了，顺手指了指墙上的村干部公示板道："都在那里，除了我这个年龄大的和那个姑娘，其他三个小伙子随你挑。"墙上是村务公开栏，里面有杏儿、姜老大、汪正、六子和李贵的照片。晓丹走到公示栏看了一会儿，被汪正的照片吸引了，汪正头发带自来卷，加上一双深邃的眼睛，让人看上去很像某个好莱坞大片中的人物。晓丹点点头，转身对姜老大说："都说柳城村男人鬼打墙，女眷走不远，没想到也不全是，这个女主任多漂亮呀，还有这个卷头发的小伙子也不错嘛。"

姜老大知道她指的是杏儿和汪正，心想，这事有戏！便添油加醋介绍了一番汪正，晓丹听得很仔细，不时转过头去看看公示栏。

晓丹回去后几天不回消息，姜老大也没抱多大希望，就没有和汪正说此事，没想到有一天，玛瑙厂来了一个中年妇女，点名要找姜总，姜老大接待了她，她说你不是要给我们经理介绍对象吗？怎么说话不算话呢？我们经理可等着呢。姜老大这才想起晓丹的事，心中十分惊喜，向来人要了晓丹联系方式，许诺尽快去汪四营子提亲。

来人走后，姜老大兴高采烈跑下山来，他没去找汪正，而是直接到村委会来见陈放和杏儿，一进门就嚷嚷开了："书记、主任，我可给柳城做成一件好事，你们要奖励我！"陈放见姜老大一脸喜色，估计是玛瑙厂有了好生意，便让他坐下来慢慢说。"啥好事？"姜老大坐下后，杏儿忍不住问。姜老大诡秘地笑了笑，道："你猜。"杏儿摇摇头，看看陈书记，陈书记也摇摇头，不知道姜老大会有什么好事。

"我保媒成功啦，增寿十岁！"

杏儿愣住了："给谁保媒？怎么从没听说过。"

姜老大便一五一十说了事情的原委，并从手机里翻出晓丹的照片给他两看，"咋样？咋样？是不是大美女？"

陈放和杏儿看过照片都说不错，就是不知道汪正会不会答应。姜老大说："我是讲组织原则的，有事先和领导汇报，你们同意了我这就去找汪正。"陈放站起身，拍了拍姜老大的肩膀道："确实应该表扬你，我一直希望能有外村的姑娘嫁过来。"汪六叔也说："汪正这个头儿一开，将来李贵、六子、柳信佳就不愁了，还有老雷家那个小秋，人不错，就是没主意，娶上媳妇儿有了领导就好了。"

姜老大找到汪正，把晓丹的照片给他看，汪正一看便有了感觉，嘴上却说："这事别抱多大希望，过去也有提的，来柳城一看就没了下文。"姜老大道："过去是过去，过去咱有玛瑙厂吗？咱现在有身价了。"汪正问："那怎么办？"姜老大想了想，"我好事做到底，媒人我来当，明天我就去汪四营子提亲！"

汪正转身去里屋，拿出一沓钱递给姜老大，他很清楚姜老大是个无利不起早的人，说："提亲不能空手，姜叔你买四合礼吧。"姜老大把钱推回去，挺了挺脖子道："你姜叔现在是经理了，别小瞧了我，亲事成了请我到柳家大院吃熏鸡，让那个老瘪犊子亲自上灶熏。"

姜老大次日一早去了汪四营子，当天下午，陈放就接到酒后姜老大调门很高的电话："陈书记，妥了，明天两人见面！"

放下电话后陈放像喝下一碗姜汤，周身有些发热，这个消息太好了，前几天盛记者来柳城时特意问有没有邻村姑娘嫁过来，他想采访，当时没有一点眉目，晓丹汪正的亲事如果能成，可以告诉盛记者去采访一下晓丹。他给盛记者打了个电话，盛记者听后也非常高兴，说采访的稿子还没有发，他会尽快再来柳城与这个叫晓丹的姑娘聊聊。盛记者还说，外村姑娘嫁到柳城，早晚要发生的事，这才是最有说服力的考核指标。

杏儿上次去找盛记者后，盛记者专门来柳城采访，每一家企业都做了调查，还采访了合作的秀秀公司。采访结束时他对陈放说："陈书记，我这也是一次考核，和检查组标准不一样的考核，能通过这种考核，说明你们工作实。"陈放道："我们只想把真实的情况反映出来。"盛记者走时候提出一个问题：柳城面貌是变了，但有一个难题还没解决，就是光棍儿娶不到媳妇儿的问题，要是能有外村的姑娘嫁过来，这例子就生动多了。盛记者说过的这句话陈放一直记着，所以这次姜老大传回消息后，他第一时间就想到了盛记者。

汪正意外交上桃花运这件事给杏儿带来了灵感，其实，爱情这个东西在很多时候就体现在一个"等"字上，等到了就是圆满，等不到，也可以享受等的过程，汪正等到了，李青也等到了，自己还需要等，只要心中花开，就一定能结出果实。她曾经幻想过，明年鹅冠山上五万棵杏花盛开的时候，那将是怎样一番景象？自己会在花丛里来一张自拍，然后用这张自拍做手机屏保，天天看着杏花开。

李青和刘秀说好，待明年春天选择一个好日子举行求婚定亲仪式，到时候邀请陈书记做主持。刘秀没想到李青会答应这么快，但刘秀表达激动的方式很特别，不送鲜花，也不送手势，而是赠送了公司百分之十的股权给李青。刘秀说，我不是俗气，这样做是为了表达一种态度，以后秀秀公司有你的利益在其中，换句话说，我们必须同舟共济。

李青当然理解刘秀的用意，她没有拒绝这份礼物，提出想请杏儿吃顿饭，自己感情有了归宿，而杏儿钟情的海奇却一直没有消息，这对杏儿来说是一种煎熬。

刘秀说公司销售杏儿牌酱菜配送的《杏儿心语》很受欢迎，出版社已经再版两次，这对于诗集出版来说已经是奇迹了。李青盯着刘秀问："你说实话，配送诗集是不是觉得对不起杏儿？"刘秀说开始是这样，后来就不是了，我是想和杏儿搞好关系，这样在我向你求婚的时候，杏儿不会说我坏话，因为我知道你在个人问题上一定会征求杏儿意见。

李青暗暗佩服刘秀做事的缜密，他所做的一切都是经过精心谋划的，像计算机一样严谨。应该说刘秀说对了，如果那天杏儿提出反对意见，她不会这么痛快答应刘秀的求爱。

"我说你和杏儿是柳城双璧，知道这个璧是指什么吗？"刘秀问。

"你生日那天赠送我们每人一只战国红手镯，是不是指玛瑙？"李青反应快，马上就想到了盲肠客栈那顿生日宴。

"是玉环。"刘秀说，"我刚来辽西的时候，在玉器店看到了一个金黄色的玉环，心里很喜欢，想买下来，当时刚毕业，手里没有钱，因为心里一直惦记这个玉环，半年后再去这家店想买下来，结果玉环早被人买走了。店主告诉我，那不是一般的玉环，是璧，是战国红，玛瑙中的极品，我为错失心中所爱懊悔不迭。店主说，再遇到心爱之物别犹豫。正是因为有了这次教训，我想，这一次无论如何也不能再犹豫了，便壮着胆子向你求婚。"

"送我去北大是求婚的铺垫吗？"

"说实话，有这个企图，我承认，尽管前女友离开了我，但丝毫不影响我对当地女人的欣赏，你可能不知道，南方姑娘会让人想到鲜花和水果，而辽西姑娘总是让我想到玛瑙，这种奇怪的感觉是我从前女友、你和杏儿三个女性中得来的，我相信自己的感觉，我是个识宝的人。"刘秀侃侃而谈，好像在讲课而不是在谈感情，李青已经习惯了刘秀的思维。

杏儿没想到汪正会来找她。当然，汪正是来借玛瑙方面图书的。杏儿说："想现学现卖？"汪正有点腼腆，说自己对玛瑙一窍不通，不学怎么交流？关于玛瑙方面的图书书屋还真没有，杏儿建议他到网上买。没有书，汪正却没有走，坐下来道："我想和你说几句话，杏儿。"杏儿说："你说吧，我听着呢。"汪正说："晓丹是个不错的女孩子，比我成熟，也不势利，业余时间喜欢读小说。"杏儿没想到晓丹还是个文学青年，就笑着说："这回你买的唐诗宋词有用处了，看来贮备知识到什么时候也不吃亏。"汪正说："我没有多读唐诗宋词，但你的《杏儿心语》我读了好几遍，有很多诗我能背出来。"杏儿心里动了一下，她相信汪正这是真话，汪正是个办事说话靠谱的人。"可是，我读了后有一种感觉，不知对不对。"杏儿很好奇，每个人读书都会有自己的心得，她很想知道汪正有什么读后感。"我觉得你心里好苦，真的，你平日对每个人都微笑，但你写诗的时候一定是在哭。"杏儿心里有一种忽然从高处坠落的感觉，"忽悠"一下，下意识用双手按住桌面，好像一松手就会滑下去。

汪正没有接着说，像犯了错误一样低下头，不敢看杏儿。

"你说得没错，诗集里有些诗我的确是流着泪写的，但不是痛苦的泪，女人的泪有多种，这一点你还不了解，但不管怎么说我都要谢谢你，读了好几遍我的诗集，这是对诗人最大的尊重。"

汪正给杏儿带来了一件礼物，用纸盒装着，打开纸盒，是一台红色的挖掘机模型。"送给你，杏儿。"汪正说，"从你身上我懂得了一个道理，人生需要不断掘进。"

杏儿收下了这件礼物，她请汪正转赠晓丹一本《杏儿心语》，在扉页上她写了这样一句话：诗意在柳城。

汪正告辞，走到院子里，小白竟然抻着脖子冲过去，杏儿叫了一声，小白才收起展开的双翅，大摇大摆走回鹅棚。汪正走后，杏儿一个人在书屋坐了很久，她捧着那本《徐志摩诗选》，脑海里一遍遍过电影，好一会儿，她把目光转向北墙，墙上是海奇画的两幅油画，一幅是绿油油的鹅冠山，一幅是牧鹅少女。海奇当时没有说这是画的她，但少女那身牛仔装说明，海奇是以她为模特画的。东屋传来父亲的咳嗽声，父亲从不催她，每次看到书屋里灯亮得太晚，就轻轻咳嗽几声，这时，杏儿便会熄灯回屋睡觉。

三十三

一

柳城再无三舅爷

一开春，柳奎就病了，汪六叔带他去医院，检查结果是体内多器官功能衰竭。柳奎八十四岁，平时没有大病，不知怎么一下子衰竭了。陈放觉得应该送老人去省城条件好的大医院做检查，大医院接触病例多，诊断准确率要高，记得柳德林的孙女就是在省城检查出氟中毒的。

为了柳奎，柳城第一次派出超豪华阵容赴省城：陈放、杏儿和汪六叔一同陪柳奎前往。柳奎很激动，悄悄对汪六叔说：这次就是回不来，也值了。

之所以如此重视，陈放是有所考虑的，去年初冬，杏儿去做了柳奎工作后，老人本来答应要想想的，想了一个冬天，眼见化冻后砾石岗和东老茔就要开工了，还没想出个头绪，这让陈放有点按捺不住，都知道柳奎若是不开口，东老茔很多坟是迁不动的，柳奎像一只装睡的老虎趴在路中央，让人无法通过。

省城医院是陈放亲自安排的，住院手续已经托人办好，到达医院即入住检查。

柳奎第一次住进条件这么好的病房，目光有些不够用。他虽然说话无力，但衰竭不在肺部，不影响说话的连贯。躺在病床上四处看了看，他对陪在床边的陈放说："这病房举架真高，看来，不管活人死人都喜欢好房子。"

陈放道:"好房子住着舒坦嘛。"

"唉,"柳奎叹了口气,"可是,人一老总是恋旧,老想着以前的事。"

"这可以理解,老友旧物感情深。"陈放知道老人是指什么,就顺着他的话往下说,这个时候不能把话说开,那样有逼老人表态之嫌,毕竟面对的是一个老年病人,对病人首要一条是安抚。

陈放让老人好好休息别再说话,养好精神好做各项检查,自己则来到走廊,和杏儿、汪六叔坐在长椅上歇息。医院走廊是个拒绝笑声的场所,每个人都神情凝重,有的患者家属在悄悄抹眼泪,估计病房里的亲人病情不容乐观。在这样一个氛围里,人的情绪会相互感染,自觉不自觉地陷入一种忧郁当中。柳奎突然病倒出乎意料,本来这几天杏儿想登门拜访,让老人表个态,现在只能止步,一个躺在病床上的老人,怎么忍心让他在迁坟协议上签字画押?

汪六叔说三舅不会答应迁坟,他还等着到东老茔和三舅母团聚呢。杏儿摇摇头,说:"我有一种直觉,这场病会改变三舅爷,变成什么样不好说,反正会改变,他刚才话里有话。"陈放觉得有必要提醒几位同事,悄声道:"老队长看病期间,谁也不要提迁坟的事,一切等老队长康复再说。"杏儿和汪六叔都点头同意。陈放说:"既然来了,就在省城等几天,老队长是柳城老干部,对老队长照顾得好,是对村民最好的思想工作,反之,就会挫伤很多人的感情。"陈放很清楚,思想工作一定要建立在感情基础上,不带感情的思想工作,会变成面目可憎的说教。

柳奎做了全面体检,结论与县医院检查结果一致。

医生的意见是治疗加静养,考虑到患者的经济承受能力,也为了家人照顾方便,医生建议患者回县医院住院医治。陈放和汪六叔、杏儿经过商量,决定尊重医生建议,第二天回县里治疗静养。

当天夜里,陈放坐在柳奎病床前陪着他打滴流。病房里弥漫着消毒水的味道,日光灯似乎把室内一切都漂白了,包括老队长那张国字形脸。陈放想起了自己的爷爷,爷爷说他在大庞杖子参加抗日义勇军时,那个救过他的农民就是国字脸。他说:"老队长长相有燕赵风骨啊。"柳奎点点头,"我祖籍邯郸,祖上同治年间来到柳城,这在东老茔石碑上有记载。"陈放道:"是啊,村民祖先世世代代都安葬在东老茔,可是那里一看就是个乱葬岗,我们不仅要让活人住得好,也要把故人安置妥当,要不如何对得起列祖列宗?"

柳奎好一会儿没有说话，咽了几次唾液，陈放将水杯递给他，老人喝了一口，道："这水，甜。"

"这是烧开的自来水，水是大事，柳城几百年破不了的喇嘛咒，根子找到了，就在水上，柳城的地下水含氟高，这个怪物专门破坏女人的关节，所以绝大多数女人走不远，我听说老队长的夫人也是腿脚不好，都是水的问题。"

陈放说到这儿，柳奎抬起手按了按鼻子，然后说："我有愧，对柳城父老我这个当年的大队长有愧啊。"

"老队长怎么能这么说？"陈放觉得老人没有理由自责。

"陈书记，你来了不到三年，就两次研究改水，先是打井，然后又要引自来水，可是，我管事那么多年，就没研究过这档子事，我当年让公社技术员来喇嘛眼化验一次，说井水没有问题，就因为这个化验结果，这水的事才被人忽略这么多年，要是请县里、市里来人多化验几次，会有多少女人得救，包括我可怜的老伴儿，你说我能没有愧吗？"柳奎的眼角泛出一滴浑浊的老泪，像卤水一样黏滞。

"当时公社化验注重的是大肠杆菌，很可能微量元素、重金属还没有纳入检测范围，毕竟是四十年前，科技还不发达。"陈放宽慰他，老队长这和自责精神值得钦佩，而有的人只会推脱，明明是自己的责任，也会一推六二五。

棚顶的日光灯发出轻微的声响，像草丛里某种小虫子在叫，应该是镇流器出了问题，陈放抬头看了看，这是一种老式日光灯，不节能，便说："这日光灯该换了，现在有新的节能灯，LED，比这种灯还要亮。"他是无意中说了这番话，但柳奎老人却听进去了，很肯定地说："该换的，一定要换，哪怕舍不得。"

陈放知道老人开窍了，其实，老人所有的话语都围绕着东老茔迁坟这个圆心，只是不把话说透而已，老人的态度在一层层剥开，态度逐渐明朗。但是，柳奎只说到这里，便突然转换了话题。

"陈书记，你来驻村，本可以点点卯就中，你却这么舍命干，图啥？"

陈放没想到老队长会问这个问题，应该说这不是一个新话题，记得杏儿也问过他类似的话，他每次回答也不尽相同。在很多人看来，努力工作只有两个目的，一是钱，二是权，说得好听点是收入和进步，自己这两条都不占，所以很多人就想不通。他笑了笑说："不图啥，就像蜜蜂酿蜜、蚂蚁筑巢，尽本能而已。"

　　柳奎咳嗽起来，胸腔剧烈起伏，陈放起身要去叫护士，柳奎摆摆手制止了他："没事，你声不大，却雷一样把我给震了。"柳奎喝了口水，眼角的那两滴卤水被刚才的咳嗽震落了，留下两道湿痕，"肯定还有别的事，瞒不过我。"柳奎强调自己的感觉。

　　陈放说："如果还有的话，那就是为了爷爷一句嘱托，爷爷晚年常常对我说这样一句话：辽西不富，死不瞑目。我理解爷爷，当年是辽西人救了他，他之所以保留一枚平安扣，用意不在'平安'二字上，平安扣又叫面包扣，他是惦记着让辽西孩子能吃上香甜的面包。"

　　柳奎看着棚顶的日光灯，半张着嘴，目光有些发直。

　　"除了爷爷这句嘱托，我还有点私心，打个比方吧，这个世界上其实有两个我，一个是现实中的我，一个是理想中的我，我希望未来能与理想中的我相遇，在人生某一个黄昏，两个我幸福地合为一体。"

　　柳奎睁大了眼睛，合上嘴，喉结上下蠕动着说："我懂了。"滴流打完了，护士进来拔针，汪六叔和杏儿也从走廊里进来，围站在病床前。柳奎眼里闪过一丝光亮，这光亮很细，像遥远夜空倏然划过的一道流星，站在床前的每个人都捕捉到了它的闪现。老人用力咽了一口唾液，声音清晰地说："三个一把手，齐了，我柳奎何德何能，享受这么大的礼遇？我就是一块砾石，也会被你们擦出了火花来。明天回去拿协议来，我签字！"

　　屋里顿时鸦雀无声，只有棚顶的日光灯在嗞嗞作响，老人的声音似乎有回声，在病房里回荡了几个来回。

　　"等老队长康复再签不迟。"陈放声音有些哽咽。

　　"不要等，早通水一天，喇嘛咒就早破除一日。"柳奎语气坚定地说，"这个魔咒罩了柳城三百年啊，多少代人！"

　　护士进来取体温计，发现病床前三个人眼泪汪汪的，拿体温计的手有些发抖，她横过体温计朝着灯光一看："三十六度七，正常呀！"说完，疑惑地看了看杏儿，转身走了。

　　签字画押，对于任何人来说都是一件值得重视的事，尤其像柳奎这样年事已高的病人。

　　杏儿看着病床上的三舅爷，老人像一根长长的老丝瓜，脱水极其严重。本来老人催着要尽快签字，但陈书记没有同意，陈书记一定要等老人在外地的两个儿子回来作见证才让老人签字。柳奎说陈书记你甭担心，在柳家我吐口唾沫就是一个钉儿，儿子不敢多刺。但陈放还是说等孩子回来再签。老人的衰竭症状在加重，杏儿担心老人会有意外，所以心里有些焦虑。

六子来了，提着一兜香瓜。

六子嘴甜，说话老爷子爱听。他一张口，老爷子果然就笑了。六子说："吃个瓜，八十八，老爷子你吃一个瓜吧，吃过就康复了。"柳奎笑了笑，看着那一兜圆滚滚的香瓜，眼里露出一丝欣喜。六子去洗了一个，回来用刀切开，屋内顿时弥漫起一股瓜香。六子喂柳奎吃了一小口，柳奎慢慢咀嚼了几下，勉强咽下去，说道："这是新品种，明年你种这个瓜吧。"六子说："老爷子真厉害！这是刚培育出的乌兰白，含糖量高。"柳奎再次笑了，他用一个香瓜显示出了自己过人的农业见识。

柳奎的两个儿子从外地赶回来，他们对父亲要签署迁坟协议没有异议，都表示赞同，这样，就在病房里，柳奎在协议上签下了自己的名字。

签字后第二天，老人走了。

三十四

麦子熟了

好运气有时像涨潮的海水，拦都拦不住。杏儿做梦也没想到自己会被选为省人大代表。省人大代表，是要和大领导们在一起参政议政的，而杏儿不过是个上任不到一年的村委会主任。

因为蛤蜊河有了机井，汪六叔将河边两块带状耕地种上了麦子，七月，眼看着麦子由绿变黄，给干涸的蛤蜊河镶了两道金边。麦子熟了的日子，上级派来了一个考核组，对杏儿进行考核，一拨又一拨人来谈话、开会推荐、张榜公示，忙了半个月，杏儿作为人大代表候选人的身份正式确定。

人代会是县、市、省国家逐级往上开。杏儿先是当选县人大代表，县人代会结束那天，被选为市人大代表，市人代会结束那天，她又高票当选为省人大代表，三级连跳让杏儿有一种云里雾里的感觉。当了省人大代表，杏儿觉得自己必须面对一些陌生的东西，她写诗的时间少了，难得独自一人坐在楸子树下看大鹅梳洗羽毛。陈放发现杏儿的目光里多了一种东西，三年前杏儿的目光是单束，现在则变成了集束，杏儿对每个人笑容依旧，但笑容里似乎有一丝忧伤，多了些连带成分。陈放明白，杏儿成熟了，尽管这种成熟是李东、彭非所不情愿看到的，因为在李东和彭非眼里，杏儿最好是长不大的小妹妹，但这种成熟却让陈放感到欣慰。陈放对杏儿说："是喜欢思考的习惯加速了你的成长。"

杏儿很坦诚："以前从没开过会，我感觉开一次会就像淬一遍火，长不少见识。"

杏儿怀着好奇和忐忑参加了省人代会，没有想到会议中的一次采访，让她几个夜晚不能入眠。在来省里开会前，陈放提醒她，要慎对媒体。陈书记的软肋杏儿很清楚，这种提醒是肺腑之言，所以杏儿很看重。开会期间，因为她的村干部代表、美女诗人双重身份，她自然成为媒体追逐的目标，采访请求不断，杏儿一概婉拒，她本身不喜欢抛头露面，面对镜头也没有那么多话说。

但例外总是有的，杏儿能婉拒其他采访，但不能拒绝盛忠。

盛忠用一篇报道扭转了柳城驻村考核名次拖后的被动局面，这让柳城两委班子每个人都长舒了一口气。盛忠为柳城写了篇报道，标题抓人眼球，叫《破魔咒，扶真贫》，生动报道了驻村干部如何治赌、如何扶智、如何因地制宜发展产业以及想方设法改水的艰苦实践。报道问世，省、市领导纷纷做出批示，省、市扶贫办派了宣传组来总结经验，柳城一下子成了驻村工作先进单位。牛组长特意打来电话道歉，说他们考核过于教条，过于注重留痕。陈放在电话里依旧做检讨，说检查组并没有错，检查方案如此，检查人员只能按方码药，明年他们会把相关材料弄得规范些。

盛忠带了电视台一个搭车采访记者，记者扛着摄像机，紧跟在盛忠身后，盛忠解释说这是他哥们儿，几次采访请求都被你拒绝了，就找我来求情。杏儿说没关系，别说带一个，就是带一个班来我也答应，因为你是柳城的大恩人。采访就安排在宾馆前厅设立的采访区，盛忠客串了一回采访主持人。盛忠问："你的诗集《杏儿心语》在读者中热销，想问你为什么坚持写诗？这个问题有很多人关心，在人们印象里，当下的诗歌基本上是闲妇名媛的消费品，你作为村干部，每天鸡毛蒜皮的事肯定不会少，怎么还能坚持写诗？你对诗是怎样理解的？"杏儿回答很机智，她说："我不理解您说的闲妇名媛是指哪些人，我觉得农村女性勤劳、善良，不虚不假，是产生好诗的土壤。有人认为农民不配写诗，即使写出来也很土，我想说，诗是属于每一个人的，梦想不能限制，诗就无法垄断，大人物有理想，小人物也有梦想，因为有梦想，所以我要写诗。"盛忠又问："为什么你的《杏儿心语》都以爱情为题材，除了爱情，就不能写写其他吗？比如小溪，比如春天的麦田，还比如炊烟伴奏的牧歌。"杏儿道："您说的这些都可以写，但相比较而言，爱情更值得写，因为爱情更美好，有了爱情，沙漠是绿洲，失去了爱情，绿洲就是沙漠。"杏儿此言一出，围观的工作人员鼓起掌来，大家纷纷用手机拍照、录像，杏儿俨然成了夺目的明星。

参访结束，杏儿悄悄把盛忠拉到一边，说道："有件事想请您帮忙，您帮我打探一下。"盛记者问："啥事？我可是有名的包打听。"杏儿便说了《杏儿心语》出版有人资助一事，出版社保密，不肯告诉，她想知道是哪位好人，至少应该向人家说声谢谢。盛忠道："这事我想过，我怀疑是刘秀和李青在帮你，刘秀有这个条件，李青又是你闺密。"杏儿说："我也这么想过，但不确定，您还是帮我问问。"

当夜，电视新闻播出了杏儿接受采访的一幕，时间虽短，却十分惹眼，这是杏儿第一次上电视，清纯自如，谈吐得当，姿态形象也格外养眼。杏儿留心看了这段新闻，从新闻中她忽然看到了一个穿着白色羽绒服的身影，镜头晃过，她简直不敢相信自己的眼睛，那不是海奇吗？那不是自己苦苦等待了三年的海奇吗？

杏儿不敢肯定，海奇怎么会出现在大会驻地？她估计是看错了，但心里如同有一匹狂奔的野马无法勒住缰绳。

第二天上午，讨论组代表讨论，每人桌前都摆着当日报纸，报上有采访杏儿的报道和一幅很清晰的新闻图片，杏儿拿起报纸只一眼，便发现了照片里那个熟悉的面孔，是海奇！海奇穿着白色的羽绒服，发型没有改变，表情亲切而温暖。她几乎要窒息了，睁大眼睛屏住呼吸，仿佛一张嘴心脏就会蹦出来。海奇真的在会场！他以什么身份来的呢？难道他到媒体工作了？见到自己海奇为什么不打招呼？他结婚了？连串问题一股脑冒出来，她甚至有些惊慌。大家在讨论政府工作报告，杏儿没有发言，也没有听大家说什么，身边一位大姐问："杏儿，你是不是不舒服？"杏儿这才缓过神来，朝大姐笑了笑，道："没事。"

上午讨论结束，杏儿没有吃午餐，她回到房间给李青打电话，说了见到海奇的事。李青说这不可能，那个层次的会议安保很严格，能进到会场的都是工作人员，海奇怎么会在那里。杏儿说海奇的模样已经刻在了心里，怎么会看错？李青说这很容易，你拿着报纸让会务组的人帮你找找看，就借口说找这位工作人员有事，很快就会找到。杏儿说，我不敢找，找来了又不是会多尴尬。整个中午，杏儿都在房间里坐卧不宁，那张报纸不知看了多少遍，她肯定照片里的白衣男子就是海奇，海奇看着被采访的自己，神情十分专注。她后悔当时只注意了问话的盛忠，而没有看一眼周围人群，如果看一眼的话绝不会忽略海奇。那么，既然海奇看到了自己，为什么不打个招呼呢？难道海奇已经把自己给忘了？这似乎也不可能，海奇是个用情专一的人，除了工作外，他主要精力都在画画上，海奇喜欢文学，但从不动笔写，只是阅读欣赏，他说过，把想写的东西用色彩表现出来，这和写诗一样快乐。杏儿还记得海奇在送她邦本《徐志摩诗选》时说过，将来，我作画，你作诗，我们合作出版一本诗画集。这虽是随便说说，但杏儿却清晰地记在脑子里。

下午，盛忠打来电话，说出版社的朋友说了，资助的人不是刘秀，也不是李青。杏儿着急："到底是谁呀？"盛忠说："人家说是内部一个职工，再就不多说了。"

五天会议，杏儿几乎夜夜失眠，想象中的海奇没有来，也没有电话。

第五天上午是大会选举，选举产生了新一届省政府领导班子，接着举行大会闭幕式。大会隆重闭幕了，杏儿回到代表团下榻的宾馆，开始收拾东西，下午就要返回。昨天晚上她想通了，应该是自己看错了，就像在喇嘛眼看见二芬，是一种幻觉。

离开代表驻地返回前，她把那张报纸仔细叠好，放在了文件袋里。

三十五

薤白

辽西的春天总是姗姗来迟。

穿着风衣的陈放站在砾石岗，望着鹅冠山上的杏树林心中充满憧憬。第三年，应该开花了，也许坐果不会多，但满山杏花一开，鹅冠山就不是令人沮丧的单色调了。

这几天，陈放每天都到砾石岗来，砾石岗公墓的审批卡在半路，李东跑了很多趟，抱怨为啥批一个给死人住的公墓比批一个活人住的小区都难。说来也是蹊跷，在主管部门地图上，砾石岗是虚线标注的湿地草原，因为地处蛤蜊河边，有湿地草原是顺理成章的事。但地图上几条虚线，便成了有关部门审批上的红线，生态文明谁敢破坏。在湿地和草原上建公墓，借个胆子工作人员也不敢批。李东一遍遍去解释，说蛤蜊河在几百年前就干涸了，砾石岗不是草原，也不是湿地，是寸草不生的碎石岗，要不怎么会有砾石岗这样一个名字呢？负责审批的干部也较真：地图上这么标我们也没办法。找到主管领导，领导盯着地图看了一眼，很专业地说：蛤蜊河是季节河，旱季可能没水，到了汛期能没水吗？有水的时候砾石岗不就是河边湿地了吗？李东说我们驻村三年，从来没见蛤蜊河流过水，我们有两口机井就在河床上，要是有水还不给漫灌了？负责审批的领导态度不错，说我们理解你的心情，但生态是红线，谁碰红线是要被

218

问责的，难道你希望看见我们因为违规批公墓而受处分？李东回来向陈放汇报，陈放说，没有别的办法，只能一趟趟跑，就像跑马拉松，不跑够里程撞不了线。李东说，人家施工队等不起呀，一群农民工都聚在东老茔候着呢，人吃马喂花费可是不少。因为引水项目早就获批，为了加快工程进度，铺设管道的施工队按计划已经先行施工，管线铺到了东老茔，因为砾石岗公墓没批，坟茔无处迁，工程不得不停下。

陈放给单位领导打电话，说了这个困难，领导说现在省里正在机构改革，成立了一个自然资源管理部门，你可以找找看。陈放决定亲自回省里跑一趟，回去前，他叫了汪六叔、杏儿一起去砾石岗做最后一次现场确认。汪六叔说："陈书记你真有耐心，换了我是你，蛇盘疮都会鼓起来。"陈放道："我也上火，但有人上火是泄气，我上火是鼓气，就像热气球，火越大，越往高处顶。"

"所以你要去省里跑。"汪六叔道。

"对，去新成立的部门，争取重画红线，调规！"

杏儿穿着软底鞋，在砾石岗上行走有些蹒跚，一路小心看着脚下。忽然，杏儿在碎石缝隙里看到一株细而长的绿茎，像韭菜，又像秧苗，她弯下腰，用手指轻轻拨了拨这株绿茎，抬头说："看，这里有棵草。"陈放蹲下来，看了看这棵从石头缝隙里顽强生出的细长绿茎，惊讶地说："这不是草，是薤白！"杏儿道："薤白，好美的名字。"陈放说："是的，我上大学时学过一首短诗，叫《薤露》，让我对薤白这种小植物充满敬畏。"

"一首什么诗呢？"谈到诗，杏儿总是兴致勃勃。

"古代有个义士田横，因为不愿意看到国破家亡，奉诏路上在咸阳城外自刎而死，他手下五百壮士听到这个噩耗后，一同赴死，赴死前，义士们集体吟诵了这首挽歌：

薤上露，何易晞。
露晞明朝更复落，
人死一去何时归。

这就是历史上著名的田横五百士，大画家徐悲鸿还以此为题材创作了一幅传世名画。"

219

杏儿深深地点了点头，低头再看那株薤白，眼里多了几分怜爱。"能生长在砾石岗上，多么不易！"她说，"若是砾石岗上能长出成片的薤白来，那该是一副什么样的景象。"

"有一株存活，就会有第二株、第三株，这棵薤白证明此地不是死穴绝境，有地气。"

施工队已经几次催促了，再这么停工等下去，就要追加工程款。很显然，刘秀也知道引水工程进度受阻，他暗示过李青，不会再增加预算，现有预算是经过仔细核算的，如果因为审批问题影响工期导致超出预算，他不会认同。刘秀的理由很简单：村委会再小也是一级组织，说到底这是公家和集体内部的事，内部的事协调不好，让一个民企来买单这算怎么回事。陈放让李青告诉刘秀，刘秀能出资引水已经很了不起了，村里不会再给他增加压力，有什么困难村里会自己解决。话虽这么说，但解决的办法在哪里呢？

三人回到村委会，彭非正在接施工队打来的电话，电话里声很大，四个人都听得清，对方沙哑着嗓子说：再等三天，要是没有结果我们就不伺候了。彭非握着电话用求救的眼光望着陈放，陈放伸出三根手指："三天，就三天！"彭非回复了对方。大家都看着陈放，陈放抱着膀子站在办公桌前，这位已经步入花甲之年的驻村第一书记真的老了，脸颊比三年前多了隐隐的老年斑，刚进村时那副学者模样已经消退殆尽。"彭非你开车，我俩连夜去省城。"

汪六叔说："我陪你去吧。"

"你们在村里等消息，这一回豁出我这张老脸也要有个结果。"

杏儿听出了陈书记话里的味道，她知道陈书记是个重面子的人，正因为这一点才不愿意和媒体打交道。陈书记骨子里有一种自尊，不到万不得已不去求人，上次为了打井去求于海，看到陈书记在喇嘛眼边的长椅上坐了很久。驻村工作不好做，接踵而至的困难把这个大机关的老处长炼成了一个足色村干部。这个时候，如果盛忠来拍一张照片登报，这眼神、肤色、衣着，没人相信这是省直机关的一位资深处长。

彭非开着那台捷达拉着陈书记上路了，汪六叔、杏儿、李东站在村委会门口送行。轿车向东开上公路，与西边天际水墨般的晚霞背道而驰。

第三天，陈放在省里打回电话，说蛤蜊河生态红线调规了，可以召开村民大会启动迁坟仪式。这消息像一阵春风顿时吹开了村民脸上的笑容，大家知道，引水最后一个障碍被陈书记成功爆破了，东老茔将是一片起伏的四色谷田，而砾石岗将建起一座风景如画的崭新公墓。汪六叔电话里粗门大嗓地说："放心吧书记，明天就是良辰吉日，我们给老祖宗搬家！"

公墓批下来，村民都很高兴，因为大家都盼望着早日喝上自来水。经过一个冬天的科普，村民都明白了女人走不远的原因在井水，水一改，喇嘛咒就不灵了。柳德林召集四大立棍一起商议，想在喇嘛眼旁立一块功德碑，把破除喇嘛咒的经过记下来，传给后人。这事请示陈放，陈放给拦住了。陈放说，真正不倒之碑是立在心头的，这种形式就不要了吧。柳信佳心细，他悄悄编了一出皮影戏，反映柳城三年来的变化，剧本送给杏儿，杏儿很赞赏，觉得柳信佳写出了村民的心愿，从治赌、办书屋、建企业，到打井、栽杏树、引自采水，把陈书记三人写得活灵活现，很是感人，杏儿告诉柳信佳，这戏陈书记肯定不会同意演，等陈书记他们驻村结束再演不迟，那时不仅村里演，还要到乡里、县里、市里演，让更多的人看到。柳德林的孙女已经痊愈，但住在外地姥姥家，儿子儿媳说了，自来水一通，马上就把两个孩子接过来。

汪六叔在天一广场召集村民开会，宣布砾石岗公墓已经正式获批，大家觉得应该庆祝一下，但公墓这种事秧歌不能扭，唱皮影也不妥。谁也没想到金嫂会站出来，金嫂说她小卖店里有过年卖剩的几盘五百响鞭炮，拿来放了庆贺。大家一听这个想法好，柳德林说鞭炮钱他来出，姜老大说个人出不合适，玛瑙厂是集体企业，玛瑙厂出就是大伙出的。金嫂连声拒绝，说你们别争了，这鞭炮不卖，是我感谢陈书记自愿放的。村民鼓起掌来，金嫂好感动，这是她有生以来第一次说话赢得掌声。

柳德林提议鞭炮先别放，等陈书记进村下车时再点。

傍晚，夕阳躲在一片水泥色的云彩后面，按时间算彭非的车该开回来了，大家在广场上没有散去，尽管到了做晚饭时间，鹅冠山基地的人也下山回村，糖蒜社、种植社、玛瑙厂、四色谷合作社、服装厂筹建处的人下班后纷纷聚集到广场上，大家都知道砾石岗公墓获批非同小可，这是一件不仅有益活人，而且关系到列祖列宗的大事。村民记忆中年年祭祖的东老茔，将彻底改天换地。

汪六叔的手机响起来，接通电话，汪六叔的脸顿时变得煞白。"怎么啦？到底怎么啦？"汪六叔声音已经变调。村民无人说话，广场只听到汪六叔急促的催问，村民不知道发生了什么，从汪六叔的脸色和声音断定，一定是出事了，而且是大事！

放下电话汪六叔竟然晃了个趔趄，大声喊："杏儿、李东、姜老大，快快快，找车跟我去县城，陈书记出车祸了！"

广场上一片惊呼，接着就七嘴八舌询问汪六叔到底怎么回事。汪六叔说刚才是交警队来电话，说彭非的捷达轿车被一辆违章拖拉机给撞了，陈书记伤势严重，正在县医院抢救，彭非也受了伤，暂时没有生命危险。姜老大叫来玛瑙厂的车，四个人上车匆匆赶往县城，广场上的人群久久没有散去，这一晚，柳城村民很多家里没做晚饭，整个村庄上空不见一丝炊烟。

汪六叔一行赶到医院时，陈书记还能说话，他伤在肝脾，剧烈的碰撞让他肝脾出血。医生已经下了病危通知，陈书记省城单位领导和他的夫人李大夫正赶往这里。陈放用微弱的声音说："调规批文，在文件包里。"停顿了一下接着说，"老汪、杏儿、李东，抓紧抢救彭非，他还年轻。"汪六叔说医生说了，彭非没大事。陈放点点头，又说："别难为那个开拖拉机的农民，他也受了伤，看样子家里也不富裕。"汪六叔用力点点头，有些埋怨道："都啥时候了，陈书记你还替别人着想，交警说了拖拉机逆行，负全责啊！"

"我知道。"陈放用极其微弱的声音说，"我有一个请求，你们都在，希望你们能答应我，我死后，把我埋在砾石岗公墓，我带头第一个入住，我要在砾石岗上年年看鹅冠山上杏花开……杏花开。"

四个人都哭了，杏儿哭得有些控制不住，扶着床边瘫坐下去，陈放把一个小布包缓缓地放到杏儿手上。这时，监控仪器上开始报警，医护人员跑过来……

陈放走了，令人奇怪的是陈放额头上的皱纹竟然随着他的离开变得舒展了，他的面部平静而安详。他交给杏儿的，是那枚战国红平安扣。

陈放单位的领导、李大夫，还有省市县相关部门的领导在一起商议陈放的遗愿。杏儿扶着李大夫，感到这个头发有些花白的医生很有克制力，当陈放单位领导问她有什么想法时，她说，我当医生治病，陈放驻村也在治病，我们夫妻尽管职业不同，但都在做同一样事，我理解他做的一切，包括他的选择。

殡仪馆肃穆悲怆的仪式进行完，柳城两委班子成员和李大夫及子女是最后离开的，这时，杏儿发现了告别厅门前台阶上有个人在弯腰捡什么，那人把一朵失落在地的白色小纸花拾起来，小心翼翼地放进门边的回收箱里，拾花人脖子上挂着相机，定睛一看，是盛忠。

杏儿对李大夫说她要去砾石岗为陈书记选墓址，选那块陈书记生前夸赞过的穴位。于是，一支长长的人流从天一广场开始缓缓地向砾石岗行进，走在前面的是抱着骨灰盒的李东，骨灰盒上盖着一条灰色毛围脖，这是汪六叔八十多岁的老娘亲手盖上去的，这条毛围脖的故事除了老人家和汪六叔，再没有人知道。李东身后是李大夫、汪六叔、杏儿、头上缠着绷带的彭非以及村两委成员，人群中，有一个四人横排格外引人注目，是李青、刘秀、李奇和他两天前刚刚归来的媳妇吴双。队伍来到砾石岗，在河床上列队站立，杏儿走上砾石岗，在碎石里寻找什么，忽然她弯下腰去，看看地上，再看看不远处的鹅冠山，然后说，就是这儿。汪六叔明白了，杏儿选的地方正是那天他们三人发现薤白处，那一丝笔画般的绿色还在石缝里。

汪正、六子、李贵、柳信佳开始挥锹挖墓穴。突然，一个身穿白夹克手持铁锹的小伙子走上前去，默默地跟着挖碎石，众人惊呆了，杏儿用双手捂住嘴，眼泪扑簌簌从指缝间滚落下来，是海奇！海奇像天上掉下来一般出现在众人面前。现场没人知道，海奇辞职去法国学了两年油画，回国应聘到出版社做美编。砾石岗几乎全是碎石，很难挖，但谁也不让替换，五个人用力在挖。忽然，汪正喊了一声："六叔，你看这是什么？怎么全是这种石头？"汪六叔走上前，接过汪正捡起的一块不规则但很晶莹的石头，身后的姜老大探过头来，眼睛睁得像牛铃，一把将石头从汪六叔手里夺去，左看右看，朝人群中喊了声："晓丹，晓丹你快过来看看。"晓丹从人群中挤过来，接过石头只看了一眼，惊呼道："天哪，是战国红！"姜老大范进中举一般双手张扬起来，把那块石头高高举过头顶，大声喊道："战国红，乡亲们，砾石岗出战国红啦！这是陈书记拿命换来的啊！"说完，姜老大扑通一声跪下去，涕泗横流，泣不成声。

村民先是愣住了，很快，人群像沸水般躁动起来，蛤蜊河涌动起一股洪流。

杏儿眼含热泪，下意识朝鹅冠山方向望去，让她惊讶的是，山上已经有星星点点的杏花开始绽放。